張振剛／著

認識大陸作家系列

伴你到朗州

／張振剛長篇歷史小說

引子

　　今年（今年何年？也許是兩千年後的某一年）夏曆三月十五日（這個日子確定無疑），我在江南古城嘉興接連撞上了三樁怪事。第一樁怪事是大約上午九點鐘光景，我突然發現天上出現了兩個太陽。因為隔著一大片厚厚的積雲，雲層內的太陽稍稍有些迷濛。其時我正行走在中山路上。兩個太陽在緩緩運動著相互靠攏，當我走到戴夢得大廈附近時，它們終於穿透雲層重合到一起；與此同時，積雲消散了，天藍得出奇的古遠。我正懷疑自己的眼睛，第二樁怪事又接踵而至，我穩穩站定的繁華的中山路消失了。不知是不是跟消散的積雲有關，來來往往的車輛不見了，行人不見了，路邊的高樓大廈也不見了，取而代之的是一條狹窄古老的石板街道，街道上行走的是穿著戲裝的男男女女，街道兩邊的店鋪既低矮又冷清，店鋪裏堆放的是土布、麻繩、火刀火鐮這些原始的日用品。我簡直不知道自己身在何處了。這時，石板街上轔轔地駛過來一輛青蓋油壁小馬車。那車駛到跟前突然停下，門簾一挑，走下來一位妙齡女子。她雖也身著戲裝，卻是非常開放，袒胸露乳，比之今日的時髦女郎穿的吊帶衫有過之而無不及。她十分妖媚，唇膏別出心裁抹成冷灰色。那女子一把拉住我說：「劉公子，巧了，我正要去府上找您呢！」

　　我非常窘迫，說：「你，你是誰？我怎麼不認識你？」

　　那女子格格地笑起來，說：「劉公子真健忘。清明那天我們才在縣前的蘇小小墓見過面，怎麼，幾天工夫您就忘了？」

　　我說：「小姐，你，你認錯人了。」

那女子說：「怎麼會呢？那天您不是跟柳子厚柳相公在一起麼？」

我心裏一合計，知道她肯定搞錯了。聽他提起柳宗元，我更是吃一大驚，即使搞錯，這一千多年的，也挨攀不上呀！

正這麼想著時，那女子掀了一下我的衣衫，又撥了一下我的領帶，說：「您這一身穿戴怕是長安城裏剛流行的吧？真是不錯！怎麼，穿戴齊整去甜水井陸府？」

我說：「小姐，你都說些什麼呀！我怎麼一句也聽不懂？」

那女子又格格地笑道：「公子，您別跟我打啞謎了。我知道，您這是要去找陸憶菱小姐。」

我不想跟她捉迷藏了，就說：「小姐，你真的認錯人了。我不是什麼劉公子，我也不認識你。」

那女子生氣了，噘起嘴說：「劉公子，您再這麼說，我可真生氣了。我是上官街柳巷密春院的徐楚楚呀！」

這一下我明白無誤地知道，我一定是撞見外祟了。因為據說一千二百年前這裏有一條著名的上官街，上官街有一條柳巷，柳巷深處有一家著名的妓院叫密春院，密春院的名妓就是這位徐楚楚小姐！我這麼想時，渾身的冷汗就漸漸濕透了衣衫。我二話沒說拔腿就跑，一邊跑，只聽背後傳來徐楚楚焦急的呼喊：「劉公子，劉公子，您別跑，別跑啊！」

我一口氣跑到少年路的秀州書局。書局的范笑我先生見我臉色蒼白一頭冷汗，就問我是怎麼回事。范先生是研究天文學的，我便把我遇見的第一樁怪事告訴他，向他請教。范先生聽完笑了起來，他一邊離開他那架天文望遠鏡，一邊連說：「不稀奇，不稀奇。」又說這是他正在深入研究的一個課題。他從抽屜裏取出一本散發著油墨清香的新書遞給我。我接過一看，挺厚重的一本書啊，書名叫作《天文時間重合論》，作者當然就是這位范笑我先生。范先生告訴我，這是他多年潛心研究的初步成果，剛由紫金山天文臺出版社

出版。接著他掉了一通書袋，向我介紹這書的主要內容，專業名詞如同一盆盆漿糊，聽了半天我仍是雲裏霧裏。范先生見我迷迷瞪瞪的樣子，就抱歉地笑笑，趕緊將書袋口收住，說：「總之，天文時間無時無刻不在重合，今天重合昨天，今年重合去年，百年重合百年，千年重合千年。作為它的物質載體，就表現為兩個乃至多個太陽的重合。據我的研究，自從宇宙形成太陽的那一刻，時間也產生了。假如用地球自轉三百六十五次作為年的計時單位，那麼每年就是一個太陽，十年就是十個太陽，一百年就是一百個太陽，一千年就是一千個太陽，兩千年就是兩千個太陽。你想想，天上同時存在兩千個太陽，人還怎麼生活呢？因此，太陽的重合是再自然不過的事了。後羿射日那是神話，太陽重合才是科學的解釋。你今天居然用肉眼觀察到了太陽的重合，而且是兩顆千年太陽的重合，這就證明我多年的研究工夫沒有白費。你是個作家，作家中盡有天文學知識很豐富的。比如奧地利有個作家叫羅伯特・穆齊爾，他的長篇巨著《沒有個性的人》一開頭就用了許多天文知識，比如低壓槽，高壓槽，等溫線，等夏溫線，平均溫度，水蒸氣膨脹，空氣濕度等等。這一切其實只講了四個字：風和日麗。這樣的作家又是學問家，或者說，這樣的作家是學者型的作家。我希望你能運用我提供給你的新的天文學觀點，把你今天親身經歷的事用小說形式證明給世人……」

　　我沒耐心聽完范先生的長篇宏論，就逃離了書局，又去干戈裏找王福基先生。王先生也是一位學問家，他的擅長是歷史地理學。我把我遇到的第二樁怪事告訴了王先生。王先生坐在一張仿豹皮搖椅裏閉目靜聽，聽完之後卻毫無反應。我不知道該如何繼續我的話題，王先生忽然睜開眼睛，說了一個字：「好。」說完好字之後，就從抽屜裏取出一本散發著油墨清香的新書遞給我。我接過一看，也是很厚重的一本書啊，書名叫作《地理學中的返祖現象》，作者就是這位可敬的王福基先生。王先生告訴我，這是他潛心研究多年

的初步成果，剛由黃河地理中心出版社出版。接著他也掉了一通書袋，向我介紹這書的主要內容。同樣接二連三的專業術語，搞得我滿腦袋的漿糊。見我一副癡癡呆呆的樣子，王先生只好收住書袋口，說：「總之，不止生物有返祖現象，地理同樣有這種現象。你在中山路見到的並非幻象。中山路就是唐代的上官街，現在的越秀路位置就是那時的柳巷，柳巷底如今張家弄口的那個地方就是密春院，密春院的名妓就是徐楚楚。你的親身經歷對於我非常重要。你證明了我多年的研究工夫沒有白費。我希望你運用我給你的歷史地理學知識，如同法國名作家梅裏美在《嘉爾曼》中考證門達古戰場一樣，把今天的親身經歷用小說的形式證明給世人……」

我又逃也似的離開了干戈里王宅，準備回家。剛出禾興路門，包裏的手提電話響了。我打開電話一聽，是國家考古隊的朋友朱樵打來的。朱樵是位考古學專家，脖子上成天掛個鈸子樣大的放大鏡。他在電話裏興奮地告訴我，說他們最近在西安挖出一個活生生的唐代長安，說這個唐代長安還與浙江嘉興有著千絲萬縷的瓜葛。我問什麼叫活生生的唐代長安？這個唐代長安怎麼又與遠隔千里的江南水鄉嘉興發生瓜葛？朱樵說，以往一切考古發掘全是死的，這次是活的，活的街道，活的人；街道上車馬往來，行人中有中國人，還有波斯人，日本人，印度人，阿拉伯人。至於與嘉興的瓜葛麼，一時半刻也說不清。我表示不相信；朱樵說，要不是親見，他也不相信的。他說：「這樣吧，你馬上回家打開電腦，點擊某個網站，那裏有我們大部分的活生生的現場資料。」

我將信將疑地回到家裏，迅速打開電腦，點擊了朱樵提供的那個網站，卻並沒有搜索到他所說的活生生的現場資料，佔據整個螢幕的是一行行排列整齊的類似五線譜音符一樣的符號。一時，我有些手足無措。這時，滑鼠無意間指向了左上方。忽然，排列整齊的符號中央，有一個符號像炒豆子一樣爆裂了。接著，兩個，三個，乃至整個一片符號全都爆裂，就像一鍋炒熟了的豆子。一會兒，左

上方又生出一些模模糊糊的漢字零件。說漢字零件，其實更像日文的平假片假。這些漢字零件在漸漸增多，瀰漫，擴大，最終把原先爆裂了的符號吸收、整合成一片規範的漢字。這片漢字讀起來文理清晰，詞藻優美，原來描述的是一個動人的唐代愛情故事。故事的主人公是著名詩人劉禹錫和一代才女陸憶菱，以及被稱作處士實際是布衣的裴昌禹和妓女徐楚楚。這是我遇到的第三樁怪事。

那天晚上，朱樵給我發來了E-mail，說那個活生生的現場資料不知為什麼一旦輸入電腦就轉換成了枯燥的漢字。不過他又說：「這樣也好。你不是作家，作家都有從文字還原活生生圖像的本領。」他希望我把那篇文字下載下來，經過加工，變成一本可供讀者還原活生生圖像的書。他說，義大利作家卡爾維諾在《寒冬夜行人》裏將文字表述為一種點狀的、粉末狀的物質，片段，片語，譬喻，句法聯繫，邏輯關係，這些東西好比構成作品核心的基本粒子，神話和奧秘是由知覺不到的微粒組成，它們就像蝴蝶足上附著的花粉。他最後表示相信我一定會像卡爾維諾形容的那樣，用文字的花粉還原圖像，從而證明他們的考古發掘並非虛妄不經。

我真的照朱樵的意思去做了，下載下那篇文字，並且又查閱補充了一些相關史料，重新打磨出一大片新的漢字來。這就是讀者諸君行將讀到的這個發生在一千二百年前有些獨特的唐代愛情故事。至於能不能還原成朱樵希望的活生生的圖像，那只能靠尊敬的讀者您了。

上卷　江湖之遠

1

在這個故事結束一千二百年後的今天，我們忽然悟到一個非常淺顯的道理：人是歸地球管的，地球是歸太陽管的，太陽是歸宇宙管的，宇宙是歸空間管的，空間是歸時間管的，時間是歸永恆管的，永恆是歸人管的，歸人性管的。於是，敘述的慾望被激發出來了。也許這跟主題什麼的沒有任何牽扯關係；它只跟敘述有關。於是敘述就這麼開始了。

唐德宗貞元八年仲春的太陽，就是我們今天見到的太陽。這個太陽曾經照耀著如今早已蕩然無存的江南一處古老的街坊，這街坊就是嘉興城南的甜水井。

甜水井是嘉興城裏比較幽僻的一個街坊，它離著名的鴛鴦湖（俗稱南湖）很近，不過一箭之地。兵部侍郎陸贄的祖居老宅就在這裏。去年年底，蘇州刺史鍾如圭上京城長安「歲進」，在司農少卿裴延齡處得到資訊，說陸侍郎深得皇上倚重，極有可能升任宰相。鍾刺史一回蘇州，馬上把嘉興縣令侯蔿召來，商議如何與陸侍郎拉近乎的問題。侯蔿告訴鍾刺史，說聽說陸大人既清廉又固執，無論推還是拉都不動的。不過他弟弟陸贊倒十分隨和，不如就在陸贊身上下點功夫？兩人商量來商量去，認為借拓寬甜水井官道為名，為陸府老宅來一番整修，這樣既冠冕堂皇，又討了陸家喜歡，是萬無一失的事兒。所以，如今的甜水井官道一色的青石板街面，

又嚴整又寬敞，並且直通一裏外的韭溪接官碼頭。陸府老宅自然修葺一新，而且牆門外又新添了一座淺赭色獸頭的上馬石。陸府比從前更加氣派了。

時候已經是傍晚，籠著水氣的夕陽斜斜地照射過來，讓一株剛剛換上新葉的老樟樹一過濾，這幢修繕之後的七世古宅便浸潤在一片虛幻的紫霧之中了。

陸府的大門前站著一些青年男女，那是陸府的僮仆和使女。他們奉命在此等候從京城長安回鄉祭祖的長房小姐陸憶菱。他們差不多已等候大半天了，腿也站麻了，眼也望穿了，卻連半個轎馬的影子也沒等到。一條官道，只有血紅、鮮活而又柔和的陽光如同一匹沒有瑕疵的綢緞鋪展著。

遠遠的街角隱隱有人頭在攢動，那是一些得到消息的本坊百姓也在那裏靜候。他們是想趁這個機會一睹兵部侍郎千金的丰采，因為據說這位陸小姐的美貌是世間少有的。

陸府二老爺陸贊出現在門口了。他手搭涼棚瞇起眼睛向街西張望，顯得有些焦灼。就在這時，一個僮兒伸長手臂一指，驚喜地叫道：「馬！」

果然有一匹馬彷彿從夕陽裏奔出來似的，得得地過來了。起初那馬是紅色的，走近了卻是一匹白馬。馬打著響鼻在陸府門前停下，就有一位年輕的差官從馬鞍上滾下。那差官上前打個千兒，對陸贊說：「稟陸二老爺，陸小姐的鷁首畫舫已過韭溪橋，轉入寶帶河了。」

陸贊滿臉是笑說：「不是預備下馬車了麼？」

差官說：「陸小姐說她不坐車了。她說到了水鄉澤國，還坐船吧。」

陸贊搖搖頭說：「這孩子！」

陸贊隨即吩咐僕人們快去後牆門水埠河房迎接小姐。

2

在官道西邊街角守候的甜水井本坊百姓終於沒有見到陸小姐，而那天傍晚，陸府後河對岸少數幾個在河邊洗衣洗菜的婦女卻有幸一睹了這位貌若天仙的兵部侍郎千金的丰采。事後，她們向人誇耀說：「那位陸小姐就像是南海觀世音菩薩，美麗得能把人的眼珠子鉤出來呢。」

陸憶菱小姐的鷁首畫艫是在夕陽與暮色的摻雜錯合中由寶帶河緩緩駛進陸府後河的。後河兩岸整齊的淺赭色石幫岸，平靜如鏡的河面，岸上稀稀疏疏的幾株綠柳紅桃，給予陸小姐的最初印象是既親切又舒服。她倚著船窗頻頻點頭，說：「到底是江南，到底是故鄉，春色自與北國迥然不同啊。」

陸憶菱小姐發出這樣的感慨，不僅是感官上的，更有心理上的原因。陸小姐從出生那天起，就註定享受不到一般貴族少女無憂無慮的閨秀生活，因為她的父親陸贄是個從內到外浸透了政治的文人。他上朝想的說的做的是治國平天下的事情，回家來想的說的做的還是這種事。他很少有休閒的時光，還常常把公務上的煩惱焦慮帶回家來與他的妻兒分享。他天份極高，才思敏捷，卻很少用在純文學上。雖也寫過一些很有分量的詩文，自己卻不怎麼看重，差不多隨寫隨丟，保存下來的更少，以致後來彭定求編《全唐詩》搜求來搜求去，也只搜集到他三首詩。抱憾之餘，把他在任江淮尉時寫的一聯廳題也收了進去。他的才能幾乎都花費在上疏、策論和替皇帝起草詔書上，其中最最有名的是為德宗皇帝寫的罪己詔書。那是建中四年冬天的事。當時涇原節度使、太尉朱泚謀反，一時天下大亂，陸贄就跟隨皇帝去奉天避亂。可以想見，當時的政治形勢，真所謂千鈞一髮。作為皇上的德宗，徵發指揮，千端萬緒，一日之內，詔書數百，陸贄的才能因此被充分發揮了出來。他揮毫疾書，文思泉湧，起初好像不經思考，等到寫成，無不周盡事理。皇帝對他就

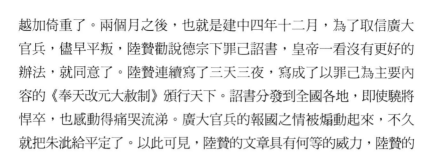

越加倚重了。兩個月之後，也就是建中四年十二月，為了取信廣大官兵，儘早平叛，陸贄勸說德宗下罪己詔書，皇帝一看沒有更好的辦法，就同意了。陸贄連續寫了三天三夜，寫成了以罪己為主要內容的《奉天改元大赦制》頒行天下。詔書分發到全國各地，即使驍將悍卒，也感動得痛哭流涕。廣大官兵的報國之情被煽動起來，不久就把朱泚給平定了。以此可見，陸贄的文章具有何等的威力，陸贄的政治抱負是何等的灼烈了。為此，後世都有把他比作漢代賈誼的。

只是這麼一位浸透了政治的人忒苦了他的家人，尤其是陸憶菱小姐。陸小姐本質上是個非常生活化的人，崇尚藝術，崇尚自然，崇尚美，但由於她的父親陸贄，她鮮紅嬌嫩的芳心過早地結滿了政治的硬繭。這次因他們陸氏正逢百年大祀，照理陸贄一家應回鄉參加這百年一遇的重大祭祀活動的，但陸贄政務纏身，夫人羅氏得留下來照顧他，祭祖就只好全權委託陸憶菱小姐，陸小姐就感到有說不出的愉快。當她乘坐的鷁首畫艫慢慢駛離廣通渠碼頭，向三百里外的潼關進發時，回望漸漸模糊的京城長安，她的心中只覺一陣輕鬆，不由格格地笑出聲來。

使女鷳兒說：「小姐，這下你遂了多年的心願了吧？」

使女鷳兒是和陸憶菱小姐從小一起長大的。對於小姐的所思所想，她都瞭若指掌，有時甚至比小姐自己還要瞭解得清楚、透徹。即如現在說的這心願二字，陸小姐本人倒還朦朦朧朧，而使女鷳兒已洞察得清清楚楚。日後發生的事情可以證明，使女鷳兒的確具有一定的預見力。

鷁首畫艫緩緩地靠近陸府後院的水牆門。水牆門早已洞開，青石水埠上候滿了陸府的姬妾丫環。船甫一停穩，幾個身強力壯的船娘就跳到船上，先把京城來的丫環婆子一一扶上岸之後，才要進船艙攙扶小姐，陸憶菱小姐已搖搖地走上艙面。她笑吟吟地推開船娘攙扶的手，對著兩岸張望一陣，就乍起膽子跨上岸去。姬妾丫環們都一擁爭上去扶她，說：「小姐，你的膽子也忒大了！」

一行人簇擁著陸小姐走出河房，穿過小小的後花園，來到上房。陸贊和夫人李氏早已迎出房來。讓到廳上見過禮，李夫人就一把將憶菱小姐攬入懷裏，拍著她的肩背說：「好姪女，想死嬸子了！」

原來這陸府向來人丁不旺，陸贊夫婦又未有生育，所以遠在京城的陸憶菱小姐這根獨苗就成了兩家的寶貝。如今陸小姐千里迢迢從長安來到身邊，這叔嬸夫婦不知道要怎樣疼她才好。生活上不用說，吃的住的早已安排得妥妥貼貼。但陸小姐不在乎吃住。令她滿意的是自由；離開京城，離開父親，離開那種僵冷的政治氛圍，芳齡已經十九的陸小姐充分享受到了人世間自由自在的春天氣息。

3

在陸府接回陸憶菱小姐的同一天傍晚，嘉興城北干戈坊劉府也迎來了一位京城來的貴客。

劉府的主人名叫劉緒，已五十多歲了；他的兒子就是名滿江南的青年詩人劉禹錫。客人姓柳名宗元，字子厚。柳宗元祖籍河東，出生在長安，父親柳鎮一直在外為官，他從小就隨母親盧氏夫人讀書識字，因十三歲時為崔中丞代寫一篇《賀平李懷光表》而聞名京城。劉禹錫和柳宗元才情匹敵，志趣相投，他們都志存高遠，渴望輔時濟世，夢想有朝一日，施展抱負，實現廓清天下的宏願。他們神交已久，這次經劉禹錫再三邀請，柳宗元安頓好久病的母親盧氏夫人，才終於成行。

劉禹錫的父親劉緒是個一生不得志的人。他曾在天寶末年去應進士試，結果名落孫山，不久又逢安史之亂，只好帶了全家從世居的洛陽輾轉千里來到嘉興，靠老朋友丘為幫助，置了些田產，勉勉強強安頓了下來。第二年劉禹錫出生，劉緒突然就把世事看淡了，他每天只以詩酒和垂釣打發光陰。當下他讓了柳宗元，自己到後院歇下了。

　　這裏劉禹錫和從弟劉三復邀了隔壁裴府的同庚好友裴昌禹作陪，與柳宗元把盞接風。因這裴昌禹父母雙亡，原籍也是山西，敘起來與柳宗元也算是同鄉，所以四人一見如故，沒有一點點距離。

　　接風家宴安排在後院梅影齋書房。那裏實際上是個小小的花園，一株歪脖子老梅枝橫窗前，淡淡的月光將疏離的梅花倩影塗抹在窗紙上，彷彿是王維的一幅水墨小品。

　　四人中劉三復口訥，年紀也小了一大截，才十六歲，裴昌禹為人較為拘謹，同時他倆酒量也淺些。劉禹錫和柳宗元可是旗鼓相當，你一杯，我一杯，也不用人勸，就一杯一杯喝下去。酒落歡腸也落愁腸，這話就一嘟嚕一嘟嚕冒上來。話題自然離不開文章和朝政。文章千古事，有永遠說不完的題目，但此刻他們的興趣並不在這上頭；他們感興趣的是朝政，而朝政可是個灼手的燙山芋，弄得兩人又是興奮又是搖頭歎氣。是啊，宦官專權，藩鎮割據，皇上貪婪，宮市弊端，等等等等，都不是什麼有趣的話題。說著說著，就自然而然地提到了本朝的幾位賢臣。

　　柳宗元說：「只可惜李泌李大人死得太早。要不然，局面斷不會如此糟糕的。」

　　劉禹錫說：「話雖這麼說，可這生死不是人做得了主的。不過，現在又有一位賢臣，無論品性才情都不在李泌之下。」

　　柳宗元喝乾一杯酒，說：「你是說陸贄陸大人吧？」

　　劉禹錫說：「不錯。當今皇上可是非常器重陸大人的。他現今只是兵部侍郎，有消息說，不久他將出任宰相。」

　　柳宗元磕磕酒壺說：「他也真是個相器呀！你看，他為皇上起草的那份罪己的《奉天改元大赦制》，寫得多棒！情真意切，情真意切呀！這哪是詔書，簡直是另一種《九歌》。陸公簡直就是屈大夫、賈長沙呀！」

　　劉禹錫望著窗外的月色，緩緩背起《奉天改元大赦制》裏的句子：「天譴於上而朕不語，人怨於下而朕不知……上辱於祖宗，下

負于黎庶。痛心靦貌，罪實在予。永言愧悼，若墜深谷……」

劉禹錫端起酒杯一飲而盡，說：「這樣的駢體詔書，可以說前無古人，後無來者啊。」

一時屋內沉寂下來，彷彿大家都沉浸在陸贄的文字裏。

這時裴昌禹看看劉禹錫，又看看柳宗元，說：「你們以為這罪己詔書全是陸大人的手筆麼？」

劉、柳二人覺得這話問得有些蹊蹺，不由對視一下，說：「裴兄，此話怎講？」

裴昌禹說：「我聽說，其實詔書不全是陸大人一個人的作品；至少其中某些段落是經另一位高手添改的。」

這實在太出乎人意料了！

劉禹錫說：「那這個另一位高手是誰？」

柳宗元也瞪起兩個驚奇的眼睛說：「會不會是陽城陽大人？」

裴昌禹搖搖頭說：「是個女的。」

兩人更加驚奇了：「女的？那會是誰呢？」

裴昌禹說：「陸，憶，菱。」

兩人說：「陸憶菱？」

裴昌禹說：「不錯，陸憶菱，陸大人的女公子。」

劉禹錫噌一下跳了起來，說：「陸憶菱。是她！裴兄，你是怎麼知道的？」

裴昌禹說：「我的姑丈，海鹽顧況老先生，不是陸府的遠房表舅老爺麼。這顧老先生雖然早已告老還鄉，但生性好動，每年他總要上一趟京城。有一年，他在陸大人官邸書房，無意間見到了那份詔書的底稿，見有幾處修改加添的文字娟秀活脫，與陸公筆跡迥異，覺得奇怪，就問陸大人是怎麼回事，陸大人就說那幾處是陸小姐添改的。」

柳宗元聽了有些慨歎，他對劉禹錫說：「這位陸小姐真了不得。只可惜她是個女孩兒，要是個堂堂男子，那決非在你我之下的！」

劉禹錫一副神往的樣子，說：「這有什麼。自古巾幗不讓鬚眉，女子中盡有曠世奇才呢！」

一直默默無言的劉三復這時忍不住插嘴說：「只是我聽說，這位陸小姐從小嬌生慣養，脾氣不大好，動不動就使性子。尤其不願與官宦人家來往。」

劉、柳二人聽了不免有些意外。裴昌禹卻笑了，說：「她就是這麼個人。你們聽她這首《寒食雨夜》的小詩：玉簾暗無聲，春草明月情。停橈煙雨裏，一蓑盡平生。」

柳宗元拍手嘆服，說：「絕了！這女子的心氣非同一般。」

劉禹錫開玩笑說：「我真想即刻進京，一會芳卿。」

劉三復說：「哥，你不用進京了，陸小姐她回故鄉來了。此刻，只怕陸贊陸二老爺正為姪女洗塵呢。」

劉禹錫聽了眼睛一亮，說：「是麼？」

劉三復說：「怎麼不是！剛才老爺命我去安樂裏沈府取《壇經》，回來路過韭溪橋，正好遠遠地瞧見陸小姐的鷁首畫艫從寶帶河駛入陸府後河。」

劉禹錫說：「你確定那是陸小姐的船？」

劉三復說：「千真萬確，我特意跟了那船一程。我眼見它緩緩停泊在陸府水牆門邊的。」

得到確訊，劉禹錫反而沉默了下來。

柳宗元說：「怎麼樣，夢得兄，選個日子去會會這位陸小姐？」

劉禹錫看定手中那杯酒，搖搖頭說：「這恐怕太冒失了吧。」

柳宗元說：「這有什麼。我們不是很想知道朝廷的內幕麼。陸小姐既有能力為陸公添改文章，必定對朝政多有所聞。咱們無緣拜識陸公，如今陸小姐送到跟前，怎麼甘心坐失良機呢？」

劉禹錫喝乾手中這杯酒，仍然非常猶豫，他說：「即便去見，我怕也得碰釘子呢。」

柳宗元說：「為什麼？」

劉禹錫說：「『停橈煙雨裏，一蓑盡平生』啊。」

柳宗元聽了，想了想，也就不再說什麼了。

4

甜水井陸府的西花園有幢臨池的小樓，名叫鷟澤樓，是二十年前陸贄夫人生下陸小姐後蓋的，原本就是陸小姐的閨樓。後來陸贄接夫人女兒去了京城，在京城長安照式照樣蓋了一幢，這兒這幢樓就一直閒置著。如今陸小姐回來，只消稍稍打掃一下就住了進去。形式上如同在京城一樣，其實感覺大不相同，畢竟身處江南，連空氣也比遠在北國的京城不知道滋潤到幾十倍。

更深人靜，半個月亮透過薄薄的簾櫳，將黃橙橙的月光灑落在樓板上，感覺裏好似鋪了一層細細的黃沙。偶爾，池子裏傳來一聲兩聲魚兒躍出水面的聲音。鵑兒在隔房睡著了，輕微的鼻息聲將純淨的空氣劃開一些淡淡的波痕。

陸小姐睡不著，顯然是環境置換後帶來的興奮。由於這種興奮，使她的思維活躍起來，一個埋藏久遠的心願從心的深處被勾了出來。這個心願的確由來已久，但在她動身南來離開京城之初，卻沒有明確意識到。這就是上文提到的，使女鵑兒比陸小姐自己還要高明的地方。在長安，當鷁首畫艫離開京郊碼頭時，使女鵑兒就已預料到有一件事情將要在小姐身上發生。現在更深人靜，由於環境的指引，那個內心的宿願才突然浮出水面，於是陸小姐想起了一個人，一個她不認識但心儀已久的人，這個人就是聲名日盛的青年詩人劉禹錫。現在看來，她此次回故鄉，其中一個很重要的動機就是要見見這位江南才子，祭祖只不過提供了實現這一願望的可能而已。

「動身時我怎麼沒想到呢？這不是很可笑麼？」陸小姐想。

「我怎麼才能見到劉公子呢？」陸小姐又想。

「不如找鵑兒商議商議？這鬼丫頭點子可多了……」

這麼想著時，鵑兒過房來了。鵑兒說：「小姐，剛才有一位公子闖進府來，口口聲聲要拜訪小姐。」

陸小姐臉頰一熱，說：「是麼。他是誰？是不是姓劉，叫劉禹錫？」

鵑兒說：「是姓劉，不過不叫劉禹錫，好像叫什麼夢來著。」

陸小姐說：「劉夢得？」

鵑兒說：「對對對，是劉夢得。」

陸小姐說：「那他人呢？」

鵑兒說：「叫我搶白一頓，跑了。小姐，這深更半夜的，一個青年男子冒冒失失來見兵部侍郎的千金小姐，我想他不是瘋子，定是呆子吧。」

陸小姐一聽就急了，說：「鵑兒，你怎麼可以這麼對待劉公子！快，你快去把他給我請回來。」

鵑兒說：「晚了，他賭氣走了，喚不回來了。」

陸小姐埋怨說：「怎麼搞的麼。他是我夢寐以求的客人啊。」

鵑兒說：「這麼說，是小姐請他來的？」

陸小姐噘噘嘴說：「盡瞎說，誰請他了！可人家既然來了，就該以禮相待麼。」

鵑兒說：「那我去追回劉公子？」

陸小姐白她一眼說：「你不是搶白他幾句，他賭氣走了麼。還追得回來？」

鵑兒噗哧一笑，說：「其實他沒真走，好像遠遠的在池子那邊的亭子裏呢。」

陸小姐聽了就連忙下床來，她一邊穿衣一邊說：「他既是沒走，我該親自下樓去請他。」

鵑兒為陸小姐繫上披風，她們就輕輕下樓，來到花園裏。映著朦朧的月光，池子對面的亭子裏的確有一個人，可是等她兩緊趕慢趕趕到亭子裏時，那人已不在了。陸小姐就有點納悶。她一低頭，

見石桌上有一紙粉箋，拿起一看，原來是一首七絕。詩曰：

> 庭前芍藥妖無格，
> 池上芙蕖淨少情。
> 唯有牡丹真國色，
> 花開時節動禾城。

陸小姐連讀了兩遍，不覺心有所動，竟失聲叫道：「夢得！夢得！」

這時，只見鵑兒披衣趿鞋慌慌張張地從隔房奔過來，說：「小姐小姐，你怎麼啦？夢魘了麼？」

陸小姐猛一下睜開眼睛，才知道是南柯一夢，不由羞得滿面通紅。她掩飾地咳起嗽來。

鵑兒疑疑惑惑地倒了一盅熱茶，坐到床沿上，很關切地問：「小姐，你沒事吧？」

5

干戈坊劉府後院。只聽書房門吱扭一響，一個瘦長的身影來到院子裏。深夜的寒風從梅梢上刮下來，掀起他海青色夾袍的袍角，他不由得抱著肩瑟縮了一下。

半個月亮在暗藍少雲的天空浮游，人影梅影便濃濃淡淡地塗抹在花草上。劉禹錫來到院門邊，猶豫片刻，去了閂，人就進入了劍弄。於是，那一條牛角一樣彎彎的劍弄便響起烏皮靴底磨擦石板的聲音。出了弄，斜斜地穿過干戈坊街，他又鑽入另一條名叫鞘弄的弄。鞘弄很長，順鞘弄可以一氣走到城南。

出鞘弄拐個彎兒，便是甜水井官道了，劉禹錫不由得放慢了腳步。這時，兩條黃狗從街西走來。它們望望劉禹錫，其中一條張了

張嘴，卻沒叫，就相跟著鑽進路邊的一叢矮樹棵子裏。

剛才見到兩條狗的時候，劉禹錫在心裏打個賭：要是狗吠他就回家，狗不吠他就繼續前行。現在狗沒吠，劉禹錫很高興，他又沿官道西行了。不久，夜風中滲透了一股細細的甜香向他襲來，越往前走，香味越濃，而且臉和手也領受到一種類似被撫摸的滑膩。劉禹錫心裏明白，那是因為陸府來了一位美豔絕倫的千金小姐啊。陸、憶、菱，好像是這三個字散發出的香氣和潤澤，使得周遭的空氣提純了。此時的劉禹錫差不多懷了一種朝聖的心情了。

陸府在月色幽微中靜默著。這似乎是一種拒絕的姿態，又似乎是一種迎候的姿態。劉禹錫由於受這兩種姿態的相互作用而走走停停。走走停停還是來到了院牆邊。他抬起手推了推兩扇笨重的櫸木牆門，才終於發現自己這種行徑有多可笑！

「這只有少年詩人才做得出來的荒唐事啊。」他想。

離開的時候，他脫口念了一首詩。詩曰：

　　庭前芍藥妖無格，
　　池上芙蕖淨少情。
　　唯有牡丹真國色，
　　花開時節動禾城。

6

那天夜裏，除了劉、陸二人未睡安穩，還有一個人也是一夜無眠。他是裴昌禹。

裴昌禹家就在劉府東邊，兩家差不多是聯牆而居，中間只隔了狹狹一條劍弄。裴昌禹的父親名叫裴延年，安史之亂時從山西逃難過來，差不多跟劉緒同一時候到嘉興定居的。數年後，有一年秋天，裴延年的表姐和表姐夫從海鹽來走親戚。這位表姐夫就是大名

鼎鼎的老詩人顧況，其時他已告老還鄉。這樣，裴延年，劉緒，陸贄，顧況四位忘年知己便日日詩酒相會。比較巧的是，那一年陸贄，劉緒，裴延年三人的夫人都同時六甲在身。顧況因趁酒興說：「你們三家既是通家，何不就此兒女聯姻結為親家？」

三人說：「顧兄意思是指腹為婚？」

顧況說：「指腹為婚不是天底下的一樁美事麼？老夫可為媒證啊。」

三人裏陸贄為人最是沉穩，他說：「好是好，可怎麼實行呢？」他伸出三個手指晃了晃。

顧況捋捋白鬚說：「這倒不難。不妨做個遊戲。」

說著取來三張白紙，在其中的兩張上寫一個「配」字，做成三個鬮兒，讓三人抓鬮。

顧況說：「抓到配字的兩家，若將來生的都是男孩，這事就罷了；生的都是女孩，這事也罷了；若剛好生成一男一女，那就可成其良緣了。」

結果是陸、裴二人抓到了「配」字。

顧況又補充說：「若將來二位夫人果生一男一女，此事也只是遊戲，配不配的還要看各自的緣分。」說完哈哈大笑。笑完，這事也就算完了。

幾個月後，陸贄果然生女，裴延年果然生男。但不久陸贄高中進士，又榮登博學宏詞科，輾轉到京城作了官，之後又一直忙於政務，又是千里間關，裴延年也在第二年一病身亡，這事無形中就淡化掉了。只有裴夫人還念念不忘，把那次裴延年抓得的「配」字鬮保存在描金拜匣裏。待到裴昌禹成人，她便把這事細細地告訴了他。現在裴夫人也已物故，還有誰能為裴昌禹作主呢？

這事，裴昌禹起先是當一個遙遠的故事來接受的。今天晚上，聽劉三復說起陸小姐回到嘉興，遙遠的故事變成伸手可及的現實，裴昌禹的腦袋彷彿突然遭逢一擊，眼睛一黑，之後又大放光彩。他

既害怕又興奮，既感到深深的憂慮，又有一種幸福來臨的激情，還夾帶一絲酸酸的醋意。他隱隱感到這醋意來自何方。他擔心幸福會被這醋意消蝕掉。想到這些，他一骨碌從床上爬起來。他推開西窗，隔一條狹窄的劍弄，劉家後院便一無掛礙地呈現在他面前。

　　月光下，劉府的後院黑影憧憧，顯得有些鬼鬼祟祟，這似乎在提示著什麼，又躲藏著什麼。忽然一隻純白色的老貓從梅樹的濃蔭裏躥出來，向著裴昌禹拉長聲調叫了一聲，同時它的兩個眼珠如綠火一般燃燒起來。裴昌禹來不及思考這老貓想幹什麼，只聽吱扭一聲門響，劉禹錫從書房走了出來。老貓放棄對裴昌禹的注視，扭頭向主人望了望，便默默地走過去，馴順地蹭著主人的腳背。劉禹錫彎腰撫摸一下老貓光滑的皮毛，便向院門走去。不一會兒，他就穿行在劍弄裏了，身影明明滅滅的非常生動。

　　裴昌禹的心怦怦地跳起來。他輕輕關好西窗，飛一般撲下樓去。不一會兒他也進入了劍弄。

　　他遠遠地跟著劉禹錫，腦海裏像盛著一盆漿糊。直到劉禹錫停在甜水井陸府高高的牆門跟首，他才如夢初醒。他恨恨地罵自己一聲：「混蛋！」立刻轉身回到家裏。

7

　　其實那天晚上的故事遠不止這些，比如說劉三復，比如說柳宗元，比如說上官街柳巷密春院的名妓徐楚楚。或為敘述的主次，或為敘述的濃淡，作者只好強自略過，但願在此後的敘述中還會有被重新提及的機會。總之，那一夜無論有事無事，時間無情，它照舊在更漏中一點一點地流走了。

　　劉禹錫幾乎一夜未成合眼。拂曉前天忽然下起雨來，沙沙的雨聲使劉禹錫的意識漸漸迷糊，他終於睡著了。醒來時，天已大亮；雨已經停了，花園裏傳來裴昌禹和劉三復練拳的聲音。

劉禹錫走出書房，一股濕潤的空氣迎面撲來。他伸伸懶腰，張大嘴巴想打個哈欠舒暢一下，卻沒打成功；一抬頭，瞥見天上依然懸著昨晚那半個陳舊的黃月亮，心裏就不爽快起來。

遠遠的，裴昌禹在亭子邊的草坪上邊示範邊為劉三復說拳。

裴昌禹說：「身法能壓人何也？排山倒海。一身筋節在肩頭，帶靠從來山也愁。翻身用個倒海勢，縱然波浪也平休。」

裴昌禹說：「掌起可以百響何也？陰陽幻化。陰變陽兮陽變陰，反拖順托不容情。手外纏來懷中出，兩手搬開靠奔身。」

裴昌禹說：「勾撬能進身何也？在柔能勝剛。拳出腿來勢莫擋，勾分並挽柔勝剛。若人犯著勾挽法，進身橫托不須忙。」

劉禹錫站在廊下看了一會，覺得乏味，就沿著濕漉漉的冰花小徑到外書房的客房去。

客房裏，柳宗元還在沉睡，一提一歇的呼嚕聲震得窗紙好像笛鳴。劉禹錫就在靠窗的一把椅子上坐下來。坐了一會又覺得無聊，站起身要出去，一眼瞥見書桌上有一紙粉箋，粉箋上黑森森新鮮的墨蹟，就走過去拿起來讀。

那顯然是柳宗元寫的一首即興詩。詩曰：

> 覺來窗牖空，
> 寥落雨聲曉。
> 良遊怨遲暮，
> 末事驚紛擾。
> 為問經世心，
> 古人難盡了。

劉禹錫看到末兩句，不由念出聲來：「為問經世心，古人難盡了。」

這時柳宗元鼾聲驟停，一翻身，醒了。

劉禹錫指指案上的詩稿說：「柳兄，什麼時候寫下的？」

柳宗元重又閉起眼僵臥著，說：「三更天時睡不著，胡亂塗了幾句。──昨晚上你遇雨了吧？」

劉禹錫心下納罕，說：「柳兄，你知道我出去了？」

柳宗元做出個笑的姿態，說：「我懂你的心思。」

劉禹錫在屋子裏轉了一圈說：「你這首詩是……」

柳宗元說：「與你無關。」

劉禹錫說：「為問經世心……」

柳宗元說：「古人難盡了啊。──你沒見著吧？」

劉禹錫說：「我根本就沒進去。」

柳宗元說：「我知道你不會進去。」

劉禹錫說：「為什麼？」

柳宗元說：「你傲。」

劉禹錫說：「你跟蹤我了？」

柳宗元說：「用得著跟蹤麼？」

劉禹錫說：「柳兄，你這首詩寫得真好，就如昌禹兄的拳術，算是點到我的脈門了。」

柳宗元搖搖頭說：「不見得吧。其實進去又有何妨？夢得，咱們什麼時候，真去拜訪一下這位陸小姐。」

劉禹錫說：「沒有拜訪的理由呀！」

柳宗元想了想說：「理由還真不好找哩。」

正說著，僮兒劉粟端來洗臉水。劉粟說：「大爺，柳爺，你們在哪兒用早餐？」

劉禹錫說：「就在柳爺這兒吧。」

劉粟答應一聲：「是。那我去告訴二爺。」

劉粟走到門口又叫劉禹錫喊住，劉禹錫說：「你順便告訴裴爺，請他一同在此用餐吧。」

劉粟又答應一聲：「是。」

8

小小的嘉興縣城出了一位兵部侍郎，那是一件非常轟動的事情。如今兵部侍郎的千金小姐回家祭祖，自然又成了這個小縣城裏的頭號新聞。先是縣令登門請安，接著裏正又送來祭禮。老百姓沒資格請安送禮，街頭巷尾有關陸憶菱小姐的傳聞就好比這春風，吹過來，又吹過去。

這幾天陸府上上下下都忙著清明祀祖的事；東院佛堂裏東塔寺的長老親自領著二十四個小沙彌日夜做著佛事，木魚磬子伴著高低起伏的誦經聲鋪展到整個甜水井坊的街頭巷尾。老百姓說，這樣的佛事，別的人家是斷斷不能有的啊。

可這一切，陸憶菱小姐卻不聞不問，她的興趣全在家藏的上萬卷書上。自從陸贄接夫人女兒去京師之後，二老爺陸贄就把汲芬閣的部分藏書移至鶯澤樓後樓。這幾天陸憶菱小姐就像一條蠹蟲，整天泡在故紙堆中。自由自在的流覽，使得她的身上溢滿了脂香和書香。在幾天的閱讀中，最讓她感動的還是班固注的《離騷》和劉向注的《天問》；曹植的《洛神賦》，蔡琰的《胡笳十八拍》也讓她心旌搖動。

有一天，無意間，她在書櫥抽屜的夾層裏找到一本手抄的《賈誼集》。看序文知道是她祖父陸侃的手跡。賈生的著作早已散佚，這是陸侃從各家藝文志上抄纂而成的。其中的《弔屈原》、《鵬鳥賦》讀得陸小姐長吁短歎，珠淚滿面。鵬兒正好送茶來，見此情景，不知以為發生了什麼事，慌張得茶也潑了。陸憶菱小姐卻抹抹眼淚笑了，她說：「這賈長沙啊，既叫人感動，又叫人惋惜。真是明珠暗投，明珠暗投啊。」說著將書往書桌上一拋。

被拋到桌上的書彷彿有了生命，它在書桌上跳動幾下，就有一張灰黃的紙片從書葉裏吐了出來。紙片像一隻蝴蝶輕盈地翻飛著，之後，落到地上。

鵑兒把這葉紙片撿起來，放到桌上，說：「小姐，整日裏看書，很勞神的。不如咱們去花園走走？」

陸小姐說：「是有些累了。走，咱們去花園。」

可是剛起身又停下了，因為她不經意地朝書桌上瞅了一眼，看到剛才鵑兒從地上撿起的那張紙頁。

原來這是一張借書便條。上寫：

> 奉假汲芬閣《賈誼集》一冊，七日為期，期滿璧還。
>
> 劉緒大曆丙午菊月初三

便條的左下方有數行蠅頭小楷：

> 此字條可帖。高古淳泊，超妙入神，直追鍾繇《薦季直表》。遙想太傅當年，為國不蔽俊賢之美，神馳何及！寶愛劉君墨蹟，不忍棄之。書已還，字永存把玩。
>
> 贄即日

陸小姐看完，兩眼就迷離起來。

鵑兒說：「小姐，去花園啊。」

陸小姐將紙頁放回桌上，自言自語地說：「這劉緒，不就是他的父親麼？」

鵑兒乍一聽不懂這話，仔細一琢磨，就想起幾天前小姐夢魘的事來，說：「小姐，你說的他，莫非是他？」

陸小姐說：「這麼見功力的字……怪道他有如此深厚的學養，家學淵源啊。」

鵑兒瞟一眼陸小姐說：「說字呢？說人呢？」

陸小姐方醒過神來，說：「說字，也說人。」

鵑兒說：「也不是說字，也不是說人，說的是心吧？」

陸小姐就臉一紅，站到窗前一言不發。

鵑兒瞅瞅陸小姐的背影，走到她身邊說：「小姐，你心裏到底怎麼想的？」

陸小姐咬著一方手絹，依然一聲不吭。

鵑兒說：「在京城，那麼多達官顯貴上門來求親，小姐都沒答應。鵑兒知道，那是小姐心中早就有了這位劉公子。如今來到他身邊了，得抓緊時間，讓二老爺上劉府說合才是。」

陸小姐說：「你不覺得見卵而求時夜，言之過早麼？」

鵑兒說：「還早呀！不是說見善如不及麼。」

陸小姐說：「我想咱們既來此地，總會有機會的。鵑兒，這事不許你在叔父嬸娘跟前提起。」

鵑兒說：「這是為什麼？哦，你這是想要劉公子……」

陸小姐打斷鵑兒說：「鵑兒，你下去吧，我想一個人靜一靜。」

鵑兒望望陸小姐，只得答應一聲下樓去了。

陸小姐倚著窗子，望著樓下的花園。由於剛才與鵑兒的一席話，挑逗起她一段情思，她喃喃說道：「劉夢得，劉夢得，你知道我此刻在思你念你說你麼？」

陸小姐發覺自己站得有些腿酸了，就軟軟地回到書桌前坐下，一時有些茫然若失。於是想起在京城時，因為對濃濃的政治空氣感到窒息，對父親那種一心繫定廟堂的憂慮苦惱感到厭煩，她才好容易爭取到這個祀祖的機會，來江南故鄉尋求快樂。不想，才來幾天，另一種煩惱又向她偷偷襲來了。當然兩種煩惱性質不同，後一種煩惱連著青春少女的激情和渴望，是她多年以來所期待的。她希望此次故鄉之行，會使她的煩惱和渴望結出一枚甜蜜的果實。

這麼想著時，不覺胸中詩情萌動，即鋪紙拈毫，寫下一絕：

相思夢潮收，

雕欄深樣愁。

明月顏色盡，

煙雨到秀州。

　　寫畢，到床上躺下，兩眼定定地望著綠盈盈的帳頂出神。忽然覺得渾身躁熱起來。她似乎意識到了什麼，一骨碌從床上爬起，有些心虛地輕輕過去將房門插上。

　　她站在房中央了。偌大一個南視窗，正有大片大片的春色馱著變綠的陽光蜂擁而至。陸憶菱小姐開始舉起自己的雙手。她有些自羨地欣賞自己那雙手。那雙手又白又嫩，有瓷的光澤，十根又長又尖的手指，指甲蓋狹長粉紅，在手指和手掌的連接處，有淺淺的小窩在跳動。她覺得自己這雙手有些委屈，它應當握著什麼，也應當被什麼握著，可現在她只能空長這麼一雙無與倫比的纖纖玉手，由自己欣賞。

　　在一種近乎癡迷的狀態中，那雙玉手開始撫摸自己的身體。從臉頰開始，脖項，肩臂，到胸脯時，她停住了，心怦怦跳個不停。片刻之後終於按捺不住，她開始一顆一顆地解衣服的紐扣。外衣，綿衣，內衣，一層層解開；動手解褻衣時，她下意識地四下裏瞧了瞧，呼吸變得急促起來。

　　四周是那樣的寧靜；只有窗子那頭，春意無限喧囂。春意是一種昭示，也是一種鼓動和引誘，陸小姐終於抵禦不住，解開了身體最後一道蔥綠色的帷幕，雪一樣堅挺的胸脯就在無限春光中微微抖動起那兩點鮮嫩欲滴的紅色。

9

　　三月十二日正清明，是陸府預期上墳祀祖的日子。

　　陸憶菱小姐因為迷失了自己，那天早上起得很遲。祀祖是一件大事，也是她此行的理由，所以迷失了自己的陸小姐，由於列祖列宗，勉強找回了自己。

車馬都齊嶄嶄地停在院子裏了。早起剛下過一場雨，石板天井濕漉漉的。陸憶菱小姐上車時，深深地吸了一口潮潤的空氣，說：「好冷冽清鮮的空氣啊。」

陸二夫人李氏從車上伸出手攜住陸小姐說：「姪女，你穿的這麼單薄，去郊外別凍著了。」

陸小姐說：「嬸娘，我不冷。我周身熱著呢。」

陸府大門嘎嘎地打開，一輛一輛的祭祀車由僕人們圍隨隆隆地駛上了東去的官道。

干戈坊劉府無墳可上。他家的祖墳遠在千里之外的北國洛陽，所以每年清明，他家都在花園裏設祭桌向北遙祭。

劉緒是個把什麼都看穿看淡的人，祀祖也不例外，非常之簡單、潦草。叩拜燒紙之後，作為一樁事情也就完了。

柳宗元說：「夢得兄，去城東郊踏青怎麼樣？」

劉禹錫看一眼柳宗元，明白他的意思，說：「去踏青很好，但不去東郊。」

柳宗元說：「這可是個機會啊。」

劉禹錫說：「這機會顯然是有意找來的。」

柳宗元點點頭說：「這倒也是。可是要候一個自自然然的機會也委實不太容易，不如改天投刺上門算了。」

劉禹錫連說：「不行不行，這樣太正兒八經了，我更不願意。」

柳宗元搖搖頭說：「夢得夢得，你也太傲些了吧。」

劉禹錫忽然眼睛一亮，說：「要不，去鴛鴦湖怎麼樣？」

柳宗元不知道劉禹錫突然萌生的念頭，他說：「去鴛鴦湖？去鴛鴦湖好啊。我早就想去鴛鴦湖了。」

於是劉禹錫喚來劉三復，讓他通知船娘，把他家那條名叫行艓的遊舫搖至天後坊丘府水牆門候著。劉禹錫對柳宗元說：「柳兄，

我們去邀丘為丘老丈一同游湖。」

　　柳宗元不明白劉禹錫遊湖為什麼要拉上個老頭，就說：「你這是……」

　　劉禹錫說：「柳兄不是早想拜會這位田園老詩翁麼？」

　　柳宗元心想，拜會和遊湖那是兩碼事。但他是客，俗話說客隨主便，於是他說：「那也好。——要不，也邀上裴兄？」

　　劉禹錫猶豫了一下說：「那是當然。」

　　裴昌禹推說自家要上墳，就沒和劉禹錫他們一同去遊湖。當然他沒去上墳，而是一大早起來，就匆匆上城東用里街了。

　　這用里街因西漢朱買臣馬前潑水的故事而聞名遐邇，上百年來形成為一處商賈雲集的市廛，其繁華僅次於城中心的上官街。現在是早市，農民紛紛入市，因而更顯得熙熙攘攘。

　　裴昌禹先在一家麵館吃了一碗春筍肉片面，又去東塔寺燒了一炷香，默默通神完後就上了一家茶樓。

　　這家茶樓座落在街西犄角子上。坐在茶樓臨街的窗下，整條用里街就盡收眼底了。裴昌禹要了一壺茉莉香片，眼望著西邊的街口，靜靜地喝茶想著心事。

　　陸氏的祖塋在東城外三里地的陸氏墳。從陸府到陸氏墳，用里街是必經之路。大約一個時辰過去，漸漸變活起來的春風吹散了滿天雲翳，太陽就把整條用里街照耀得十分水亮。早市已接近尾聲，而遠遠的西邊街口出現了一支豪華的車隊。裴昌禹知道，陸府的祀祖隊伍過來了。他不由得挪挪身子，一雙眼頓時放大了一倍。

　　隊伍漸漸近了；街道兩邊擠滿了看熱鬧的人群。裴昌禹把目光集中到一輛全新的絳呢門簾的馬車上。他的判斷完全正確，那輛車上坐的正是陸憶菱小姐和她的使女鷗兒。

　　陸小姐輕輕挑開小小一方窗簾，好奇地張望著街景。

鵑兒和小姐湊在一處也在向外張望，可她眼裏卻流露出一些淒涼，她說：「小姐，那一年我就是在這條用里街上為夫人收留的。」

陸小姐說：「鵑兒，你真的不記得你的爹媽了？」

鵑兒搖搖頭說：「那時我才三歲，不記得了。」

陸小姐說：「那你想不想他們？瞧，這人來人往的，保不住就有你爹媽在啊。」

鵑兒說：「在就在吧。他們能狠心將我扔了，我就能不想他們。小姐，你就是我最親最親的親人了。」

鵑兒嘴上說不想，那淚珠兒早就撲簌簌地滾落下來。陸小姐摟摟鵑兒的肩頭，輕輕歎了一口氣，放下窗簾。

在裴昌禹眼裏，那挑開的一方車窗就是陸小姐，現在窗簾放下了，裴昌禹的心卻沒能放下。它跟著那輛絳呢門簾的馬車緩緩而行。車到樓下時，他看見四角飄動著紅纓流蘇的黑氈車頂；不久，便只能看見圍著藍錦帳圍的馬車的後圍。慢慢地，車馬遠去，一出城，就什麼也看不見了；空空的城門洞口留下來的只有一大團氤氳著脂粉香的空氣。

儘管如此，裴昌禹已經相當滿足了。為了使這種滿足感發揮到極致，他決定上一趟酒樓。

用里街上大大小小的酒樓酒館很多，卻差不多都賣一種本地釀造的名叫杜搭的米酒。這酒初喝時不覺得怎麼，甜津津的容易入口，後勁卻很足，常常不知不覺就醉了。裴昌禹其實不會喝酒，不過半斤，他已是爛醉如泥了。他趴在桌上吐著濃濃的酒氣，滿嘴裏說著誰也不懂的胡話：「小姐，小姐，我……倆，有過……婚約的啊。爹媽，爹媽，你們為……何死的那……麼早！陸公，陸公，你……怎麼就……忘了呢？陸公啊……」

酒保什麼醉客沒見過，也不去嚕蘇他。他就這麼趴著，直到過午才漸漸蘇醒，酒保就適時地端來一碟生薺薺，一碗酸筍湯。裴昌

禹吃過喝過，酒就全醒了。會過酒錢，他有些輕鬆地離開了酒樓。走不上幾步，就見一座巍巍東塔矗立街邊。裴昌禹覺得既然來了用里街，就該登塔去俯瞰一下全城景致。對了，說不定還能望見三里外的陸氏墳呢。

東塔是一座七層方形磚塔，每層都有櫸木護欄。站在七層寶塔上，視野當然非常開闊。房如籠，人如蟻，鴛鴦湖就像一面鏡子，可三里外的陸氏墳塋卻一點也看不清。看不清也不要緊，他猜想那一片蓊蓊郁郁的樹林子就是陸氏墳，陸小姐就在那一片綠色覆蓋之下，那片綠色就變得格外的親切。裴昌禹忽然亮開嗓門喊道：「陸—憶—菱—小—姐！」

這一天是裴昌禹有生以來最為放鬆的一天，用里街的親切使他不忍遽然離去，於是他想到了東塔寺後的朱買臣墓。他覺得此刻這位西漢良臣一定非常寂寞，他覺得自己有必要去撫慰一下這位八百年前屈死他鄉的孤鬼野魂。令裴昌禹做夢也想不到的是，那一片破敗慌涼的墓地，正有一個意外的驚喜在等著他呢。

10

清明上墳，祭祀儀式其實十分簡單，即使像陸府這樣的人家也不過多花半個時辰，就一切都解決了。剩下的時間，陸小姐用來踏青。那連成一片的金黃（油菜花）和碧綠（蠶豆和麥苗）溶入陸小姐心裏，陸小姐的心裏就流出一片美麗來。她不禁隨口吟道：

> 迎得春光先到來，
> 淺黃輕綠映樓臺。
> 只緣嫋娜多情思，
> 便被春風長挫摧。

　　那是劉禹錫的一首《竹枝詞》。這樣美麗淒婉的意境，彷彿專為此時的陸小姐寫的。吟著他的詩，又想起他這個人，陸小姐不免有些癡迷的神往，也有些暗淡和惆悵。

　　鵑兒感覺到小姐的情緒起了某些變化，但一時猜不透是什麼變化，只好陪著小心說：「小姐，走了這半天你也累了，不如回吧？瞧瞧，你這繡鞋髒的。」

　　雨後的田埂非常潮濕鬆軟，陸小姐的那雙粉色繡鞋濕濕了，還沾滿了草屑和泥漿。她用腳趾蠕動一下鞋尖，笑笑說：「很好啊，泥土香呢。」

　　鵑兒見小姐一副調皮的樣子，就放了心。她也笑了，笑聲比陸小姐還好聽。

　　這時看墳的老奴陸忠來請吃飯，於是她們跟隨老人家去了墳堂膳廳。

　　飯菜很平常，可是很新鮮，八菜一湯，滿滿的擺了一桌子：辣丁野雞塊，雪菜炒鱸腮，醬汁鵪鶉，酒糟鵝掌，乾絲馬蘭頭，薺菜油豆腐，清炒豌豆苗，鹽漬香椿尖，外加一大碗西湖蓴菜湯。陸小姐尤其喜愛豌豆苗。她說：「豌豆很好吃，想不到它的苗也如此可口。」

　　老奴陸忠在一邊侍候，見小姐提起豌豆，就湊趣著講了一段有關朱買臣與豌豆的鮮為人知的傳聞。

　　陸忠說，朱買臣家境貧寒，靠打柴賣柴為生。他每天早起出門打柴，只打夠十文錢的柴就歇手。他在十字路口賣柴，柴擔上放一張紙，上寫：乾柴兩捆，賣銀十文。自己就坐在柴擔邊讀書。他妻子常常勸說他多打些柴，多賣些銀兩，使日子過得富裕些，朱買臣不聽。妻子就非常傷心。日子長了，傷心變成了怨恨。有一年，朱買臣想討妻子的歡心，把賣柴得來的十文錢拿出一文，買了一籃嫩豌豆拿回家給妻子嘗新。不料反而惹惱了妻子，她將豌豆撒到院子裏拴著的一條老牛跟前，說：豌豆豌豆，有甚鮮頭。跟你個壽頭，何時出頭？你想作官，除非這豌豆立地成了金豆。說完提起包袱，

改嫁杉青閘吏去了。後來朱買臣做官回鄉，馬前潑水，其實學的前妻牛前撒豆。

　　陸小姐只聽說有馬前潑水，從未聽說還有牛前撒豆，覺得很是新奇。所以當他們祀完祖回家，路經用里街在東塔寺隨喜時，她與鷳兒偷偷從方丈室後門去了朱買臣墓地。

　　陸小姐主仆進入墓地時，裴昌禹剛剛祭完出來。他們在檜樹歪斜的甬道上相遇了。陸小姐的穿戴氣質，她的非同尋常的美麗，好似一道無聲的驚雷，將裴昌禹劈呆在那裏。陸小姐根本就無視裴的存在，她撫著鷳兒的肩頭緩緩走向那座破爛不堪的墓穴。

　　裴昌禹心裏想繼續留在那裏，他的腳卻不能夠停下。走到矮牆口時，他忍不住回望了一下，只見陸小姐已站在朱買臣墓前，那一種風流婉轉的樣子，令他幾乎不能自持。裴昌禹心想：這是誰家的千金呢？

　　他一邊想一邊往街上走，路過東塔寺前時，發現寺門前停著的一溜車馬，不必細辨，這是早上見到過的陸府的車馬。他心裏一激靈，立刻判斷出剛才見到的那位小姐必定是陸憶菱小姐了。他這一激動，差一點沒叫喊起來，就立即轉身飛快地回到了朱買臣墓地。

　　這時陸小姐正微微彎著腰，在讀一塊埋在草叢裏的石碑上的碑文。

　　裴昌禹背負著手，裝作閒逛的樣子高聲吟了一首詩：

　　　玉簾暗無聲，
　　　青草明月情。
　　　停橈煙雨裏，
　　　一蓑盡平生。

　　讀著碑文的陸小姐忽然直起了腰，扭過臉來。

　　裴昌禹裝作不看見，又吟了一首：

庭前芍藥妖無格，

池上芙蕖淨少情。

唯有牡丹真國色，

花開時節動京城。

陸小姐的兩眼放起光來。她有些羞怯地偏開臉說：「不敢動問，那廂可是劉世兄劉夢得？」

裴昌禹愣了一下，說：「非也。在下姓裴，裴昌禹就是我的賤名。」

陸小姐有些失望，卻禁不住又問：「那閣下所吟之詩……」

裴昌禹說：「那是我的朋友劉禹錫所作，想必小姐就是陸府的陸憶菱小姐吧？」

陸小姐誤會了，她說：「這麼說，難道是劉世兄讓你來……」

裴昌禹說：「不不，不是的。我只是湊巧與小姐邂逅相遇。小姐，我們……」

陸小姐頓時涼下心來，說：「既如此，不必說了。鵑兒，咱們走吧。」

裴昌禹不知哪兒來的膽子，他居然敢伸出一條手臂去攔阻。他說：「小姐，小姐，你聽我說。你，我，我們……」

鵑兒將裴昌禹一推，說：「什麼你們我們，你少嚕蘇，我家老爺夫人可是在寺裏呢！」

裴昌禹只好閃開身，說：「小姐，小姐，我，我好想你啊。我真的非常想你呢！」

陸小姐把他當成了瘋子。她嚇得渾身直哆嗦，眼淚也下來了。

鵑兒也從沒遇見過這種情形的，也慌了，卻還壯著膽子護住陸小姐，一邊豎眉立目叱道：「哪裡來的狂徒，敢對小姐如此無禮，還不給我滾開。滾開，滾開，快滾開！」

鵑兒邊說邊拉起小姐飛快地離開了墓地。

這裏，裴昌禹又是失望又是悔恨，他狠狠地抽了自己一個嘴巴，說：「不長進的東西。你，你怎麼可以這樣啊！」

11

陸小姐回到東塔寺方丈室，陸贊夫婦正著急地差人各處尋找呢，見她主僕平安回來，天上掉下來一般。李夫人不免有些埋怨，說：「大姑娘，你去哪兒了？也不言一聲。」

鵑兒連忙回說去後邊朱買臣墓了。

陸贊見陸小姐神色不對，眼角還有淚痕，就說：「菱兒，你怎麼了？遇見什麼了麼？」

鵑兒就把碰見裴昌禹的經過簡略地敘說一遍。

李夫人著急地說：「那人什麼模樣？是個潑皮無賴？有沒有欺侮小姐？」

鵑兒說：「這人五短身材，書生模樣，也沒欺侮小姐，只是言語衝撞些，還酸溜溜地吟詩呢。」

陸贊說：「沒問他姓甚名誰了？」

鵑兒想了想說：「沒問。不過他自己說了，好像姓什麼裴。」

陸贊嘀嘀咕咕地說：「姓裴？是不是叫裴昌禹？」

鵑兒點點頭說：「對對對，是叫什麼裴昌禹。二老爺知道這人？」

陸贊便不言語了。停了停說：「沒事了，我們回吧。」

按原定方案，祭掃完祖塋之後，他們將在范蠡渡下用里河去遊鴛鴦湖的，現在有了朱買臣墓那一場意外的驚嚇，陸小姐就沒有了興致，陸贊夫婦只好臨時取消了遊湖計畫，徑直坐車回了家。預先等候在用里河范蠡渡口的兩隻雕檽棠木舫，也只好無精打彩地空船而返了。

12

　　告老還鄉將近二十年的太子右庶子、著名的田園老詩人丘為的府邸在城東北廓的天後坊。老人行年將及九十，鬚髮全白了，卻是精神矍鑠，身體非常健朗。劉禹錫柳宗元來拜訪時，他正在五柳齋書房裏一邊飲酒一邊寫字。引見的僮兒剛要稟報，卻叫劉禹錫攔住了。他們悄悄地進屋，默默地站在老先生身後觀看。

　　老先生寫的是他的一首舊作《尋西山隱者不遇》。詩曰：

　　　　絕頂一茅茨，
　　　　直上三十里。
　　　　扣送無僮僕，
　　　　窺室唯案几。
　　　　若非巾柴車，
　　　　應是釣秋水。
　　　　差池不相見，
　　　　黽勉空仰止。
　　　　草色新雨中，
　　　　松聲晚窗裏。
　　　　雖無賓主意，
　　　　頗得清淨理。
　　　　興盡方下山，
　　　　何必待夫子。

　　待寫完最後一個字，劉禹錫柳宗元不由得鼓掌叫起好來。老先生一抬頭，這才看見他倆。他擱下羊毫，一邊捋著白鬚呵呵笑著讓座，一邊又嗔著僮兒不早告訴。

　　劉禹錫一面告坐，一面解釋是他不讓打斷老世祖雅興的，帶便

也可趁機學學老世祖的運筆。

丘為笑聲不斷，說：「老朽閒來無事，又做不了新詩，權當溫習舊夢吧。——劉賢侄，這位公子是……」

劉禹錫為他們作了介紹，丘為說：「喲，您就是大名鼎鼎的柳宗元柳子厚？想不到你竟如此之年輕！」

柳宗元說：「早就聽說丘老先生，只是無緣識荊。今既不遠千里來到嘉禾，豈肯當面錯過？因此相煩劉兄引薦。貿然造訪，望老先生勿以唐突見責。」

丘為說：「哪裡哪裡。後生可畏呀！一個劉夢得已令人不知所措，如今又有一個更加年輕的柳子厚，老朽如我輩者，可以休矣！」

劉禹錫說：「老世祖過謙了。即如這首《尋西山隱者不遇》，『扣送無僮仆，窺室唯案几。』『草色新雨中，松聲晚窗裏。』『雖無賓主意，頗得清淨理。』這些詩句已令人拍案叫絕了。」

丘為說：「慚愧，慚愧。這哪比得過劉賢侄你的《楊柳枝詞》和《竹枝詞》。『楊柳青青江水平，聞郎江上唱歌聲。東邊日出西邊雨，道是無晴還有晴。』看似平實，卻是奇譎。還有柳賢侄的《晨詣超師院讀禪》。『汲井漱寒齒，清心拂塵服。閒持貝葉書，步出東齋讀。』淡雅，清新，佛性穿透了詩心，何等功力喲！」

他們一邊談天，一邊喝茶，時間不知不覺就悄悄過去了。看看日影將直，劉禹錫就有些心有旁鶩的樣子。丘為雖已是耄耋之年，感覺一點也不遲鈍，但他領會錯了，說：「看我，叨叨起來沒個完。也快近晌了，就請二位賢侄在飯牛齋便餐，也權當我為柳生接風。我有新釀的好酒呢！」說著立起身來。

劉禹錫說：「老世祖別忙。我們不單是給您老請安來的，實在是有事相煩老世祖幫忙。」

丘為重又坐下說：「劉賢侄有事儘管明言，只要老朽能辦到的，一定辦到。」

劉禹錫看看柳宗元，對丘為說：「一時不遑細說。總之，能否相請老世祖共作鴛湖半日之遊？」

丘為雖不明白劉禹錫的用意，但還是很爽快地答應了。他說：「好啊。老朽正有遊湖的打算呢。」

於是丘為喚來僕人，吩咐預備酒菜和船隻。

劉禹錫說：「船倒不用了，我已把我家的行艫遊舫搖在老世祖家水牆門邊了。」

不一會酒菜備齊，劉禹錫柳宗元一邊一個扶持丘為至後院水牆河埠上了遊舫。在駛向鴛鴦湖的途中，劉禹錫將他的計畫和盤托出。丘為聽了，笑吟吟地捋著白鬍子說：「又何必如此大費周章。我引領二位上門豈不是好！」

柳宗元心眼直，他說：「我也是這個意思，可劉兄他不願意。」

參照柳宗元的說話，丘為明白並且理解了劉禹錫。他故意不點穿，說：「詩人麼，他的方式總有些與眾不同。」

果然，在鴛鴦湖上泛舟不久，他們就遇見了陸府那兩隻空船而返的豪華的雕檻棠木舫。佯作巧遇，劃過去一答話，方始知道，陸贄臨時取消了遊湖計畫。三人不免都非常失望；尤其劉禹錫，失望之中包含著悵惘和怨恨。他無奈地說：「這個陸公，他壞了我的大事了！」

丘為哈哈笑道：「這幹陸公何事！他改變遊湖計畫，一定臨時有什麼事情。這樣吧，改日我領二位直接上陸府去可好？」

劉禹錫一如霜打的茄秧，蔫蔫地說：「再說吧。只是不好意思，白白勞動了老世祖這一回。」

丘為說：「說什麼勞動不勞動的。有二位賢侄陪伴遊湖，不虧啊不虧。」

13

　　繼續游湖自然沒了興致。前節說過，丘為雖已年屆耄耋，感覺並不遲鈍，倒是有九十年的人生閱歷作鋪墊，為人非常知性識趣。看看日已過午，他以午後思睡為由，早早結束這早已變質的駕湖之遊。

　　劉禹錫回到家裏心中悶悶的。柳宗元心實，又不善撫慰人，也在一邊默默的坐著。坐了一會兒，他說：「劉兄，要不，咱們真讓丘老先生引薦去一趟陸府？」

　　劉禹錫看他一眼說：「要這麼正兒八經地去拜訪，早就去了，還等到現在？」

　　柳宗元說：「不是沒有別的辦法麼？」

　　劉禹錫歎口氣說：「算了，不見也罷。以後若有機會，乾脆去京師拜見陸公。」

　　柳宗元見勸不轉劉禹錫，只好附和說：「也好。與其難見小鬼，不如索性去見閻王。」

　　劉禹錫已經輕鬆了許多，他說：「計畫泡湯，心無所著，什麼事也幹不成了，剩下的大半天時間幹什麼好呢？」

　　柳宗元說：「喝酒？」

　　劉禹錫說：「沒意思。」

　　柳宗元說：「聯句？」

　　劉禹錫說：「更沒意思。」

　　柳宗元說：「那，那怎麼好呢？」

　　劉禹錫見柳宗元一籌莫展的樣子，心裏就有些不忍。心想，他是客人，他覺得無聊，自己還該千方百計為他解悶呢，怎麼好意思反而讓他撫慰自己呢？他想了想說：「柳兄，要不，我們去蘇小小墓看看怎麼樣？」

　　柳宗元說：「去杭州？」

　　劉禹錫搖搖頭說：「蘇小小的墓就在此地。」

柳宗元說：「怎麼會呢！不是說『春花秋月如相訪，家住西泠妾姓蘇』麼，她的墓怎麼會在這裏？」

劉禹錫笑笑說：「這你就不知道了。蘇小小是嘉興人呢，她死後歸葬故鄉，那是很自然的事。徐凝有詩曰：『嘉興郭裏逢寒食，落日家家拜掃歸。只有縣前蘇小小，無人送與紙錢來。』這蘇小小的墳就在此地縣前賢娼弄。」

柳宗元聽了不由興奮起來，說：「原來如此。我想，今日清明，這位南齊美妓定然是寂寞的，須由你我前去慰望她一回才好。」

既把祭掃蘇小小墓當一回事來辦，就不該太簡慢，太草率，而應當奠禮如儀。劉禹錫喚來從弟三復，讓他佈置僕人預備祭祀用的一應對象，諸如香燭、紙錢、酒菜等，他和柳宗元則在書房共擬了一篇情詞深切的誄文。

14

劉禹錫他們經過曲尺形的縣前賢娼弄，來到城東南的蘇小小墓地時，已是下午未申時分了。略略偏西的太陽，非常寧靜地照耀著這兒的一切。

蘇小小墓在河灣處的一片高地上。離墓地不遠有一口很大的水井，水井的石井欄長滿暗紅發黑的黴斑，還破了一個口子。墓是磚砌的，外面覆蓋著剝蝕了的泥土。墓很高大，差不多像個小小山丘。墓上長有一棵很粗壯的桃樹，滿樹血一樣紅的花朵由於陽光的滲透，明麗得彷彿讓人感受到了三百年前那個佳人的粉面氣息。

兩位詩人非常虔誠，祭祀如儀進行。僕人擺上菜肴蔬果，劉禹錫就拈香點燭，柳宗元則執壺敬酒。行過禮，劉禹錫取出誄文恭恭敬敬地正要唱讀，只聽墓後傳來一個年輕女子吟詩的聲音：

郎騎青驄馬，

妾乘油壁車。

何處結同心，

西陵松柏下。

　　兩人一聽，不由大吃一驚，都愣住了。四下望望，陽光燦爛，細風習習，這是怎麼回事呢？

　　正驚疑間，只見墓後走出一位絕世佳人來。她的身後是兩個才總角的丫鬟，一個提著一個朱漆飾金花紋的食盒，另一個抱一個花瓷膽瓶，瓶中只插一枝含苞的薔薇。

　　那女子看去頂多有十六七歲，髻鬟高聳，細眉入鬢，薄薄小小的嘴唇點的是烏膏。憑這樣的妝扮，劉禹錫大致可以判斷出，這絕不是好人家的女孩，而是哪家歌樓的妓女。沒有嫖妓經驗的劉禹錫對於娼妓，只限於書本和傳聞上的印象，這回的祭祀蘇小小多多少少只是附庸風雅。眼下，這麼一個美妓實實在在地出現在面前，他才明白，為什麼早已化灰化煙的蘇小小仍能牽動起後世那麼多文人憐香惜玉的綿綿情絲。

　　那妓女的氣質的確有些不凡。她水汪汪的眼睛流轉著千般綺旎，嘴角噙笑又釋放著萬種風情。這水樣的目光，霧樣的笑意，使得她那張桃花一樣的粉臉燦爛到讓人為之心亂。由於妓女的身份，這種心亂多少讓劉禹錫感到些許的憎厭。由於心生厭惡，劉禹錫對她彷彿視而不見。柳宗元卻有些癡迷，他喃喃自語說：「好個如花美眷！」

　　劉禹錫不滿地瞟一眼柳宗元，柳宗元沒有察覺，他趨前一步，對那女子拱拱手說：「小姐，您好！」

　　那女子瞄一眼劉禹錫，略略偏開臉，一蹲身說：「二位公子萬福。」

　　柳宗元忙不疊還禮，一邊高聲念道：「高髻雲鬟宮樣妝，斜紅不暈赭面狀。」又說：「不敢動問，小娘子果是錢塘蘇小小麼？」

那女子聽了先是一愣，之後，兩眼一流轉，便格格地笑了起來。笑畢，她說：「賤妾，上官街柳巷密春院徐楚楚。」

柳宗元這才明白自己糊塗到何等田地，他解嘲地說：「徐小姐如此風姿綽約，儼然蘇小小再世啊。」

徐楚楚又格格地笑起來，說：「公子過獎了。哦，還未請教二位公子尊姓大名哩。」

柳宗元說：「在下河東柳宗元。」

徐楚楚聽了彷彿受了驚嚇，有些不相信地說：「閣下就是大名鼎鼎的文章國手柳子厚柳相公？」

柳宗元說：「不敢，正是不才。」

徐楚楚吟道：「『稍稍雨浸竹，翻翻鵲驚叢。美人隔湘浦，一夕生秋風。』這麼清冽的詩句，是足下寫出來的麼？」

柳宗元笑笑說：「我自知人物猥瑣，怎麼，不配柳宗元三字麼？」

徐楚楚忙說：「不不，對不起。那這位公子……」

柳宗元說：「他是本郡劉禹錫。」

徐楚楚剎時兩眼放光，呀了一聲說：「您就是劉夢得？對呀，和柳宗元在一起，不就是劉夢得麼？可是劉公子，我們同住嘉禾，卻是從未謀面。今日有緣得遇二位公子，實是楚楚三生有幸呀！」

劉禹錫聽徐楚楚吟出柳宗元詩句十分驚奇，厭惡情緒頓時煙消雲散，見說到自己，就說：「小姐言重了。聞得小姐詩藝俱佳，我尚不信，今日一見，果不其然！小姐的佳作，我曾疑惑過，比如『瀲灩月清響，照此珊瑚鉤。瓊戶飛逸姿，電窗綴歡稠。』這樣的詩句，我輩是寫不出來的。」

柳宗元捅了劉禹錫一拳，輕聲說：「原來你們心儀已久。」

劉禹錫白他一眼，也輕輕地說：「瞎說些什麼。」

徐楚楚癡癡地望著劉禹錫說：「劉公子謬獎了。公子大才才讓人折服呢。『世途多禮數，鵬鷃各逍遙。何時陶彭澤，拋官為折

腰？』這樣的發問，何等高妙！『少年負志氣，通道不從時。百勝慮無敵，三折乃良醫。目覽千載事，心交上古人。』這樣的詩句又豈止是詩呢？」

劉禹錫說：「『若把文章邀勸人，巧看好個語言新。雖然不及相如賦，也值黃金一二斤。』這樣的詩才是詩啊。」

柳宗元說：「罷呀，罷呀，不是來祭蘇小小，竟是互相吹捧來了。」

徐楚楚就笑了，說：「二位也祭完了吧？該輪到我了。」

站在一邊一直插不上嘴的劉三復對劉禹錫說：「哥，你還未念誄文呢。」

劉禹錫說：「不念了。把誄文化了吧。」

劉三復剛要把誄文點燃，卻叫徐楚楚一把奪了過去。她一目十行地看了一遍，說：「若是他年楚楚入土，能得如此佳誄，此生無憾矣！」

劉禹錫說：「這有什麼。——還是化了吧。」

劉三復向徐楚楚伸手去要，徐楚楚雖然不忍，還是把誄文還給了劉三復。她笑笑說：「不礙，我已經記住了。」

誄文點燃，劉三復怕燒了手指，一撒手，點燃的誄文變成了幾隻翩翩起舞的火蝴蝶。

15

裴昌禹已有好幾天不到劉家了，他家的老僕聾子裴丁說他病了。劉禹錫和柳宗元過去看過他幾次，也無甚大病，不過是偶感了風寒。其實裴昌禹自己心裏明白，他根本就沒病，他只是怕見劉禹錫。不知為什麼，他怕。

柳宗元惦記他母親，要回長安了。臨行，從行囊裏取出一方碧綠的疊石硯臺送給劉禹錫，並約定明年春闈在京城再度聚首。劉禹

錫對那方石硯愛不釋手；他知道，這樣一方稀世名硯是無法用金錢估量的。以此證明，他和柳宗元之間的友情真正勝過了同胞手足。為此，後來他還專門寫了一首詠硯詩寄給柳宗元，其中有：「煙嵐餘斐亹，水墨兩氛氳。好與陶貞白，松窗寫紫文。」這樣的句子。

柳宗元走了以後，劉禹錫覺得空落落的有些百無聊賴，幹什麼也提不起興致。有一天，劉三復說：「哥，不如去一趟密春院散散心。清明那天，徐小姐不是約你了麼？」

經劉三復一提起，劉禹錫眼前立刻浮現出徐楚楚嬌小的身影，心裏就活動了。他要劉三復去隔院邀來裴昌禹，三人一起，上了一趟上官街柳巷的密春院。

因為貞元年間嘉興城的規模尚不是很大，人口也不是很多，所以全城也只兩家妓院，就是明芳樓和密春院。從規模設施和妓女的品貌素質，明芳樓都無法與密春院相抗衡，所以去密春院的都是士大夫一流人物，而明芳樓就只能接待一些市井負販下三濫了。嘉興地方素稱禮儀之邦，即便嫖妓，也相對文明，爭風吃醋的事自然避免不了，卻只限於文爭，從不動武；至於強佔硬霸等等，是從未有過的。所以徐楚楚儘管名聲很大，卻是至今未成破瓜。多少富家官宦子弟競相出高價要梳攏她，她只是不允，眾人也只有望著美味徒吞口水的份兒。她也不很接客；而所謂接客，也無非一茶一曲談講片刻而已。儘管這樣，對於被接待者已是喜出望外，心滿意足，引以為榮了。

劉禹錫他們到密春院時，徐楚楚剛好送走城西詩人丘丹，正歪在床上休息。聽說劉禹錫來訪，她不顧勞累，重勻脂粉，親自下樓來接。

可是劉禹錫一踏進密春院就後悔了，也不知什麼原因，剛才的興致已從腳底溜走。推測起來，大約他從內心深處是排斥妓女的吧。可他畢竟有涵養，依然臉帶微笑與徐楚楚打招呼，說：「徐小姐，別來無恙？」

徐楚楚笑容滿面地說：「託劉公子萬福，還不錯吧。公子家居，諒也佳好？」

劉禹錫說：「還好，還好。」

劉禹錫漫應著上樓，走過回廊，立定在楚楚的閨房前。

徐楚楚的閨房不用香豔綺靡之名，而額之曰：秋澄。字體疏朗娟秀，是楚楚自己的手跡。及至看了這兩個字，劉禹錫的心又立刻生了歡喜，脫口說道：「好字。真是好字啊！」

徐楚楚的使女名小篆的說：「這還該多謝劉公子您呢。」

劉禹錫不免有些詫異，說：「此話怎講？」

徐楚楚說：「公子不是有首《八月十五夜玩月》的詩麼？『暑退九宵淨，秋澄才景清。』」

劉禹錫說：「是麼。我自己倒不記得了。」

徐楚楚說：「公子詩才橫溢，多少鴻篇巨制，自己哪裡記得過來。可不才如我輩者，就都記著呢。」

劉禹錫聽了不免有些噁心，說：「小姐，你太誇張了。」

徐楚楚本是個細心的女子，但這會兒卻一點也未曾察覺，她熱情地把劉禹錫他們讓進房中。送過香茗之後，徐楚楚說：「柳公子怎不一起來啊？」

劉禹錫說：「子厚他回長安了。」

徐楚楚輕輕歎了口氣說：「只恨楚楚是女兒之身，又入了青樓；但凡是個男子，也好與公子等才俊朝夕相處，作詩論道，那該多好！」

劉禹錫見徐楚楚一臉的真誠，剛才的不快即刻一掃而空，就說：「徐小姐有此心胸，雖女子又有何妨？」

徐楚楚顯然被劉禹錫的話感動了，她眼裏噙著淚花說：「我雖是個女流，又身在煙巷，卻意不在卿我之間；若能結二三同志，效蘭亭修禊之遊，那才不虛此生呢！」

劉禹錫反過來也為徐楚楚感動了。再度審視她時，發覺這女

子真的有些不同凡響，心裏不免生出些許感慨和敬佩。感慨敬佩之餘，還不知不覺萌發了絲絲愛意。因說起了陸贄，由陸贄又說起陸憶菱小姐。

徐楚楚說：「久聞陸小姐大名，知道小姐正在禾城，雖同是女流，地位天壤，無從接近，實在遺憾。哦，對了，劉公子見過這位陸小姐麼？還有裴公子，據我所知，你們陸劉裴三家父執一輩可是至交啊。」

一語觸到了兩人的隱處和痛處，裴昌禹就坐不住了，他站起身，假裝去看壁上的字畫。劉禹錫有些黯然，他說：「正是想見她，卻沒有機會。你不知道，自從陸公進京之後，十多年來我們兩家和陸府幾乎沒什麼來往，已經十分生疏了。」

徐楚楚不免生出些感慨，沉吟片刻說：「我聽說天後坊的丘為丘老先生與陸二老爺關係不錯，要不要我轉請丘老丈為二位引薦一下？」

劉禹錫裴昌禹各懷鬼胎，一齊說：「那倒不必。如果我們真去造訪，想是不會遭到拒絕的吧。」

徐楚楚笑笑說：「那是當然的。二位都是名士啊。社會對於名士，仰盼不及，哪有拒見的呢！喲，只顧說話，就這麼怠慢二位乾坐著。」一面又嗔怪使女說：「小篆，你也只顧傻聽。快，快去喊上一個席面來，我陪二位公子喝幾杯。」

16

總體上說，密春院之行，多少給了劉禹錫一些來自女性的特殊的安慰，從此，徐楚楚的形象就印在了他的心底。終於有一天，從弟劉三復告訴他，陸憶菱小姐要回京城長安了。這彷彿是個不祥的消息，劉禹錫的心一下掉到了冰窖裏。他整日裏喪魂落魄，幹什麼事都打不起精神，卻是一點辦法也沒有。

裴昌禹經多日調整，已漸漸把朱買臣墓遭遇的羞慚淡化，代

之而起的是對陸憶菱小姐的思念。這種思念隨著時間的推移，又日趨灼烈，及至聽到陸小姐將離禾返京的消息，想再度見她的願望就越加迫切了。不過，他在對待陸小姐的態度上，發生了一些根本性的變化。他認識到，對於陸小姐，他的確有些不配，但他完全可以在心裏喜歡她。只要限制在心裏喜歡，他覺得跑去見她是沒有什麼不可以的。可怎麼去見陸小姐呢？思來想去，他覺得無論從哪方面講，還是得依賴劉禹錫的。

裴昌禹來找劉禹錫了。他對劉禹錫說：「劉兄不是要瞭解朝廷麼？這可是最後的機會了。陸小姐一走，機會也就不復存在。」他並且自告奮勇願意陪劉禹錫一起去一趟陸府，但劉禹錫拒絕了。

劉禹錫搖搖頭，說了兩個字：「不去。」

裴昌禹有些著急，說：「為什麼？」

劉禹錫說：「不為什麼。」

裴昌禹說：「明年大比，如果瞭解一些朝廷內幕，也許會有好處的。」

劉禹錫顯然被裴昌禹最後這句話擊中了。他愣了片刻，卻說：「倒不僅僅是為了功名，而是……唉！算了，算了。」

17

陸憶菱小姐回京的行期的確已定。隨著行期的逼近，她變得焦躁任性起來。書是讀不進了，翻開來沒讀上兩行就拋下；拋下了，又拾起來，讀不上兩行又拋下了。於是坐到窗下撫琴。壓抑，鬱悶，幽怨，無奈，變成淒切的琴音在屋子裏回盪，最後連她自己也無法忍受，恨得她操起一把剪子把琴弦鉸了。對於菜肴也特別的挑剔起來，鹹了，淡了，這也不好，那也不好。穿著倒是無所謂了，長短瘦肥，紅黃藍白，抓著什麼穿什麼，彷彿突然間喪失了審美能力。

　　這可把陸贄夫婦嚇壞了。使女鷳兒對二老爺和李夫人說：「沒事的。小姐是戀著這兒的老家，怕回京城呢。」

　　陸贄夫婦就將信將疑地同意了鷳兒的看法，只得拿出更好的顏色，更佳的食物，更親的話語來安慰陸小姐。

　　使女鷳兒不愧從小伴陸小姐一起長大的，只有她懂得陸小姐心裏在想些什麼，但她現在尚不能點破小姐的心事，她只有暗暗著急。陸小姐坐在閨房外寬寬的露臺上，面對滿園的春色心事重重。鷳兒遠遠地站在她的身後，一籌莫展。

　　陸小姐手裏拿著一本薄薄的小書，那是本地坊間刻印的一本詩集，名曰《吐綬鳥詞集》，作者劉禹錫。詩集收有包括《吐綬鳥詞》在內的三十來首詩。這是前天陸贄去天後坊拜會老詩人丘為，丘老先生轉送給他的。陸贄也不甚喜歡，回家後就把它隨便擱在大廳的長几上了。正好陸小姐心煩，下樓去花園打廳上過，一眼瞥見長几上有本書，就順腳過去拿起翻了翻。這一翻，把她的眼睛翻亮了。她對身後的鷳兒說：「快，快去書房瞧瞧，二老爺是不是在陪客。」

　　鷳兒一時搞不懂小姐是什麼意思。她看看小姐手裏緊緊攥著的那本書，心想一定與這書有關，但究竟有什麼關係，她當然不會明白。她答應一聲，就疑疑惑惑去了書房。

　　鷳兒走了之後，陸小姐也不去花園了，就坐在一張椅子上讀《吐綬鳥詞集》。不過半頓飯工夫，三十首詩俱已讀畢，還在默默的記詞，只覺詞藻清新，齒頰生香。她最喜愛的是那首作為詩集名的十五韻古風《吐綬鳥詞》。「越山有鳥翔寥廓，嗉中天綬光若若。」起的既自然又斑斕。「赤玉雕成彪炳毛，紅綃剪出玲瓏翅。臨波似染琅邪草，映葉疑開阿母桃。」一幅活脫脫的吐綬圖。「翠幕雕籠非所慕，珠丸柘彈莫相猜。」這兩句在陸小姐看來，抒寫的是品性，志氣。末了幾句，「三山仙路寄遙情，刷羽揚翅欲上征。不學碧雞依井絡，願隨青鳥向層城。」陸小姐不以為然，覺得俗，不免有些失望，恨不能替他改作了。

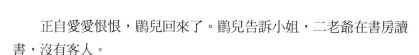

正自愛愛恨恨，鵑兒回來了。鵑兒告訴小姐，二老爺在書房讀書，沒有客人。

陸小姐不免有些失望。她哦了一聲，站起身要上花園。

鵑兒瞟一眼小姐，說：「小姐是想知道這書的來歷吧？」

真是聰明的丫頭！陸小姐心中一動，人卻不動了，也不吱聲。她喜歡鵑兒，就因這丫頭善解人意，而且機靈，會辦事兒。

鵑兒說：「我問二老爺了。」

陸小姐不由吃地一笑，說：「你是怎麼問的？」

鵑兒說：「我說，二老爺，小姐讓我給您請安來了。喲，您沒空，您正忙著哪！那我回去了。說完，我轉身就走。二老爺起先聽說小姐讓我給他請安很高興，見我扭頭就走，就有些納悶。他大聲把我喊住，說，我不正空著麼，誰說我忙了。我說，您不忙，您不忙還丟三落四的呀。二老爺覺得奇怪，說，我丟什麼啦？我沒丟什麼啊。我說，有一本薄薄的書您沒落在什麼地方？他笑了笑說，哦，那是劉禹錫新刻的一本詩集，昨天我去天後坊拜訪丘老先生，他轉送給我的。我也不太懂詩，就隨便擱在廳上了。我說，可我們小姐她懂，她喜歡這姓劉的詩呢。二老爺就喜歡了，說好啊好啊，既是小姐喜歡，你就給你家小姐送去吧。——小姐，這是劉公子做的詩啊？」

陸小姐聽完又還是失望，她說：「鵑兒，咱們去花園吧。」

陸小姐坐在露臺上，明媚的春光使得她的臉色相對有些憔悴。她一會兒瞧瞧手裏那本《吐綬鳥詞集》，一會兒望望遠處臨水的那個亭子。望著亭子，她就記起剛來時做過的那個毫沒來由的夢，記起劉禹錫風流倜儻的模樣，記起亭子石桌上那首「庭前芍藥妖無格」的詩。記起這一切，陸小姐的情緒就沮喪到了極點。

就在這時，一個小丫頭上樓來了。小丫頭是奉了二老爺二夫人之命來請陸小姐下樓的。小丫頭走到露臺邊說：「小姐，老爺夫

人請您下樓去。縣太爺來了，說是要見小姐。」停了停又說：「小姐，縣太爺帶來好多好多禮物，把半個大廳的地坪都擺滿了呢。」

小丫頭說這些話時非常興奮，兩個臉紅撲撲的，好像那些禮物也有她一份似的。可陸小姐一點也不高興，她依然望著遠處的亭子不無怨懟地說：「來的怎麼會是縣太爺？」

小丫頭說：「來的就是縣太爺啊。」

陸小姐還想說什麼，叫鵑兒把話接過去了。鵑兒說：「你下去吧。告訴老爺夫人，小姐這就下去。」

小丫頭走後，鵑兒說：「小姐，我明白你心裏想的什麼，可這明明已經不可能了。下去應個景吧，別讓二老爺二夫人太為難了。」

陸小姐扭頭望望鵑兒，歎口氣，只得站起了身子。

陸小姐來到大廳時，縣太爺侯蔦正與陸贊夫婦說話呢。見陸小姐進去，侯蔦趕緊站起身，搶上一步說：「嘉興縣令侯蔦給小姐請安了。只因下官近來公務繁忙，未能親自陪侍小姐祭祖，望小姐見諒。如今小姐要回京了，下官再怎麼忙，也要來給小姐送行的。」說著，他指指地上的禮擔說：「些許薄禮不成敬意，望小姐笑納。請小姐回京之後，多多拜上令尊大人，就說嘉興縣令侯蔦恭祝大人身體康健，宦海得意。」

侯蔦說完，拾起桌上一個大紅摺子，雙手捧給陸小姐。

陸小姐諳熟官場這些俗套。雖然她父親為官清廉，常常把屬下或地方官的禮物退回去，有時也情面難卻，禮輕一些的也就收了。這叫一鍋混水打不出一碗清湯。今天這禮物不好算很重，也不好算輕。陸小姐打量一下擺滿半個廳的禮擔，打開大紅禮折，只見上面寫著：

上用宮綢二十四，上用緞被二十條，黃狼皮二十張，山羊皮二十張，臘野兔二十隻，糟白鵝二十隻，碧粳米二十石，

赤糯米二十石，陳年黃酒二十罈，三白酒二十罈，青炭二十
簍，各色乾菜二十袋。

另：紫硯一方，淨墨一盒，湖筆一套，宣紙一箱，蘇繡一
掛，玉鐲一對。（專為孝敬小姐的。）

陸小姐看畢一笑，說：「侯大人，您太客氣了。要是我不
收呢，怕您不高興；要是收下呢，又怕家父不高興。這可怎麼辦
呢？」

侯蔦討好地說：「小姐用不到為難的。這只不過是下官的一點
點心意。」

陸贊說：「剛才我還說呢，這禮也重了些，恐怕姪女兒不肯
收。這不，說著了。」

侯蔦向陸夫人李氏求救，他說：「夫人，您幫下官勸說幾
句。」

李氏說：「要我說呢，這禮也算不得很重。既是侯大人一片誠
心，大姑娘，你就收下得了。你要不收，侯大人的臉面也不好擱。
再說，侯大人是這裏的老父台，以後免不了有些來來往往的。下回
你再來，帶些京城土產回報老父台，不就行了？」

侯蔦連連說：「夫人說的極是，夫人說的極是。小姐，您就收
下吧！」

陸小姐看不慣侯蔦那副巴結的樣子，心裏就煩了。她不願再糾
纏下去，就摺下臉說：「我不能收。請侯大人原物搬走吧。」

陸小姐說完，也不顧侯蔦和陸贊夫婦還要勸說，竟自上樓去了。

這裏侯蔦兩手一攤，作出一臉無奈的苦相。

18

三月十五日是個平平常常的日子。可是劉禹錫在這一天卻是

坐臥不安，因為掐指算來，明天就是陸憶菱小姐離別故鄉返回京城的日子。劉禹錫是徹底失望了。捱到下午，實在排遣不了心中的落寞，便和劉三復邀了裴昌禹再次去了天後坊丘府。丘為仍在他的五柳齋書房接待了他們。

這次拜訪與上次不同；這次沒有上次的歡洽，說話常常會莫名其妙地脫節。這主要因為劉禹錫神思恍惚，說話口不應肚，口氣也有些焦躁。上文說過，丘為雖然年高卻不昏聵，相反，他的感覺很是靈敏。幾句話來去之後，他大體上已捕捉到劉禹錫此行的目的，或者說此行的一種內心需求了。

丘為開始把話引向正題，他說：「劉賢侄，你新刻的《吐綬鳥詞集》一共印了多少？」

劉禹錫對這話題不感興趣，他淡淡地說：「不多，也就五百來本吧，送送人的。」

丘為說：「我聽說坊間暗中盜印了一些出售呢。」

劉禹錫心不在焉地說：「是麼。」

丘為說：「是啊，我聽說很好賣呢。好些人還輾轉問到我，想求一本呢。」

劉禹錫說：「這不值什麼，就滿足他們好了。」

丘為說：「可有人得隴望蜀，想要一本簽名本。」

劉禹錫說：「那我給簽上名就是。」

丘為說：「可你送我的七八本都已送完了；最後一本，前幾天甜水井陸府的二老爺陸贄公來寒舍時，我送了他了。」

聽丘為提起陸贄，劉禹錫心中一動，說：「陸二老爺他說什麼了麼？」

丘為裝作想了想，說：「他好像沒說什麼。」

劉禹錫不免有點洩氣。

丘為朝他看看，忍不住吃地一笑，說：「陸二老爺沒說什麼，可另有人說什麼了啊。」

劉禹錫有些迷惑，他說：「另有人？他是誰？」

丘為故意閉起眼，捋著白鬚一言不發。

劉三復說：「老世祖，您老就別賣關子了，快說吧。」

裴昌禹似乎猜到什麼了，卻竭力否認，可嘴巴不聽話，搶著說了出來。他說：「是陸憶菱陸小姐吧？」

丘為哈哈大笑說：「到底是弟兄，心氣相通，一說就中。不錯，正是陸憶菱陸小姐。聽說陸小姐無意中從陸二老爺處見到這本書，喜歡得什麼似的，又不好貿然來索要。人家可是千金小姐呀！」

劉禹錫噌地一下站起身，衝動地說：「我給小姐送書去。」

丘為拍了一下手，說：「這就對了麼！劉賢侄啊劉賢侄，我看你呀也太矜持得過了頭。你早該去陸府拜會陸小姐了，人家可是名滿京城的才女啊。據說，有許許多多豪門子弟想結識她，她都不理呢。」

聽丘為如此說，十六歲的大孩子劉三復先就高興得跳了起來。他說：「哥，我們這就去陸府？」

劉禹錫說：「老世祖，我想還是得求您老的大駕，引薦小侄走一趟陸府。不知老世祖肯枉駕否？」

丘為呵呵笑道：「這個自然，這個自然。我不早跟你毛遂自薦過了麼。君子有成人之美，老朽也算得是個君子吧。」

於是丘為把自己那本《吐綬鳥詞集》先讓出來，劉禹錫端端正正題了字，簽了名，然後一行人離了天後坊，驅車去甜水井。在轔轔的車聲中，有一個人的心情最為復雜。我想，不用作者說，讀者諸君都已猜到了。

19

踏進陸府非常氣派的水磨磚牆門的那一刻，除了老先生丘為，其餘三人都有一種類似於上佛殿參佛的感覺。

　　陸二老爺陸贊在西花廳接待了他們。

　　當陸贊出花廳牆門將他們迎入西院時，一位身材高大廣額疏鬚穿寶藍色長袍的老者，站在花廳的臺階上，一邊呵呵笑著向他們拱手，一邊口裏嚷道：「丘翁，久違了啊！」

　　丘為見了，認得是海鹽顧況，就說：「喲，這不是顧賢弟麼，我們怕有十年未見面了吧。今兒是什麼風把你給吹來了？」

　　顧況笑聲不斷，說：「是啊是啊，我們有九年九月九天零九個時辰未見面了。這不，一陣東南風把我給吹來了。」

　　海鹽在東南方，春天裏又吹東南風，所以顧況這話既寫實又寫意，說得在場所有的人都會意地笑了。

　　丘為說：「顧賢弟還是這麼詼諧，怪不得不見老，怕是也有六十好幾了吧？」

　　顧況理理他那一大部落腮鬍子說：「七十開三了。老了，老了！」

　　丘為說：「在我面前休提老字呵，老夫可是整九十了。」

　　這麼說著，又引來一陣笑聲。在笑聲中，劉禹錫拜見了顧世伯，裴昌禹給表姑丈跪請了金安。

　　陸贊說：「丘翁，正說要派人去府上接您老呢，您倒領了兩位賢侄來了。請！」

　　來到廳上坐定，僕人送過香茗。丘為說：「顧賢弟此來是……」

　　顧況說：「此次陸公大爺的女公子憶菱小姐回家鄉祭祖，行前陸公再三叮囑，要她一定見到我，向我問候。陸二爺就幾次派人去海鹽接我。不瞞丘翁說，近年來我有些不大愛走動。遲疑了好些日子，總是卻不過陸公高誼吧，也禁不住陸二爺三番二次地來接，又聽說這位女公子不僅才貌雙全，而且於朝政上也很有見解，久違廟堂，也真有點兒惦記。所以，幾下裏一湊合，我就來了。」

　　丘為笑著搖搖頭說：「有這麼許多理由才搬動你這位真神，真是不容易啊。那你可得多住些日子呵。」

顧況說：「本來是想多住些日子，可以跟憶菱外孫女好好聊聊。現在沒時間了，她明天就回長安了。」

　　丘為說：「那見著陸小姐了沒有？印象如何？」

　　顧況說：「見是見著了。印象麼，只有用可惜二字方可形容。」

　　眾人不解，說：「此話怎講？」

　　顧況笑了，說：「昨兒晚上，我們爺兒倆差不多談了半夜。憶菱外孫女她條分縷析，把個當今廟堂看得入木三分，又是那樣的姿容，真讓人懷疑這世界是不是長顛倒了！可惜她錯生了個女兒之身，不然，陸公之後，朝廷又將出一位賢臣名臣呢！」

　　一席話說得劉禹錫心旌搖盪，恨不能立時奔入內堂去見陸小姐。

　　丘為說：「這有什麼可可惜的，歷朝有的是例子。孔明先生的夫人不就比孔明本人高明麼？倒是這位諸葛夫人錯生了一張無鹽的臉蛋，實在讓人遺憾。陸小姐可是貌若天仙啊。唉，不知哪位賢才有豔福得此佳麗呢！」

　　丘為說著拿眼瞅著劉禹錫。

　　劉禹錫被丘為瞅得心癢難熬，他正想說什麼，卻叫顧況搶在頭裏了。顧況說：「陸二爺，憶菱外孫女許了人家沒有？」

　　陸贊輕輕歎口氣說：「正愁著哩。滿京城那麼多官宦顯要人家她一概看不上，也不知她心裏究竟怎麼想的，又不敢問她。所以這次請表舅老爺來，還存有這麼一個私心，看看能否請表舅老爺代為物色一位乘龍人選。」

　　顧況捋捋鬍子說：「我怕憶菱外孫女心裏已經有人了吧？」

　　陸贊說：「不會吧。她心裏要有了人，她怎麼不說呢？」

　　顧況說：「二爺，這你就不懂了。女孩子生的都是七巧玲瓏心，是最難捉摸的，饒猜中她的心事了，她還不承認。不到時候，她怎肯說破？」

　　陸贊說：「那怎麼辦？她的年紀可是不小了，都十九了啊。」

　　顧況說：「倒也是啊。那就只有猜。猜著了，她也就認可了。」

陸贊說：「猜？憑空怎麼猜？」

丘為瞅瞅劉禹錫，覺得機會來了，該幫幫他了。他清清嗓子剛要開口，話頭又叫顧況搶去。顧況說：「猜當然不能憑空瞎猜，至少得有一點點蛛絲馬跡的根據。」

陸贊說：「正是浮萍一般無根無鬚呢。」

顧況拍了一下膝蓋說：「我倒想起一件事來了。——二爺，你總該記得十九年前，陸、劉、裴三家三位夫人同時懷孕這件事吧？那一年春天，在干戈坊劉府……」

陸贊也記起來了，說：「表舅老爺是說指腹為婚那檔子事吧？哎，玩麼。這麼多年不提，大家早忘了。」

顧況說：「這可難說。也許有人記著呢！」

陸贊說：「你是說菱兒她……」

顧況有些得意地瞧瞧裴昌禹說：「你看看我這表內侄，不是一表人物麼。」

丘為以及劉禹錫、劉三復都不知道這事。丘為說：「顧老弟，到底怎麼一回事，可否說來聽聽？」

顧況就把當年他的提議，陸、劉、裴三位的抓鬮以及後來陸、裴兩家中鬮的事細細說了一遍。

顧況的敘述給裴昌禹注入了一股活力，他的兩頰頓時像喝過酒一樣潮紅起來。

可是陸贊搖搖頭說：「未必吧，這事都過去快二十年了。據我所知，我哥嫂根本就沒把它當回事。況且，表舅老爺當年也說過，這只是一場兒戲，配不配的還要看今後各自的緣份。」

裴昌禹聽了，一顆心又沉到水底。

顧況說：「是啊，當時我是這麼說的。可要是陸公夫婦無意中告訴了憶菱外孫女，憶菱外孫女又存了心呢？」

顧況的話又使得裴昌禹熱血沸騰起來。相反，劉禹錫覺得心灰意冷，人差不多就像掉到了冰窖裏，一陣陣地發冷。

　　這時丘為說話了。他撚著白鬚說：「既有此一說，也很簡單。陸小姐不就在內堂麼，請她出來當面一問，或是你我進去問問她，就立刻明白了。」

　　顧況說：「丘翁，你想的也太簡單了。要是一問能解決問題，還等到現在？」

　　丘為說：「那，那要怎麼樣才行？」

　　顧況說：「這事恐怕還得從長計議。」

　　陸贊搖搖頭說：「從長計議沒時間了，菱兒她明兒就回長安了。」

　　丘為說：「老朽也這麼一大把年紀了，算起來更沒多少時間。不如這樣吧，今兒我就以老賣老，由我進內去找小姐。我想她定會跟我說實話的。」

　　丘為說完起身要去內宅，顧況說：「丘翁別忙，憶菱外孫女她不在。」

　　丘為這時顯出他的年紀來了，說：「怎麼，她已回京師了？」

　　顧況笑笑說：「她去遊湖了。」

　　陸贊補充說：「她來了這麼許多日子，還沒去遊過湖。明天要走了，她說她得去遊一回湖。她嬸娘要陪她去，她不讓；她只帶了使女鶥兒以及幾個丫頭僮仆。」

　　丘為的年紀又迅即隱去，他忽然興奮起來，扭過頭對劉禹錫大聲嚷了一句。話一出口卻變成了兩句，就像一棵樹突然抽出兩枝分杈：

　　「劉賢侄，你也遊湖去！」

　　「裴內侄，你也遊湖去！」

　　這後一句話顯然是顧況說的。說完之後，兩句話像雌雄寶劍一樣，又合併在一起成了一句話。劉、裴二人都愣住了。

　　片刻之後，裴昌禹低下了頭，說：「我不去遊湖。我不去。」

　　劉禹錫說：「我去遊湖。我去！」

20

在敘述劉禹錫遊湖前，我得先交代裴昌禹。他是和劉禹錫一同離開陸府的。他們在距陸府大門不遠處那口有名的甜水井邊分手時，劉禹錫不自覺地流露出了一絲歉意。（許多年後回想起來，他認為自己抱歉得毫無道理。）裴昌禹心中醋得厲害，但被洶湧而來的自卑控制了，他裝作大度地對劉禹錫說：「劉兄，祝你和陸小姐玩得開心。」

那天整個下午，裴昌禹是在後悔難熬中度過的。他馬後炮地想，我為什麼要放棄？畢竟我們有過指腹為婚的口頭約定呀！

顧況來裴府了。他找到裴昌禹，沒有埋怨他，而是認認真真與他談了一次話。

顧況說：「表內侄，你對陸小姐究竟是個什麼態度？」

裴昌禹歎口氣說：「我還能有什麼態度！可是表姑父，自從我爹娘去世之後，家道中落，陸府又如此顯赫，我怎能存有妄想。」

顧況說：「話雖這麼說，但陸公為人一向正直重諾，你要真願意，我想此事並非沒有可能。」

裴昌禹說：「可當年只不過一句戲言，知道陸年伯還記不記得？」

顧況說：「雖是戲言，總也算是個約定吧。再說，你和夢得走後，我們又談論了一些陸公和陸小姐的事。聽陸二老爺的口氣，陸小姐雖很有政才，卻對朝廷喪失信心，以致非常厭倦，不止一次地勸她父親歸隱山林。因而她的擇婿標準非常明確，決計要嫁一個不走仕途的讀書人。而據我的觀察，劉禹錫這種人持才傲物，一心追求仕進出人頭地，他和陸小姐不會有什麼結果的。」

裴昌禹聽顧況一番分析，重又鼓起了信心。但朱買臣墓的遭遇，又使他憂心忡忡，他說：「那我該怎麼辦？」

顧況說：「表內侄，說句不怕你惱的話，據我看，你的相貌才

情均非劉禹錫對手，若要入仕為官，恐怕得考個三年五載才行。但是在迎合陸小姐的擇婿標準上，這也許反而倒成了你的一個強項。」

裴昌禹說：「表姑父的意思是……」

顧況站起身說：「話說到這一步不好再說了。表內侄，你自己掂量著辦吧。」

顧況說完就回甜水井陸府了。

<h2 style="text-align:center">21</h2>

劉禹錫赴會或者出行，一般總帶上從弟劉三復，這次也不例外。他們坐的就是那隻名叫行艫的梓木遊舫。

行艫從干戈坊後河進入長長的興聖河，約半個時辰後，當它搖出薦橋橋洞時，煙波浩淼的鴛鴦湖便豁然展現在了眼前。

太陽已經偏西，帶水氣的微風一會兒從這邊吹來，一會兒從那邊吹來；空明的湖水波瀾不驚，和同樣空明的天空兩相輝映，渲染成一個純淨湛藍水晶晶的天地。

湖上遠遠近近漂浮著點點畫舫，有隱隱的絲竹之聲傳入耳膜。劉禹錫用心搜求，也不知哪一只是陸小姐的乘舟。但他並不著急。他吩咐駕娘放慢蘭槳，命僮兒端上佳釀。他慢慢地飲酒，彷彿他純粹只是遊湖來了。其實他不自覺地想推遲相見的時間，以便更加充分地享受期待帶來的激情和甜蜜。

行艫游舫雖貌似遊湖，其實目的明確：專跟別的遊舫相接觸。每與一舫交會時，劉禹錫必吟唱一詩，以期引起對面遊舫的注意。果然，幾乎每條船聽到吟唱，必有一人或數人從艙中探出頭來，有的甚至走上船頭來傾聽；這其中也有女人，然而都不是陸小姐，也不是陸小姐的使女鵑兒。這時候，劉禹錫有些急躁了，就乾脆坐到船頭上去吟唱。及至偌大一個鴛鴦湖差不多全走遍了，還是不見陸小姐的蹤影，劉禹錫開始坐不安穩了，心想，會不會

起頭不全力尋找，錯過了時間，陸小姐已經回府了？不過再一想，這絕對不可能。他是延宕了時間，可眼睛大睜著呢，如果有船駛離鴛湖，他一定會發現的。何況還有劉三復，還有駕娘和僮仆。一個人可能眼錯，眾人也都眼錯？忽然一個念頭小鹿樣從心頭躥出：會不會陸贊顧況聯起手來誆騙我，陸小姐她根本沒來遊湖呢？

正自胡思亂想，劉三復在一邊說：「哥，陸小姐會不會去了西南湖？」

西南湖是鄰近鴛鴦湖的一處湖泊，湖的面積比鴛鴦湖小得多，也比較偏僻荒涼，一般遊客是不去那裏的。

太陽西斜了，湖上籠起了迷濛的輕煙。劉禹錫毫無把握地吩咐駕娘：「加櫓去西南湖。」

行艓沐著夕陽向西岸駛去。本來棕色的船體這時彷彿被抹上了一道紅漆，異常的鮮亮。

鴛鴦湖與西南湖之間是一塊西北東南走向的狹長陸地，有一條曲折的小溪穿越其間，將兩個湖泊串到一起。小溪兩岸是連綿不斷的梅林，因此這小溪就被叫作梅溪。

由於梅溪狹窄，兩岸梅林又翁翁鬱鬱，行艓一進入梅溪，艙內的光線驟然晦暗下來。四野裏靜靜的，只有欸乃的櫓聲寂寞地引出一聲兩聲小鳥的囀鳴。一時，劉禹錫心裏充滿了尋勝探幽的好奇和類似害怕失去珍寶的擔憂。

小小梅溪實在是長。等行艓彎彎曲曲地駛出溪口來到西南湖時，掛在林梢的銅鑼一樣的夕陽把不大的湖泊染成了一缸胭脂。就在這時，一隻鑲上金邊的差不多成了鐵黑色的畫舫，非常突兀地呈現在錚亮的湖面上；而畫舫四周散散落落點綴著的對對鴛鴦，也成了鐵鑄一般了。

此時的西南湖，在劉禹錫眼裏，真是太美了！美得如同閻立本的一幅靜湖圖。

劉禹錫長長地吁口氣，命駕娘停住槳，自己從艙中走出，盤膝坐在船頭。

行艓慢慢地向棠木舫滑行，相距約摸有十步之遙時，駕娘將櫓一扳，兩船就走成了平行。這時劉禹錫放開嗓門，吟唱了那首題為《賞牡丹》的小詩：

> 庭前芍藥妖無格，
> 池上芙蕖淨少情。
> 唯有牡丹真國色，
> 花開時節動京城。

劉禹錫是借用《涼州曲》的曲調來吟唱這首詩的，又有駕娘在一邊以蘭槳扣擊船板為節拍，唱得聲情並茂，連夕陽也遲遲不肯落山了。

可是棠木舫卻一無反應；細波輕輕拍擊船幫，發出類似魚兒唼喋的聲音。

劉禹錫唱畢，身子向前一傾，頭一仰，目光變成一條虛線。這條虛線似乎追隨遠去的聲波，一直到夕陽掛著的林梢。

這時的西南湖成了一幅版畫。夕陽，黑丫丫的蘆葦和樹林，漸漸變白的鏡子似的湖面，紫黑色的船體和一對對的野鴛鴦，一同在時間裏凝固了。

打破沉寂的當然是陸憶菱小姐。打破沉寂的方式是哭泣。陸小姐哭了，淚水就如俗話形容的斷了線的珍珠。鵑兒沒有慌亂。鵑兒對小姐哭泣的反應，也是哭泣。不過她是邊哭邊笑，哭哭笑笑，哭著笑著抽出一方綠紗絹帕去拭淚；當然不是拭她自己的眼淚，而是去拭陸小姐的眼淚。

剛才陸小姐來鴛鴦湖時，以為此生再無緣得見劉禹錫了，因此心情非常頹唐。她原以為遊湖可以改變自己的心情，豈料心情是由

心造成的，遊了半天湖，非但頹唐情緒沒有去掉絲毫，面對如畫的鴛湖，她的心裏反而更注入了荒涼。正不知是回家好，還是繼續待在湖上好，忽聽一個船娘在艙面上說：「呵，劉家公子也來遊湖了！」

船娘隨隨便便的一句話，陸小姐和鵑兒聽了卻不啻是一聲驚雷，都怔住了。她倆相互望望，鵑兒就走出艙去。

待到弄清劉禹錫的確來到湖上，鵑兒興沖沖回進艙內報告陸小姐時，陸小姐卻含淚說了兩個字：「不見！」

這「不見」二字，並非真的不見，內中的意思只有使女鵑兒能領會得，於是，她又出艙去了。於是，很快地，棠木遊舫彎進梅溪，來到這十分荒涼的西南湖。

棠木舫上的哭聲把劉禹錫嚇壞了，他說：「小姐，小姐，你，你怎麼啦？」

棠木舫沒有反應，但哭聲漸漸停了下來。半晌，陸小姐由鵑兒攙扶著出艙來了。駕娘早已為她在船頭置放了一個繡墊。陸小姐坐到繡墊上，低下頭，一言不發。

鵑兒站在小姐身後，有些鼻塞聲重地說：「那廂可是劉夢得劉公子麼？」

劉禹錫早已站起身，他深深地施了一禮說：「不敢，正是不才。——陸小姐，劉禹錫這廂有禮了！」

陸憶菱小姐兩手一牽，算是還了禮。她抽抽嗒嗒地說：「公—子—」

劉禹錫說：「早聽說小姐回鄉祭祖，只是夢得無由得識芳容親聆大教，實在遺憾！」

陸憶菱小姐想說什麼，剛說了一個「你」字，便歎一口氣，不說了。

鵑兒說：「劉公子既有此心，何不早來甜水井一會？」

劉禹錫說：「誰說我不曾去過？我去是去過的，只是……」

陸小姐聽了一怔，說：「這麼說，公子真的來過我家？」

　　劉禹錫本想說出那夜去而復返的事，但說出口時卻變成：「我夢裏去過呢。」

　　陸小姐說：「就吟誦剛才這首詩？」

　　劉禹錫漫應道：「是啊。」

　　陸小姐站起身說：「改了一個字？」

　　劉禹錫不由有些驚訝，說：「是啊，是改了一個字。我把『京』字改成了『禾』字。」

　　陸小姐頓時就癡迷起來。她不無怨恨地輕輕說了兩個字：「冤家！」

　　鵑兒說：「劉公子，既如此，您怎麼到今天才來見我家小姐呢？您難道不知道咱們明天就回長安了麼？」

　　劉禹錫說：「我知道。正因為我知道，這不，我不顧一切跑來見小姐了。」

　　陸小姐冷笑一聲說：「你不覺得太晚一點了麼？」

　　劉禹錫笑了，連說：「不晚不晚，一點也不晚。只要見到小姐，何晚之有！不是麼？」

　　陸小姐的眼淚又掛下來了。她用手絹抹抹眼睛，湊到鵑兒耳邊嘀咕幾句，臉一紅，進艙去了。

　　鵑兒就說：「既如此，公子願不願意過這邊來與我家小姐一敘？」

　　劉禹錫當然願意。其實，這也是他此行的目的。但真到了這一步，他還是有些猶豫的。他說：「這，這合適麼？」

　　鵑兒說：「這有什麼不合適的！公子，您就請過來吧。」

　　劉禹錫終於激動起來，他顫抖著聲音說：「謝小姐不棄，謝小姐不棄。夢得遵命就是。」

　　兩條船靠得更緊了；兩家船娘互相握住船槳將船頭固定，劉禹錫就一腳跨過棠木舫去。劉三復也要跟著過去，卻叫鵑兒攔住了。鵑兒說：「這位小相公就不用過來了。──我們那邊的人還過你們

家船呢。」

　　鵑兒說著真的跨過這邊船上，並且吩咐那邊的丫鬟僮仆也都過這邊來。之後，命這邊的駕娘把船點開，於是行艫就在遠離棠木舫百步開外的地方停下。劉三復心中半明半暗，只好重整一桌酒菜來招待陸府的僕人。

　　夕陽真是多情，經這麼一番折騰，它依舊笑嘻嘻地掛在林梢。

　　陸小姐和劉禹錫隔著杯盤林立的一張紅木小方桌相對而坐。陸小姐含笑低眉，淚光盈盈。劉禹錫從未這麼近地面對過一位青春少女。他最初的感受是，少女的美麗並非在眉眼嘴鼻，而是在腮頰、耳鬢和脖項之間。尤其是脖項，以及脖項的延伸部分，那一種玉白酥潤，那一種幽幽散發的女性體香，可以引起人無限的遐想。

　　劉禹錫面對陸小姐的脖項，如同面對一片繁花似錦的仙境，他迷路了。

　　陸小姐見他半天沒有言語，不免有些局促，就抬起頭說：「公子，你有什麼話，請說吧。」

　　劉禹錫這才回過神來，他說：「哦，哦，我是有話要說，有話要說。我說，我說什麼呢？」

　　陸小姐瞅他一眼，噗哧一聲笑了，說：「說什麼都行啊。」

　　劉禹錫這才真正回過神來，說：「小姐，我可不可以請教一些朝政上的事？你知道，天下士子關心的就是這個。」

　　陸小姐本來燃起的很高的熱情冷了一下，但她還是笑著說：「現在不說這個吧。」

　　劉禹錫說：「為什麼？」

　　陸小姐說：「你不見太陽快下山了麼。」

　　劉禹錫說：「太陽讓它下山，士子的這顆心卻懸著。」

　　陸小姐又笑了一下，那是因了劉禹錫的幽默。她說：「既這麼，公子願聽什麼？」

　　劉禹錫說：「只要國家的事，我什麼都愛聽。」

陸小姐哼一聲說：「什麼國家的事，還不是他皇上家的事！」

劉禹錫說：「皇上家的事，也是國家的事。不是麼？」

跟劉禹錫初次見面，陸憶菱小姐不想與他爭辯，就歎口氣說：「國事也罷，家事也罷，亂成一團糟呢！」

劉禹錫說：「正因為如此，才要賢臣良將輔弼啊。」

陸小姐說：「可是聖人說，邦有道則仕，邦無道只可卷而懷之。」

劉禹錫說：「當今天子恐怕不能算絕對的無道吧？」

陸小姐憤懣地說：「貪婪，無能，離無道也不遠了。」

劉禹錫望定陸小姐說：「柳子厚推重的子列子說：『天地無全功，聖人無全能，萬物無全用，故天職生覆，地職形載，聖職教化，物則所宜。』我雖不是聖人，即便聖人也有所否，生當現世，不管治啊，亂啊，教化的責任是不能逃避的。諸葛先生說：『鞠躬盡瘁，死而後已。』這就是天下士子的態度吧。」

陸小姐見劉禹錫如此執拗，心裏就有些不快。她扭過身子給了劉禹錫一個後背，不再言語。

劉禹錫居然感覺不到陸小姐的情緒變化，他依然興致十足地說：「小姐，我聽說皇上昏了頭，聽任竇文場、霍仙鳴兩個閹寺專權，還實行什麼宮市，下什麼借錢令。這不是毀了老百姓，也毀了他自己麼？」

陸小姐望著那個沉沉下墜的夕陽，歎口氣說：「對不起，我對這些不感興趣。你可以走了。」

到這坎兒上，劉禹錫才醒悟自己犯了什麼錯誤。看來很難挽回了，他只得快快地站起身，說：「對不起，小姐，劉夢得……告辭吧。」

劉禹錫慢慢地往外走。走到艙口，他回過身說：「我不明白，真的不明白，陸公的一些策論佳作，怎麼會有小姐您的心血！」

劉禹錫說完，提起袍角低頭弓身鑽出了艙門。

背對消失了劉禹錫身影的空洞洞的艙門，一股幽怨陡然從陸小

姐的胸間升起，她帶著哭腔嚷了一句：「你——回來！」

這一句嚷，如同扔出去一塊磁鐵，劉禹錫在船頭站住了。僵了片刻，他只得重新回進艙內。

劉禹錫像一個做了錯事的孩子，一步一步向陸小姐走去。走到桌邊，他站住了。與此同時，陸小姐猛一下轉過身來，劉禹錫就看見一張滿是淚痕的玉面，那樣子就像俗語形容的遭了雨打的梨花。劉禹錫的心頓時柔軟疼痛到無處盛放了。他顛撲了一下，說：「小姐，小姐，你怎麼了？夢得傷到你的心了麼？」

就是這句話，使得陸小姐積聚的滿腔委屈突然找到了噴發口，她一下趴到桌上嗚嗚地哭起來。一邊哭一邊哽噎不清地說：「你壞！你……壞透了！」

劉禹錫慌了，兩個手彷彿沾滿漿糊一樣紮著，說：「小姐，小姐，我不明白什麼地方得罪了小姐。我不明白，我真的不明白。小姐啊！」

陸小姐哭得更加傷心了。

夕陽似乎不忍聽佳人的悲泣，很快沒入梅林，天地間一下子黑了下來。與此同時，早早等候在天邊的那一輪滿月兒驟然明亮了起來，黃黃的月光就落進艙裏，灑在陸小姐聳動的肩背上。劉禹錫突然想起什麼，他從懷裏掏出那本題了詞箋了名的《吐綬鳥詞集》遞到陸小姐面前，陸小姐就止住哭泣，慢慢平靜了下來。

這時遠遠的行艫上，陸、劉二府包括劉三復和鵑兒在內的主僕上下，也相應經歷了一場情感風雨的洗禮，情緒逐漸趨於平穩。

棠木舫上亮起了一小片紅紗燈的光暈。隔著一桌的佳餚，那一對青年男女由於酒的引道，漸漸迷失了本性，開元以來日趨淡化的男女間的藩籬也蕩然無存了。他們一杯一杯地喝著酒，談話漸次偏離了方向，或者說談話方向漸次得到了調整。

陸小姐不勝酒力，臉色酡紅，頭也開始暈起來。她睜起兩個淚光盈盈的杏眼說：「夫性命者，人之本；嗜欲者，人之利。本存利

資，莫甚乎衣食既足，莫遠乎歡娛至情，極於夫婦之道，合乎男女之情。情所知，莫甚……莫甚……」

說到這裏，陸小姐餳著眼望定劉禹錫。

劉禹錫說：「莫甚什麼？」

陸小姐兩手掩面，吃吃地笑個不了。半晌，方低聲說道：「莫甚交接。」

說了這句，陸小姐羞得伏在桌上不停地咳嗽起來。

劉禹錫原本海量，聽了這一句，他的酒也湧到臉上。他有些結巴地說：「這，這，這話夢得聞所未聞。」

陸小姐止住咳說：「這不是我說的。」

劉禹錫說：「誰說的？」

陸小姐說：「白行簡說的。」

劉禹錫說：「白行簡說的？你是說白樂天的弟弟白行簡？」

陸小姐說：「是的。他新近寫了一篇《大樂賦》，在長安非常流行。剛才我念的就是這賦的開頭幾句。」

劉禹錫彷彿被領進一片重未到過的天地。他參禪一般喃喃自語說：「世上還有這樣的人，寫這樣的文字。」

陸小姐說：「接下來的兩句更妙。他說，『其餘官爵功名，實人情之衰也。』」

劉禹錫說：「什麼什麼，官爵功名，人情之衰？」

陸小姐說：「你明白了吧？」

劉禹錫明白了，但立刻又糊塗了。明白糊塗兌成一杯醇酒，劉禹錫擎起這酒，繞過桌子，走到陸小姐面前，說：「小姐，來，夢得與你連乾三杯！」

陸小姐望定劉禹錫，慢慢站起身。她舉杯跟他一碰，一仰脖子幹了。劉禹錫執壺滿上，又乾了；再滿上，又乾了。劉禹錫將酒杯一扔，一下摟住了陸小姐。

棠木舫後艙有一張作小憩用的嵌骨雕花黃檀木舫床。這時候，

床上響起了粗重的喘息聲和壓抑不住的喊叫聲。跟著，整個棠木舫就微微地顛蕩起來。

荒涼的西南湖月色迷蒙。湖面上，這裏那裏漂浮著成雙成對幽靈一般的野鴛鴦。據方志記載，上百年前，西南湖因盛產鴛鴦而被叫作鴛鴦湖，現在的鴛鴦湖其實名叫澎湖，又叫鶯澤湖。

22

陸小姐回到甜水井家中，夜並不太深，但是陸贊夫婦早已急得在大廳上團團轉了。他們派出幾起人馬去鴛鴦湖搜尋，都一無所獲，恨得他們把陪去的僕人狠狠地臭罵了一頓。

陸小姐回府後很快上樓去了；使女鵑兒被理所當然地留了下來。

鵑兒不比自己家的丫鬟，對待她自然要客氣一些的，但這天晚上因為急了，陸贊夫妻的態度就與平時不同。

李夫人說：「鵑兒，你們究竟上哪兒去了？這麼晚了，也不差人回來送個訊。」

鵑兒有些心虛地說：「遊，遊湖啊。」

李夫人說：「那怎麼幾次派人去湖上尋找，全不見你們們的蹤影呢？是不是劉禹錫把你們度去干戈坊了？」

鵑兒連忙否定，說：「沒有，沒有，真的沒有。」

李夫人說：「那你說你們上哪兒了？」

鵑兒說：「我，我們真的哪兒也不去，就是遊湖了麼。」

陸贊再好的脾氣也耐不住了，他說：「鵑兒！你別瞞我們了。快說，你們到底上哪兒了？」

鵑兒想，看來是搪塞不過去了，就說：「老爺，夫人，我們的確是遊湖。只是我們後來去了附近一個叫西南湖的小湖。」

李夫人擔心地說：「那可是一個荒湖，很怕人的。」

陸贊狐疑地說：「那兒沒什麼好玩的啊，去那兒幹什麼？又為

什麼這麼晚才回來？莫非劉禹錫這小子使什麼壞了？」

鵑兒連忙搖雙手說：「沒有，沒有。劉公子與小姐很談得來。不是說酒逢知己千杯少麼，喝著談著，不知不覺就晚了。」

陸贊說：「你都一直陪在小姐身邊？」

鵑兒的心咚咚直跳，她點點頭說：「是啊是啊，一直陪著。」

陸贊還有些將信將疑，而李夫人一塊石頭落了地。她站起身說：「既如此，這有什麼不好說的。好了，你也累了，快服侍小姐歇著去吧。」

鵑兒答應一聲，慢慢退出去。走到廳外，她才發覺胸前腋下濕粘粘的，竟出了一身的冷汗。

那一夜，第一個睡得安穩的倒是陸憶菱小姐。她把歡娛之後的遺留問題遺留給了使女鵑兒。

鵑兒坐在床沿上，膝頭攤放著一條沾上血跡的粉色內褲。她雖然足智多謀，攤上這樣的事情也是一籌莫展。

突然樓梯上傳來噗的一聲，鵑兒下意識地將內褲往被褥下一塞，心就怦怦地跳起來。

好久好久，沒再有新的聲音產生。鵑兒想，大約是貓吧。她把內褲從被褥底下抽出來，在床沿上攤平，又一下兩下仔仔細細地折疊成手帕那麼大小，就打開一隻自己的小板箱，翻開衣服，把內褲鋪放到箱底，又壓上衣服，蓋上箱蓋，放回原處。

鵑兒吐了一口氣，自言自語地說了一個字：「瞞。」

干戈坊劉府的劉禹錫也睡得很安穩。數年之後，劉三復偶然跟劉禹錫提起此事，他說：「哥，我覺得，你這一生，睡得最好的就數鴛鴦湖回來的那一個晚上了。」

可是，也有睡不安穩的，那就是與劉禹錫聯牆而居的近鄰裴昌禹。

今天下午，裴昌禹送走顧況後，心情一直不好。儘管顧況的話多少起了一些安慰的作用，但安慰敵不過已經發生的事實。整整一個下午，裴昌禹就守候在自己房間的西窗。他知道這種守候比守株待兔還要可笑，卻阻止不了自己要這麼做。西窗外，隔一條狹狹的劍弄，是劉家的後院。此刻，劉家後院的一草一木都處在裴昌禹的監視之中。

有兩個僕人出現在劉家後院的冰花小徑上。他們一個捧一隻朱漆食盒，一個提一壺酒，繞過那棵老梅樹進入了書房。不一會兒，劉禹錫的父親劉緒從上房出來。他一手握一本捲成筒狀的書，一手撚著花白的鬍子，吟吟哦哦地踱著方步。踱到書房門前，正好那兩個僕人出來，劉緒用握書的手向他們揮了揮，就慢悠悠踱進了書房。

僕人離開後，出現了一隻貓，就是那只肥碩的純白色的老貓。老貓一步一步朝書房走去，中途被一隻花叢中飛出來的黃蝴蝶纏住，老貓沒有心情，就舉起前爪趕蝴蝶。蝴蝶以為老貓逗它玩，纏得更緊，老貓就惱了，發出一聲吼叫，蝴蝶嚇了一跳，只好逃走了。

老貓來到書房門口，探頭探腦地朝內張望，正想進去，突然裡面飛出來半條熏魚。老貓改變主意，不進書房了；它銜了半條熏魚，爬上一堵矮牆，津津有味地享用起來。

過了許久，劉緒從書房出來了，嘴角油汪汪的。他坐到老梅樹下的一個石鼓凳上，用白銀的牙籤剔牙。貓吃完熏魚，從矮牆上下來，走到劉緒腳邊蹲下，望著主人用前爪洗臉。這時進來一個僕人。僕人說：「老爺，上官街密春院的徐楚楚小姐來了。」

劉緒臉一板說：「我家與妓院素無往來，她來作甚？」

僕人說：「她說她來拜會少爺的，同時也給老爺請安。」

劉緒說：「讓她馬上給我離開。」

僕人有些為難，他說：「這個……」

劉緒說：「你就說，少爺不在；我在午睡。」

僕人答應一聲要走，劉緒又喊住了他，說：「就讓她來見我吧。」

僕人說：「是，老爺。我這就去請她。」

僕人走後，劉緒背負雙手兜起了圈子。裴昌禹見了，不知為什麼有些竊喜。他預感到也許有一出好戲要上演。果然，不一會兒，戲就開演了。

僕人領徐楚楚進院來了。徐楚楚的身後跟著她的丫鬟小篆。

劉緒見了徐楚楚不免一愣，手中的白銀牙籤叮的一聲落到了地上。

徐楚楚趨前，向劉緒行個禮，說：「楚楚給劉老爺請安。」

劉緒只得說：「少禮，徐小姐請坐。」

徐楚楚就在旁邊一個石鼓凳上坐下。

劉緒說：「徐小姐認識我兒夢得？」

徐楚楚便將清明日在蘇小小墓邂逅一節，簡略地敘說一遍，之後說：「因慕公子大才，冒昧造訪，幸勿見怪。」

劉緒聽了，方放了心，他撿起那根白銀牙籤繼續剔牙，一邊說：「既如此，也是一椿雅事。只是夢得他不在家；他應陸府憶菱小姐之約，赴會去了。小姐有何見教，老朽轉達吧。」

徐楚楚說：「也沒什麼事，不過是向公子請教詩藝而已。既是公子不在，那就改天吧。不好意思，打擾陸老爺了。」

送走徐楚楚後，劉緒仰起頭想了半天，最後搖搖頭笑笑，抱起那只雪白的老貓進了書房。

裴昌禹沒有看到他想看的結果，有些怪罪劉緒的糊塗，同時又怨恨徐楚楚的不夠無恥。總之，裴昌禹有些失望。更讓他擔心的是，劉禹錫遲遲沒有回府。他想，他們會發展到什麼程度呢？

天終於黑下來了，劉禹錫仍未回府。老僕聾子裴丁來請裴昌禹用晚餐，讓他莫名其妙好一頓搶白。

裴丁說：「少爺，長線放遠鷂，你犯不著這麼沒出息的。」

裴昌禹回過臉，瞪大一雙眼說：「你說什麼，長線放遠鷂？這麼說，你知道今天發生什麼事了？」

裴丁點點他那顆掉光了頭髮的禿腦袋說：「少爺，我耳背，我的心卻跟明鏡似的。」

裴昌禹說：「那你說我該怎麼辦？」

裴丁說：「老爺在時，遇到事情愛說一句話，叫鹿死誰手。少爺，這種事最說不準的，鹿死誰手還不一定。口頭約定總是約定吧。」

裴昌禹說：「話當然不錯，可我心裏就是不踏實，也放不下。」

裴丁說：「放不下也得放下。放下了，也許反而就有轉機了。」

裴昌禹說：「此話怎講？」

裴丁笑笑說：「我也說不清。只不過老爺在時，一遇到棘手的事，他常常會這麼說，這麼做，而且十有八九，事情真就有了轉機。」

僕人裴丁的一番話顯然對裴昌禹產生了作用，他的心真的就寬鬆了許多。他聽從裴丁正待下樓去吃晚飯，恰在這時，劉禹錫由劉三復攙著扶醉而歸了。

23

甜水井陸府門前停著一溜車馬。陸府全家，還有顧況，嘉興縣令侯蒀和本地的一些士紳以及他們的太太小姐簇擁在大門口，熱熱鬧鬧地為陸小姐送行。陸贊夫人李氏眼淚汪汪地拉住陸小姐的手嘮嘮叨叨地叮囑。陸憶菱小姐頭戴金錦小胡帽，身穿花鳥多褶間色長裙，一邊漫應著，一邊不住地東張西望。到了非上車不可的時候，陸小姐就非常失望。她歎口氣，由鵑兒攙扶著慢慢朝那輛秋香色錦緞馬車走去。早有僕人安放好踏凳。陸小姐一隻腳踩上踏凳剛要上車，只見東邊飛奔過來一匹雪白的快馬。白馬在陸府門前被勒住，就從馬鞍上翻身滾下來一美服少年。陸小姐不由眼睛一亮，收回踏凳上的腳，而那少年也已快步來到陸小姐跟前。

那少年一拱到底，說：「小姐，某送行來遲，望勿見責。」

陸小姐聽他的口音有些陌生，就說：「你是誰？我怎麼不認識你？」

那少年直起身說：「我曾與小姐有一面之識的。」

陸小姐望了他一眼，搖搖頭說：「不記得了。公子是……」

鵑兒卻認出他了，她說：「你就是清明那天，在東塔寺朱買臣墓地唐突我家小姐的裴……公子？」

裴昌禹不免有些尷尬；這時顧況過來了。顧況笑著對陸小姐說：「表外孫女，他就是干戈坊裴公的兒子裴昌禹。當年，你和他曾經雙方父母指腹為婚過的。」

蒙了十九年的這一層窗戶紙，就這麼輕易地叫顧況給捅破了。陸小姐聽了不由得一愣，說：「老舅公，你，你混說些什麼呀！」

顧況說：「我沒有混說。你們倆確曾經雙方家長指腹為婚的。你要不信，可以問……」

鵑兒急了，不等顧況把話說完，就將他一推，說：「老頭，你胡嗲些什麼！──小姐，咱們上車吧。」

這一幕顯然不是精心策劃的，但實際效果和精心策劃沒什麼兩樣。陸小姐自然不信，但以顧況的年紀和身份，又不得不讓她相信。可是，怎麼從未聽父母說起過此事呢？

陸小姐帶著疑團和不快登車走了。顧況是善於自我解嘲的，不一會也就沒事了。最為沒趣，最為尷尬的就只有裴昌禹了。對於要不要為陸小姐送行，裴昌禹本來十分猶豫，是老僕裴丁催著趕著讓他來的。裴丁說，這可是個機會啊，可以測一測人家陸小姐對你的態度。態度實際上已經有過了；不過裴昌禹又想，好事總歸多磨的，一次怎麼可以作數呢？再說，他也真想再次見到陸小姐。所以，躊躇再三他還是來了，不想果然討此沒趣。他想，看來他是沒多大指望了。他垂頭喪氣地回到家裏跟裴丁一說，不料老僕裴丁卻依舊信心十足，他說：「少爺，這還很難說。鹿死誰手還很難說的。」

陸小姐還是見到劉禹錫了。——出乎她意料的是，劉禹錫在麗橋邊等著她呢！

劉禹錫守候在城北麗橋驛站碼頭已經有兩個多時辰了。他得到資訊，知道陸小姐將在此換坐鷁首畫艫，溯大運河一路北上回京城長安，所以他就直接來這裏等候。

是鸝兒首先發現劉禹錫的。當錦緞馬車沿甜水井官道一路逶迤來到麗橋驛站碼頭時，鸝兒不經意地掀開車窗的簾子，一眼就望見了劉禹錫。從高高的麗橋橋面上刮下來的風吹拂著劉禹錫簇新的大紅猩猩披風；他的身後是一匹非常高大壯實的栗色公馬。

鸝兒推推心事重重的陸憶菱小姐，驚喜地說：「小姐，你看，劉公子！」

陸小姐心中一激靈，說：「劉公子？在哪兒？」

鸝兒用手一指說：「在那兒哪！」

陸小姐將腦袋探出窗外，她見到劉禹錫了。飄飄逸逸的劉家公子，使得陸小姐的怨恨一掃而光，她的眼裏頓時溢滿了歡喜的淚水。

在驛站碼頭，礙著眾姬妾丫鬟，他們不便盡情地傾吐離情別意。好在所有的綿綿情話，昨天在鴛鴦湖都已說過，現在能做的只有互道珍重了。

陸小姐說：「請君記住白行簡的話：官爵功名，實人情之衰。我等著你倩媒提親的那一天啊！」

劉禹錫經過一夜的思想沉澱，已經冷靜了許多。他明白自己做不到白行簡說的。其實，這話就是白行簡自己，又何嘗能做到呢？上門提親，早結連理，這當然很好，但恐怕他一時也難以做到。他認為他還是得先求取功名，然後方可與她談娶論嫁。他因此對自己昨天在西南湖的放浪，感到萬分的內疚和後悔。不過，他想他會對陸小姐負起責任的。這一點是無可置疑的。但是這一切，倉促之間

是無法跟陸小姐說清楚的。他想，只好暫時敷衍她一下吧，於是他含混地說：「小姐的話，夢得記住就是。」

驛丞來催請陸小姐登舟了。陸小姐久久地凝視著劉禹錫，半晌，方依依不捨地對他說：「公子多多保重，憶菱就此別過了！」

劉禹錫深深地一揖，說：「也請小姐保重。祝小姐一路順風。」

鷁首畫艫慢慢地駛離驛站碼頭。陸憶菱小姐沒有進艙，她由使女鵑兒攙扶著佇立在船頭。細風吹動起她的花鳥多褶間色長裙，那裙就一會兒變綠，一會兒變紅，一會兒變黃，一會兒又變綠，非常之絢麗。河岸上下癡癡地對望著，視線隨著船行越牽越長，當畫艫鑽入麗橋橋洞時，視線斷了，劉禹錫禁不住傷心地喚了一聲：「憶菱，小姐！」

劉禹錫牽著馬無精打彩地回家。路過上官街柳巷密春院時，他不知不覺拐了進去。

劉禹錫的到來，使得徐楚楚真是喜出望外，她說：「劉公子，昨日下午我去過府上了，您不在，令尊大人說您上陸府了。怎麼樣，見到那位詩藝超群的陸憶菱小姐了吧？」

劉禹錫沒有回答她。他說：「我累了，想在你這裏歇一會兒。」

劉禹錫真的累了，他在密春院歇下，但不是一會兒，而是整整一個晚上，從不留客過夜的徐楚楚小姐破例留下了他。這在徐小姐本人是一樁大事，對於媽媽乃至整個密春院都是一樁大事。但是徐楚楚小姐毫不遲疑就留下了他。

就在這一晚，劉禹錫見到了白行簡寫的那篇引起多方爭議的《大樂賦》。文章全名叫作《天地陰陽交歡大樂賦》。時貞元八年三月十六日也。

中卷　廟堂之高

1

　　唐貞元九年初春，一隻江南小舟在經過一個多月風雨兼程之後，終於在一天傍晚來到了長安城外的廣通渠水驛碼頭。

　　劉禹錫不顧船家再三請他們在船上再歇一宿的勸說，在付清船資之後，帶了從弟劉三復、僮兒劉粟與裴昌禹登上了石埠，準備連夜進城。這時候，那一輪巨大渾圓的落日，把三百里廣通渠染成了一江胭脂。西望京畿，已不再是日近長安遠；在落日餘暉的映襯裏，鑲上金邊的長安城的崇樓危閣顯得非常的鐵黑。這種鐵黑，給初到長安的劉禹錫造成了心理上的壓力。劉禹錫明白，這種壓力一方面來自帝王之家的威儀，另一方面則來自他求取功名一展抱負的內心渴念。劉禹錫希望自己能盡快融入這壓力的中心；他意識到一旦進入中心，壓力將轉化為動力，那麼壓力就不復存在了。想到這裏，劉禹錫自負地笑了。

　　水驛碼頭上這裏那裏歇著一些車馬，可是幾乎問遍了，沒一輛進城的。那些趕腳的一個個愛理不理的樣子，說：「晚了，進不去城了。」劉禹錫覺得奇怪，明明天還亮著，怎麼就晚了呢？後來在路邊一家胡餅鋪子裏買了六個胡餅，這才打聽明白，原來這長安城的規矩，一到日落，官府就打鉦，打過三百下鉦，城裏的店鋪一律關門；打完鉦就打街鼓，街鼓一響，街上禁止行人車馬通行。所以，如果客商在這時候進城，投宿就成了問題。

　　剛打聽明白，城裏的鉦鼓果然就丁丁咚咚響了起來。劉禹錫這才後悔，不該進城心切，拂逆了船家的一片好心。現在只好在城外投宿一夜了，既費店錢，又費飯錢。

　　他們住宿的那家客店很小，倒也乾淨。進店時，這家店裏已住了幾位趕考的舉子。劉禹錫也不跟他們多招呼，草草吃過晚飯就索然地睡下了。可怎麼也睡不安穩，當然睡不安穩的。他想的很多，一會兒這裏，一會兒那裏。

　　裴昌禹也睡不著，但他想的很單純，就是盤算明天如何去見他的遠房堂叔裴延齡。對於陸小姐，他也想，但他明白這是心急不來的；這只有在堂叔家住下之後，才可以從長計議。

　　四個人裏，只有劉三復和僮兒劉粟睡的最穩足，一提一歇的鼾聲像兩條細流在狹小的房間裏流來流去。

　　第二天，他們起了個大早。劉粟叫來一輛驢車準備進城。

　　京城長安周長七十多里，全城由宮城、皇城和京城一百零八個坊構成，是當時世界上數一數二的一個大都市。從東面進入長安城，可按目的地的不同分別由三個城門進入，這三個城門從南至北依次為：延興門、春明門和通化門。劉禹錫按一般舉子的貫例打算借住宣平坊，而裴昌禹投奔的堂叔裴延齡的府邸在親仁坊，本是同路，可由延興門入城。但當劉粟領著驢車進院時，劉禹錫卻臨時改變了主意。他隨便編了個理由，改由春明門入城，這樣，劉粟只好再去叫了一輛驢車。

　　兩輛驢車駛出水驛碼頭不久，就分道揚鑣了。裴昌禹往南去延興門，劉禹錫一直往西徑奔春明門。

　　在岔路口，劉、裴二人拱著手說：「劉／裴兄，保重。再見吧！」

　　這麼說著時，兩個人的距離彷彿一下疏遠了許多。

　　劉禹錫他們的驢車越過一條寬寬的龍首渠，來到春明門邊。下

得車來，彷彿突然生長起來一般，一堵巍巍城牆矗立在了劉禹錫他們三人的面前。劉三復和僮兒劉粟不由哇的一聲叫了起來：「這麼高大的城牆啊！」

劉禹錫也讚歎城牆，但同時他又蔑視它。據說別看這城牆巍峨高大，其實大部分用夯土修造的，只有少部分用的是城磚。這是否隱藏有某種象徵的成分，而成為劉禹錫蔑視它的理由呢？

城門口，幾個兵士懶洋洋地拿著白桲守著。不遠處的城腳下，有幾個乞丐在興致勃勃地爭吃一隻烤熟的羊蹄肘。士兵裏有一個看得口饞，就慢慢地踱過去，用白桲戳戳其中一個的肩膀說：「這麼好吃，撕一塊你爺嚐嚐。」

那個乞丐撕下一塊，有些心疼地遞過去。那兵士接過來放進嘴裏嚼了嚼，說：「不錯，香！」

於是兵士加入到乞丐中間，也興致勃勃地吃起來。如果不是服裝，你一定以為這是一群乞丐，或者一群士兵。劉禹錫覺得自己開始進入那個威壓中心了，於是他一抖袍子向城門洞走去。守門的兵士懶洋洋地接過劉禹錫遞過去的路單，潦草地瞅上一眼，一歪腦袋就放行了。

原來這城是夾城；兩堵城牆之間，有一條可供兩騎一車通行的南北通道，名叫夾城復道。這夾城和夾城復道是專為皇家遊覽曲江池修築的。劉禹錫他們正待穿過夾城復道進城，這時一隊將士騎著高頭大馬從內城門出來，騎在最前面的一員黑臉連鬢胡的將軍大聲呼喝：「行人閃開！閃開！閃開！」

劉禹錫沒來由的有些惱火。他輕蔑地望著出城遠去的那一隊將士，說：「可殺！」

進入城內第一印象是街道整潔，寬暢，規正。踩在腳下的這條約有百餘步寬的大街，是著名的興慶大街。街北紅色宮牆圍住的，就是建於八十年前的慶興宮，從街上望去，只能望見許多高低崢嶸的殿閣的屋頂。但單單這一片屋頂，就足以讓人眼花繚亂了。這些

屋頂絕大部分是綠色琉璃瓦蓋的，少部分是藍色的琉璃瓦，極個別的是銅瓦。現在太陽尚未升起；要是這些屋頂叫太陽一照耀，那一片斑斕的輝映，怕是人的眼睛所難以承受的吧？現在很好，那一片翠綠、寶藍和金黃的琉璃瓦屋頂，掩映在鵝黃色的柳樹蔭裏和暴出紫芽的梧桐樹的枝杈間，顯得分外的逼真和貼近。

興慶大街修築鋪設得也很得體。中間寬約二三十步的街面是用豆綠、赭紅兩種石塊相間鋪成，供車馬行駛；其餘是用熟土夯造的，供行人步行。街的兩邊每隔數步種植一株槐樹；槐樹成行，枝頭已經抽出手心大小的綠葉。

太陽慢慢升起來了，街上的行人也漸漸多了起來。不時有一輛兩輛空馬車或者空驢車駛過，駕轅的便勒住韁繩問一句：「先生，要車麼？」

已經走完慶興宮宮牆，到了勝業坊與崇仁坊交界處的朱雀東四街，第一個劉粟挑著行李走不動了，劉禹錫也覺得沒有必要再去瞻仰皇城，就很容易地叫了輛驢車，叫他送他們去宣平坊。京城不比別處，連車夫都很厚道，他們不欺外地人，不像有些地方的車夫，故意拉上你兜圈子，好多詐點錢，而是說：「這朱雀東四街去宣平坊最近了。過東市，過安邑坊，就到了。」一算腳錢，並不比打從延興門走遠多少。

2

柳宗元為劉禹錫租定的客店是一家深隙店。這店連驢車車夫也不知道。本來柳宗元邀劉禹錫住到他家的，一則柳宗元家在大通坊，比較偏僻，二則柳母盧氏夫人長期臥病在床，劉禹錫不願增加柳家負擔，因此決意要住客店，柳宗元也就不再勉強他，就為他租定了這一處安靜的隙店。

進入宣平坊北門後，轉悠了好半天才打聽到這旅店在一條僻巷

的深處。及至到了店門口，發覺店名不對，以為還是找錯了，正要掉頭離去，只見一個小老頭笑眯眯地上前來招呼，說：「這位該不是劉夢得劉相公吧？大通坊的柳相公來過敝店幾次，他已為劉相公訂了一處最好的房間了。」

劉禹錫說：「可這店名……」

小老頭笑了，說：「柳相公嫌小店名字俗氣，替另寫了招牌。」

劉禹錫重又仔細看了那塊招牌，果然是新做的，漆勢非常新鮮。那上面清新飄逸的幾個字，的確是柳宗元的手跡，道是：虛泊寥闊齋。

劉禹錫知道，這是柳宗元自己寫的那篇《辨列子》裏的句子，就笑笑說：「這個柳子厚！」

劉禹錫一邊進店，一邊問店主：「柳相公這兩天有沒有來？」

店主老頭說：「來，來，這幾天差不多天天來，一來就問劉相公您來了沒有。」

店主老頭讓夥計點來三杯香茶，又說：「每次，柳相公候不到您，就匆匆走了。他說最近這段日子他很忙，不是接待各地來的友人，就是被人邀去會文；有時還得充當嚮導，陪人去遊曲江或華清池呢。——哦，柳相公替公子租定的是北院兩間，一間是公子您的，另一間是一位姓裴的公子的。那是小店最好的房間了，又乾淨又安靜。」

劉禹錫喝著茶，連聲說好。又說：「姓裴的相公不住店了，他住親戚家了。」

店主老頭聽了呆了一呆，又立刻說：「沒關係，沒關係。」

劉禹錫說：「不過我們還是要這兩間房，這樣住起來寬敞些。」

店主老頭見仍有兩間房可租出，就更加熱情了。喝過茶，他領劉禹錫他們去房間，一邊很饒舌地說：「來趕考的舉子都很用功，差

不多天天關在屋子裏讀文章。柳相公自己說他也是今科的舉子，可他倒好，今天陪這個，明天陪那個，滿長安城遊玩，高樂不了。也是的，像他這樣的大才子，這功名二字不就像探……探什麼來著？」

劉三復說：「探囊取物。」

店主老頭說：「對對對，探囊取物。劉公子與柳公子是朋友，自然也是大才子了，這功名二字也一定是探……探……」

劉粟說：「探囊取物。」

店主笑笑說：「對對對，探囊取物，穩穩的探囊取物。」

說著話來到北院。店主打開房間，劉禹錫見房間的確乾淨整潔，朝南有一個窗臺，窗下安了一張很大的書桌。推開窗子，是一個小小的花園，園中雖沒有什麼花草，只有一株瘦瘦的桃花已打起幾個尖尖的花苞，但這已使劉禹錫十分滿意了，他連說：「不錯，不錯。」

這時就有夥計送來一桶熱水。店主說：「劉相公，您三位先洗把臉，歇息一下，一會就給你們開飯。」

吃過午飯，三人因一個多月的舟楫勞頓，都很累了，就在這虛泊寥闊齋隙店美美地睡了一覺。這一覺直睡到太陽落山才醒來。醒來後，劉禹錫覺得四肢乏力，就依然懶在床上養神。這時，只聽一陣烏皮靴急切的腳步聲由遠而近，接著柳宗元的嗓音就傳了進來：「夢得兄！夢得兄！你們終於到了。」

劉禹錫心中一喜，一骨碌從床上爬起來。兩個摯友一個門裏一個門外緊緊地擁抱在了一起。

3

舉子們上京城來應試，目的不言而喻是為了求取功名。求取功名的基本途徑當然是文章；但也不盡然，這中間還應當包括走關節。從某種角度說，甚至走關節更為重要一些。因此，只要有關節

可通，是決不肯放棄的。不過，一般不方便直接去找欽點的主座或副主座（當然有特殊關係的也可直接去找），而是去找與主座、副主座比較接近或關係較為密切的官員或者名士。劉禹錫和柳宗元自然也不例外。今年欽點的主座是戶部侍郎顧少連（他代禮部侍郎行使職權），劉、柳二人都不熟。本來可以通過新任宰相陸贄打打招呼，而劉禹錫又不願意，所以只好通過結交文人學士來擴大影響。在京城的文人學士裏，首選的人物當推文名越來越盛的韓愈和當時還不太出名但已嶄露頭角的白居易。韓、白二人住在十分偏僻的城西待賢坊，坐驢車差不多需要小半天的路程，因此柳宗元那天就不回家了，並且連夜雇定了一輛跑長途的驢車。

第二天，天剛放亮他們就出發了。驢車穿越整座長安城，到達待賢坊韓愈的寓所時，早已日上三竿了。扣了半天門，出來一個老僕。老僕說他家相公不在，去白府了。好在白居易住地離此不很遠，趕驢車的只甩了兩次響鞭就到了。

白居易的寓所在一條陋巷裏，東倒西歪的十分簡陋。一扇破舊的車門，進去是一個很小的院子，院子的一個角落裏長著一株細細瘦瘦歪了脖子的梧桐樹。梧桐樹已抽出紫色的樹芽，總算給這個蕭索的小院平添了一份活氣。白居易的居住問題很長時間得不到改善；許多年後，他還作詩說：遊宦京都二十春，貧中無處可安貧，長羨蝸牛猶有舍，不如碩鼠解藏身。

當下劉、柳二人隨白家僮兒穿過小院，走上正屋臺階，這時只聽屋內傳出一陣轟笑聲。看樣子屋裏已聚集不少人了。

僮兒進去稟報。不多時，便有一個瘦瘦的青年一掀簾子走了出來。他的身後笑吟吟地簇擁了男女數人。

青年手一拱說：「二位仁兄駕到，樂天迎接來遲，恕罪，恕罪。」

劉禹錫這才知道，他就是白居易了。當時第一印象是覺得他年輕，後來才知道，其實他倆是同庚。

　　柳宗元攜過來一位有些肥胖長著細黃鬍子的青年，對劉禹錫說：「夢得，這是退之兄。」

　　劉禹錫早就仰慕韓、白二人的才藝，他上前與二人施禮，說：「二位文兄，今日夢得有緣相交，可以當面拜聆大教了。」

　　柳宗元對韓、白說：「這是洛陽劉夢得，昨日剛從江南來京師。」

　　白居易就說：「久仰，久仰。歡迎，歡迎。」又說：「大家都是圈內人，以文會友，夢得兄，你就別太過謙了。過謙不好說話啊。」

　　白居易是個非常實在、一伴就熟的人，劉禹錫一下就喜歡上他了。

　　白居易又為劉、柳二人介紹其他幾位客人。他首先介紹在座的唯一一位女性，白居易說：「她是洪度女兄。」

　　其實劉禹錫一進門就注意她了。她長得不算好看，只是一雙眼睛水汪汪的特別有靈氣。現在聽說是薛濤，劉禹錫頓生敬意，說：「『庭除一古桐，聳幹入雲中。枝迎南北鳥，葉送往來風。』敢問洪度兄，是何風相送來京師的？早就聽說您的薛濤箋，究竟未曾寓目，不知今日有緣一睹否？」

　　薛濤笑笑沒有回答；白居易說：「洪度兄是隨蜀鎮上京述職來的。薛濤箋麼，你看──」

　　白居易取來一幅土黃渾白斑點的紙，紙上已寫了一首詩。

　　劉禹錫用手摸了摸說：「這是松花紙吧？」

　　薛濤這才開口說話，她說：「不錯，是松花紙。它的紙性還差些火候，不能令人滿意哩。」

　　薛濤說話像唱歌一樣，聲音非常悅耳，這給劉禹錫留下非常深刻的印象。

　　韓愈說：「已經相當不錯了。它比起市賣的生紙、熟紙、硬黃紙，吸墨融墨都要好。若說不足，色澤上有些板滯。」

劉禹錫因看那詩。詩曰：

孟生江海士，
古貌又古心。
嘗讀古人書，
謂言古猶今。
作詩三百首，
窅默《咸池》音。
騎驢到京國，
欲和薰風琴。
豈識天子居，
九重鬱沉沉。
一門百夫守，
無籍不可尋。
…………

　　這是去年韓愈寫給詩人孟郊的贈別詩，沒有錄全。書寫者筆筆凝重，書與詩基調非常吻合，很見功力。劉禹錫不由擊節讚歎說：「人心，文心，書心交融在一起，真真絕了！只是『豈識天子居，九重鬱沉沉。一門百夫守，無籍不可尋。』似乎忒悲觀了些。」

　　白居易說：「這不是悲觀，而是事實。想樂天當年因一首小詩蒙顧況老前輩賞識，可這麼多年過去了，仕進依然渺茫啊。哈哈！」

　　韓愈說：「東野丈人徒有才華，不為當世所用，如今遠在徐州張建封處，不知近況如何，真讓人牽掛啊。」

　　在座都為韓愈真摯的友情所感動，加以詩的感召力，都不免有些神色黯然。白居易是樂天派，他說：「東野丈人不會久困人下的！是種子遲早要發芽，你們就信我這句話吧。」

這說的是孟郊，也是說他自己，更是替大家說的。於是大家又高興起來。

柳宗元說：「樂天兄，你接著介紹吧。」

白居易說：「接著介紹，接著介紹。」

白居易正想介紹一位年長者，卻被一位小青年搶過去了。小青年說：「我自我介紹吧。我叫元稹，與濤姐一起從四川來京師的。」

柳宗元有些驚訝，說：「你就是元稹？還是個孩子啊，怎麼已經擢了明經了？詩也了得，文也了得，真真是個神童哩！」

元稹有些得意，說：「擢明經算得了什麼，寫詩才是我的正經功課。」

白居易指著一位沒長鬍子，但顯然已經不很年輕的人說：「這位是博陵崔護崔殷功。」

元稹對柳宗元說：「聽說過他的愛情傳奇故事麼？」

柳宗元問是什麼故事，元稹說：「虧你一直待在京師呢，怎麼連這麼一個轟動全長安的愛情事件也不知道！」

柳宗元說：「算我孤陋寡聞吧，說說，什麼故事？」

元稹說：「前年清明，崔護他獨自一人去南郊遊春。走著走著，覺得口渴了，就到路邊一個村舍去討水喝。他敲了半天門，出來一位少女。少女說，家中只她一個人，不方便接待外男。崔君說他口渴，只要給口水喝就行。女子進屋取水去了，崔君就見院子裏有一棵桃樹，滿樹紅豔豔的桃花開得正旺。那女子端來水盂，崔君解了渴，說，喝了姑娘的水無以為報，怎麼辦呢？那少女吃地一笑，把門關上了。」

「去年清明，崔君又去遊春了。走著走著，口又渴了，就記起上年討水喝的姑娘來，心想，一客不犯二主，還去那家村舍吧。不想敲了半天門，無人答應，仔細一看，才見門上掛了一把鎖。他一時性起，就在左邊那半扇門上題了四句詩：『去年今日此門中，人

面桃花相映紅。人面不知何處去，桃花依舊笑春風。』回城後，他老是放不下這事，惦記著那姑娘究竟外出了呢？出嫁了呢？」

「半個月後，為此他專程去了一趟南郊村。一接近那家村舍，就見許多人圍在門口竊竊私語。崔君上前詢問，一位老婦人悄悄告訴他，說這家的姑娘年輕輕的害相思病死了。崔君立馬感到這事或許跟自己有些關係，就嚷著要進去。一個老者從屋裏跌跌撞撞地出來，問崔君有什麼事，說小女剛歿，正傷心呢。崔君問姑娘得什麼病死的。老者見問，撐不住又哇地一聲哭起來，說，都怪那個浮頭浪子，好端端在我家門上題了一首歪詩，小女見了，連讀三遍就昏死過去。好容易用薑湯將她灌醒，她只是哭，不吃不喝，整整七天七夜，到今兒早上就斷了氣了。說著又哭。崔君要求進去看看，老頭說，一個女孩兒死了，八竿子打不著的陌生男人進去看什麼呢！就攔住不讓進。崔君推開老者，顧自奔進屋去。見姑娘果然死在床上，崔君就撲上去摟屍大哭，說，姑娘，姑娘，崔某來遲了，來遲了啊！」

元積說到這裏故意賣關子不說了。

柳宗元說：「後來呢？後來怎麼樣了呢？你總不能讓崔兄一直哭下去啊。」

元積笑笑說：「我也是到京師之後才聽說的，不知道講的是不是準確。——蔣防，公佐，還有行簡，你們是寫傳奇的高手，你們幾位給續下去。續完了，看看崔大哥滿不滿意。蔣防，你先說。」

蔣防說：「好吧，我先說。我想，崔兄一定為之滿身縞素，且夕哭泣。將葬之夕，見那姑娘於繐帷之中，容貌妍麗，宛若生平。她著石榴裙，紫襠襦，紅綠帔子，斜身倚帷，手引繡帶，顧謂崔君曰：『愧君相送，尚有餘情。幽冥之中，能不感歎！』言畢，遂不復見矣。」

元積連連搖頭說：「你以為你寫霍小玉啊。公佐你續。」

李公佐搓搓手說：「我怕也續不好。」

李公佐在屋內走了一圈，突然一拍手說：「看來是喜劇結局。對，一定是喜劇結局。」

元稹點點頭說：「有些意思了。說來聽聽。」

李公佐說：「崔君伏屍痛哭，一時天昏地暗，竟然哭暈了過去。這時只聽耳邊有人喊他的名字，崔君遂發寤如初，見家中僮僕擁篲於庭，二客濯足於榻，斜日未隱於西垣，餘樽尚湛於東牖。原來只是……」

元稹不等他說完，連連喊道：「打住打住。你這是拿你的《南柯太守》硬套呢！行簡，你來試試。不過，我想你也續不俐落的，弄不好，大概是個《李娃傳》吧。」

白行簡望望一直笑眯眯不表態的崔護，抹了下臉說：「崔君摟屍大哭，哭得地動山搖。那姑娘大約只是休克，居然被他哭醒了。她睜開眼見是崔君，就顧不上羞澀，一把摟住崔君嗚嗚地哭起來。老頭見女兒活了過來，也顧不上埋怨崔君，就歡天喜地地將女兒許配給了崔君。一首桃花詩，得了個桃花女，真是個傳奇的好題材呀！」

元稹對崔護說：「崔大哥，怎麼樣？還是行簡行吧，大體續得符合事實。不過你們還是聽聽孟棨，他是這麼寫的：『（老父）持崔大哭。崔亦感動，請入哭之，尚儼然在床。崔舉其首，枕其股，哭而祝曰：某在斯，某在斯。須臾目開，半日復活。老父大喜，遂以女歸之。』」

劉禹錫說：「『舉其首，枕其股，』六字何等傳神！崔兄，恭喜你啊。」

崔護有些不好意思，說：「改天我請諸位上寒舍喝茶去。我家娘子她點的好香茶呢。」

眾人齊聲說好，說改天一定去見識見識這位多情多義的美娘子。

那天，劉、柳二人在白寓一直待到傍晚將要打鉦時候才離開。

在回宣平坊的路上，劉禹錫一直在想崔護的事。由崔護的妻

子，那位從前的村姑，又很自然地想到了陸憶菱小姐。他不知道他和陸小姐的故事會有怎樣的結局，他更不知道自己眼下該怎麼做，是去陸府找她好，還是不去找好。

這麼想著時，柳宗元說：「夢得兄，咱們還是去拜會陸贄大人吧，聽說他最看重人才的。韓愈兄應了好幾年的試都落第了，去年還不是虧了陸大人，方才中了進士？如今他又剛任宰相，更應當求賢若渴吧。」

劉禹錫說：「陸小姐，陸小姐，我怎麼好貿然去府上呢？我，我……」

柳宗元說：「什麼貿然不貿然，拜見陸相，不就可以見到小姐了麼？自然得很啊！」

劉禹錫說：「不不，小姐，我不能就這麼去見你；我得有了功名，有了功名我方去見你。」

柳宗元說：「你弄顛倒了吧？」

劉禹錫說：「小姐休怪夢得狠心；夢得實實是沒有法子。」

柳宗元說：「什麼沒有法子。那是你脾氣太臭！」

4

戶部侍郎、判度支裴延齡由於德宗皇帝的寵信，一時身價百倍，因而最近他居住的府邸，由原來離皇宮較遠的親仁坊，搬遷到了興慶宮近邊的永嘉坊。裴昌禹上門時，正值裴府上下為搬家忙成一團糟。裴昌禹是有些處理家政方面的才能的，這時正好顯出身手。由於他的協助，各項事務頓時變得井井有條，這就很得了堂叔裴延齡的賞識。在新居安頓下來之後，膝下荒涼的裴延齡對這位遠房堂侄差不多當兒子一般看待了。

按說這是一樁意想不到的幸事，這意味著展現在裴昌禹面前的將是一條比較光明燦爛的錦繡前程。但事實上並非如此，裴昌禹很

痛苦。不說非常，也不說有些，用一個「很」字來形容裴昌禹痛苦的程度，是比較符合實際的。

　　裴昌禹在裴府的優厚待遇和他的客人身份極不相稱。他有單獨起居的院落，包括一間比較豪華的書房，有專門侍候的使女和僮僕。僮僕中有一人比較特殊，他不是中國人，而是非洲人，當時呼為昆侖奴。因為裴府只有這一名昆侖奴，就不另外賜名，直接叫他昆侖奴，簡稱昆侖。這昆侖奴長的十分矮壯，長年穿一領半脫的淺黃色木綿裘；他渾身墨一般黑，黑得發出鋼藍一樣的色澤；一頭焦黃的捲髮，牙齒卻是雪雪白；一個耳朵上穿一個很大的金耳環，一動，金耳環就忽閃忽閃地亂顫。他和他的同伴本是南海諸國作為特殊貢品獻給大唐皇帝的，皇帝又把他們當作禮物賞賜給臣子，於是他就來到了裴府。他說的是昆侖語，嘰哩咕嚕的誰也聽不懂，不過幾年下來，他已結結巴巴學會一些簡單的日用漢語，借助手勢，能與人溝通了。他人很勤快，力氣也大，還有一項特別的技能：潛水。他在水中可以一口氣待上半天，且不用閉眼。人跟人是有感應的；裴昌禹憐他是個外國奴僕，對他很是照顧，昆侖奴雖然語言上有障礙，但他心裏明白，所以對裴昌禹也就忠心耿耿。

　　這樣的待遇本應使人陶醉，然而恰恰讓裴昌禹觸摸到了痛苦的中心。從裴府的氣氛，使他感受到了長安的氣氛；從繁華奢糜，他感受到了殘忍冰冷。這一切跟他未來京城時的想像大相徑庭，也跟他來京城的初衷南轅北轍。他感到非常失望。回首一個多月的風雨旅程，他種下過多少美麗的憧憬啊！每當夜來泊舟，劉禹錫他們都睡下了，他卻輾轉反側，怎麼也睡不安穩。有時他輕輕推開船窗，望那一江水月；有時悄悄步上船頭，尋著漁火聽舟子低吟淺唱。這時他就構想著見到堂叔後如何向他道出自己的心事，並請求堂叔幫助，利用他跟陸贄同僚的關係，喚醒陸贄二十年前指腹為婚一段記憶。只要陸贄記起並承認這個事實，以他宰相的顏面是不會賴掉這椿婚姻的。如果這樣，他此次來長安也就算圓滿功德了。陸小姐啊

陸小姐，你知不知道，昌禹對你這一片苦衷啊！你不願夫婿為官作宰，這也是昌禹的志向啊！

可事實上這樣的構想是根本不可能實現的。因為來裴府沒幾天，他就知道了裴延齡與陸贄之間有矛盾；非但有矛盾，而且積怨頗深。內中情由他也不很清楚，又不便問。看來，他與陸小姐之間唯一有希望溝通的渠道阻斷了。為此，他感到痛苦，簡直到了痛苦的深淵。為緩解這種痛苦，他做了兩件事：一是拿著顧況的介紹信去見白居易，二是去勝業坊看一看陸相府。

他是在一個少雨的北方的雨天去待賢坊的。這不是刻意選擇，而是決定去的早上恰好下雨了。裴昌禹是個有了主意絕不更改的人，下雨就下雨吧。他騎了裴府的一匹青驪駒去，只帶一個僕人，就是那個黑皮膚黃捲髮的昆侖奴。

一路上細雨歪歪斜斜；同樣是雨，長安的雨不如江南的雨柔軟酥潤，長安的雨似乎水分不足，顯得乾澀、尖硬，針一樣扎下，碰到裴昌禹披著的蜀錦披風便紛紛掉落到地上。

裴昌禹主僕到達待賢坊白居易寓所時，雨已停了，巷子裏刮來的風把碎石路面上的水漬刮乾了。裴昌禹下馬，正要上前叩門，門卻開了，出來一個老蒼頭。那蒼頭看見昆侖奴嚇了一跳，就要離開，卻叫裴昌禹喊住了。

裴昌禹說：「請問老丈，這兒可是白先生的家？」

老蒼頭有些愛理不理，他瞅瞅昆侖奴說：「是的。」

裴昌禹說：「白先生他在家麼？」

老蒼頭沒有回答，從身邊掏出一把鐵鎖把門鎖了。

裴昌禹說：「白先生不在家？」

老蒼頭拍拍手裏提著的一個青布小包說：「去下邽老家呢。車在延平門外等著，忘了一個石硯，特地命我回來取的。」

裴昌禹說：「還去渭南？沒多少日子就開科考試了啊！」

老蒼頭說：「我家相公不考了。」

　　裴昌禹覺得奇怪，說：「不考了？為什麼？」

　　老蒼頭說：「不知道。不考了，就是不考了。」

　　這段對話簡直毫無意義，可是不知為什麼卻給了裴昌禹一個完全相反的啟示。裴昌禹原本不是為考試而來的，儘管他與劉禹錫一樣得到了州府的申送推薦，只不過劉禹錫是解元的身份，他只是一般的鄉貢進士。但是現在與老蒼頭一段對話之後，他莫名其妙地改變了主意，他認為自己應當認認真真對待這場考試了。

　　老蒼頭見他半天不言語，就說：「這位相公，您還有事麼？」

　　裴昌禹將手伸進口袋裏摸了摸顧況的介紹信，說：「哦，沒事了。不好意思，耽誤你取硯了。」

　　去勝業坊陸相府，裴昌禹本想從容選個日子的，但有了認真應試的想法後，第二天一早他就去了。這一回他沒帶僮僕，也不騎馬，而是叫了一輛步輦。永嘉坊離勝業坊不遠，只隔了一個安興坊，沿興慶宮北牆往西再折向西南，走不多遠便到了。

　　裴昌禹在宰相府附近的一個茶亭邊下了步輦，就有茶亭的一個夥計出來招呼。裴昌禹選擇一個斜對相府大門的視窗位子坐下，要了一碗香茶，兩個石子饃，兩個金錢油塔。長安的石子饃又脆又香，金錢油塔用麵粉塗油細作蒸成，形如寶塔，又糯又甜。可裴昌禹心不在吃食上，吃了半天也不知是什麼滋味。他的一雙眼睛死死地盯住不遠處的陸相府。相府的大門閉著，只開東邊一扇角門，幾個看門的僕人坐在長凳子上有一句沒一句地閒聊。

　　相府門前冷冷清清，偶爾有一條兩條狗走過。

　　裴昌禹吃完點心，茶也喝淡了，相府門前卻是風景依舊。裴昌禹忽然懷疑起自己此行的意義了。他剛要起身離去，一個眼錯，見相府門前不知什麼時候停了一輛色彩鮮豔的桃花馬拉的青油小犢車，而那幾個有說有笑的看門人也已規規矩矩地垂手侍立在角門兩邊了。

　　裴昌禹心想，不知陸府什麼人要出門了。正自猜測，只見角門裏輕輕鬆鬆走出來一主一婢兩位少女。裴昌禹簡直不敢相信自己的眼睛，他一下呆住了。那兩個少女竟是他日思夜想的陸憶菱小姐和她的丫鬟鵑兒！陸小姐穿著剪裁成男裝的大紅越羅套裝，越顯得嫵媚俏麗；使女鵑兒則是蔥綠條子，鵝黃短襖，無論色彩，款式，都與主子十分諧調，而且相互映襯，相得益彰。

　　陸小姐主僕打打鬧鬧地向小犢車走去。這時一陣細風吹過，就有幽幽的甜香鑽入裴昌禹的鼻孔，裴昌禹就把握不住自己了。他猛一下將身子撲出窗外，忘情地叫了一聲：「陸小──」

　　沒等「姐」字出口，一股傷痛又從內心深處溢出，人就一下軟化在窗櫺上。

　　茶亭夥計見他如此，不知以為出了什麼事，慌慌張張趕過來說：「客官，客官，您怎麼了？您沒事吧？」

　　裴昌禹無力地伸出一隻手搖了搖。

　　這時，遠遠地傳過來一陣清脆的馬車鈴鐺聲。顯然，相府門前那輛青油小犢車已經啟動。裴昌禹慢慢抬起頭，只見那匹拉車的桃花馬正顛顛地向西奔去。那馬越奔越快，不一會兒，小犢車轉過街角不見了。

　　裴昌禹這才把壓抑了半天的那個「姐」字釋放出來。他說：「──姐！」

　　一直呆在一邊的茶亭夥計弄不明白，說：「客官，怎麼，相府小姐是您姐？那您是……」

　　裴昌禹沒理夥計，他抓出一大把銅錢往桌子上一扔，站起身說：「會賬。」

　　裴昌禹喝的是茶，可好像喝了酒一樣跌跌撞撞。他走出茶亭，上了一輛驢車。茶亭夥計趕過來說：「先生，先生，您給的茶錢也太多了，多得快趕上小店兩三天的營生了！」

　　裴昌禹沒理夥計，他對車夫說：「走吧。」

車夫問：「先生，上哪？」

裴昌禹沒好氣地說：「嚕蘇個啥。你走就是！」

5

這一天，長安城內車馬出奇的稀少，所以裴昌禹的驢車過薛王宅，一出勝業坊，就遠遠瞧見那輛桃花馬青油小犢車正顛簸著走在空落落的朱雀東四街上。這令裴昌禹感到十分意外和驚喜。他對車夫說：「攆上前邊那輛小犢車。」

小犢車經過東市時，停在了一棵大槐樹下。繡著百合花樣的車門簾子一挑，走下一個丫頭，那是鵑兒。鵑兒叫走兩個馭手中年長的一個，兩人相跟著進入東市市場。不一會兒，鵑兒領著馭手出來，馭手手裏已捧著大包小包。回到車邊，鵑兒從馭手手裏一一接過物品包，連人帶包進了車，車子又向南奔了。小犢車走，裴昌禹的驢車也跟著走，不久就出了南門——夏啟門。

出夏啟門走了約有一個時辰，小犢車沿一條小溪拐入一個小村子，在村頭一幢小院前停下了。小院門前，早有這家的使女在等候了，見車停下，趕忙上來接應。

陸小姐走下小犢車，望望四周的景色，活動一下筋骨，深深地吸口氣說：「鄉下好舒服啊！」

這家的一個使女說：「陸小姐，我家小姐、姑爺等候您多時了。」

陸小姐一邊朝院門走去，一邊說：「你家小姐姑爺請我來，是有好吃的呢？好玩的呢？」

使女詭秘地一笑說：「小姐進去就知道了。」

裴昌禹躲在附近的一片棗樹林子裏往這邊張望。他猜不透這家的門第。按說與宰相千金如此熟慣，決非等閒農家。但看這家的宅

院小小巧巧，平平常常，和一般農家沒什麼兩樣，心裏不免覺得有些蹊蹺。

裴昌禹的疑惑擋不住陸小姐的腳步，她格格笑著進了院門。一個馭手提了大包小包跟在小姐使女後面也進去了，另一個馭手就牽著馬將車拉到院後去。

現在只剩下裴昌禹一個人了。他從棗樹林裏走出來，不知道自己該怎麼辦。看看日將近午，車夫問：「先生，您究竟上哪兒啊？」

裴昌禹望著遠處灰藍色起伏的終南山山巒說：「不知這鄉下可有酒館。」

車夫往斜刺裏一指說：「那裏有一家小酒館。要是先生不嫌棄，這家的飯菜倒很可口的。」

順著車夫手指的方向，裴昌禹望見離此不遠有一個小土崗子，土崗子上長著一棵高大的柿子樹，樹上飄揚著一面酒旗，酒旗下一間鴿籠一樣的板屋，顯然就是那酒館了。

他們來到酒館，揀一個能看得清那家村舍的位子坐下，要了酒菜慢慢地吃喝起來。

陸小姐一進門，就見崔護和他妻子喜姐在房前階上迎候，而院中那一棵著名的桃樹已打起了許許多多殷紅的骨朵。見陸小姐進去，喜姐立刻滿面春風地走下階來，說：「菱妹，怎麼姍姍來遲啊。請，快請！」

這喜姐雖是村姑，長的卻不俗，細皮白肉的，且有一種嬌憨之態。她深通文墨，情致高雅，她和崔護動人的愛情故事曾傾倒過無數青年男女。陸小姐就是這無數傾倒者中的一個。一個偶然的機緣，她們相識了，並且很快成為了閨中密友。

喜姐挽住陸小姐的手臂一同進屋，陸小姐說：「有什麼好吃的要孝敬我麼？」

喜姐說：「『出關見青草，春色正東來。』這比吃食有意思多了吧？」

「出關見青草，春色正東來。」這是岑參《送杜位下第歸陸渾別業》裏的句子，陸小姐不明白喜姐究竟打的什麼啞謎。

見陸小姐一副疑惑的樣子，崔護說：「正是有一個春色一樣的好消息要告訴陸小姐呢。小姐請！」

廳屋內已擺了一桌酒菜。陸小姐進屋後，就有馭手抱了禮物來讓主人過目。崔護和喜姐也不十分推讓，只說「何用破費」，便讓僕人另屋寬待。這裏分賓主坐定後，陸小姐捺不住問：「崔大哥，喜姐，究竟是什麼好消息？你們就告訴我吧。」

崔護笑笑說：「別急。來，先喝酒。」

喜姐說：「菱妹，這酒是我爹親自釀的，原是給不會喝酒的人喝的，很甜，又不汁喉；這醉鵪鶉是殷功糟的，很香。你嚐嚐！」

陸小姐不舉杯也不動筷子，她嬌嗔地望著他們夫妻說：「什麼事啊，這麼神神秘秘的？」

喜姐不想再賣關子了，她吃地一笑說：「好吧，我把那兩句詩改一個字你就明白了。我把『春色正東來』的『東』字，改成『南』字，你明白了吧？」

陸小姐喃喃念道：「出關見青草，春色正南來。」連念兩遍，果然就明白了。可是她還有些疑惑，她說：「按說不會啊。」

喜姐領會錯了意思，說：「怎麼不會？殷功在白居易家裏碰見他了。」

陸小姐望望崔護說：「是麼？」

崔護點點頭說：「是的。」

在一邊侍候的使女鵑兒也明白了他們在說誰，她插嘴說：「崔公子是說，您見著劉公子了？」

崔護喝一口酒說：「是啊，見著了，見著了啊。」

鵑兒說：「那不對呀！」

崔護說：「怎麼又不對啊？」

鵾兒想的是另一方面的問題，她說：「既是劉公子來到長安，他該先上咱們家才對啊。」

崔護說：「這有什麼！等得了功名，他自然要上你們家的。」

陸小姐臉一沉說：「不，不是這樣的。我們說得好好的。不，不不，不是這樣的！決不是這樣的！」

崔護說：「什麼不是這樣？不是這樣，那是哪樣？」

鵾兒的思緒從她自己那條道轉到陸小姐這條道，說：「劉公子答應過我家小姐的，說不求仕進，但求愛情。」

崔護一聽就笑了，說：「笑話！就這劉夢得，可能麼？」

陸小姐說：「怎麼不可能？就拿您和喜姐說，你們不是生活得很好麼。」

崔護立時收去了笑容，不無沮喪地說：「我跟劉禹錫不一樣。」

陸小姐見崔護這樣，談話不便深入。停了停她又說：「那你知道劉夢得他住在什麼地方？」

崔護一拍膝蓋說：「糟了，我忘了問了。」

喜姐不免有些埋怨，說：「相公，你怎麼搞的麼！」

崔護說：「當時大家只顧敘談熱烈，又扯上桃花詩什麼的，我很窘。再說我跟劉夢得初次見面，又想不著他會不去府上，所以就沒顧上問他。哦，對了，他與柳子厚相與甚厚，一問子厚便知道了。」

陸小姐就沒了吃喝的興致。她一推杯子，站起身說：「那我告辭了。」

喜姐說：「知道你會這樣，想慢慢告訴你的，又忍不住。——都快近晌了，總得吃一點東西吧？」

於是陸小姐只得重又坐下。既坐下，也不等主人讓，就自己倒酒，且揀一個大杯，一連喝了三大杯。喝完，抬身就往外走，卻是不勝酒力，歪歪斜斜的就要撞到柱子上，幸虧鵾兒緊跟在一邊，立

刻挽住了她。鵑兒回頭對喜姐說：「你們家的酒怎麼這麼快就上勁了？」

喜姐笑了，說了一句普遍真理：「酒不醉人人自醉啊。」

喜姐幫鵑兒把陸小姐攙扶到後院繡房中，陸小姐竟然呼呼地睡了過去。

裴昌禹在那家小酒館裏一直盯著崔家的大門，可直到日腳平西也不見陸小姐出來，心裏不免有些急躁。他本想在此借住一宿，又怕一夜不歸會給堂叔家造成不良影響，只好快快地回城。他知道他這一離開，陸小姐就會成為一隻斷線的風箏，很難覓得回來了，但他別無法子。

夕陽把裴昌禹的驢車車影拉得很長很長；裴昌禹的思緒彷彿也給拉長了，他安慰自己說：「今天既有這個機會遇見她，以後也一定有機會的。」

<h1 style="text-align:center">6</h1>

陸憶菱小姐回到勝業坊家中已是第二天過午了。儘管昨天傍晚喜姐已派人來稟報過，但還是讓家裏人擔了心。第一個著急的是她母親羅氏夫人，第二個著急的是她的姨娘（陸贅之妾）崔氏夫人，陸小姐進府時，兩位夫人正在大廳上兜圈子呢。兩位夫人兜圈子好像分過工，一位在東半廳，一位在西半廳，畫成兩個無形的圓圈。大概這樣不利於溝通吧，她們又改成畫8字圈。畫8字有了溝通機會，但所謂溝通，也僅僅是互相傳遞詢問的目光：天都這般時候了，女兒怎麼還不回來？

這樣的目光傳遞不解決問題，反而徒增焦慮不安，就又改了回來，仍然東西兩半廳各自畫圓兜圈子。這時二門上僕人報小姐回府，兩位夫人同時把弧線拉直，從廳裏衝到院裏，一人一邊把剛剛

踏進院門的陸憶菱小姐扯到懷裏，說：「菱兒，你，你，你真把人急死了！」

陸小姐把兩位母親一捧，說：「哎喲，煩死了！」說完，進內院去了。

兩位母親面面相覷，就喚住使女鵬兒，說：「我們不煩她，她倒煩起我們來了。真真豈有此理！」

鵬兒說：「二位太太息怒，小姐她不是煩你們。」

二位夫人說：「不是煩我們？不是煩我們，還會煩誰呢？」

鵬兒說：「太太，姨娘，小姐真的不是煩你們；小姐煩的是劉公子。」

羅氏夫人說：「劉公子？哪個劉公子？」但她立刻悟到了：「劉禹錫？」

鵬兒點點頭說：「是的。劉公子來長安趕考了。」

羅氏夫人哦了一下，說：「他們見面了？」

鵬兒說：「沒呢！」

崔氏夫人說：「他既來長安，又不來找你家小姐，就為這個煩他吧？」

鵬兒說：「是。」

崔氏夫人說：「這個劉禹錫也怪，既來長安，就該來府上啊。對了，昨兒我去書房，老爺還說，劉生，劉生，你怎麼不來找我呢！想來這個劉生一定就是劉禹錫了。」

羅氏夫人說：「那昨兒喜姐請你家小姐去南郊幹什麼了？」

鵬兒說：「就為告訴小姐這個消息。崔相公見著劉公子了。」

崔氏夫人說：「這個劉禹錫真真有些搞不懂他了。他不好意思來見菱兒，還不好意思來見老爺？難道他連起碼的通關節也不懂麼？」

鵬兒說：「二位太太，小姐也回府了，你們也不用擔心了，鵬兒也該去伺侯小姐了。」

羅氏夫人擺擺手說：「你去吧，小心著伺候小姐。我想，或許那劉夢得忙於溫習應考，過幾天他一定會來家裏的。」

陸憶菱小姐沒回鶯澤樓自己房中，而是去了父親的書房。剛才她進內院中門時，被守候在那裏的一個僕人請去的。一進書房，只見她父親正負著手在繞書桌兜圈子。陸小姐突然覺得有點好笑：在同一時間裏，父母三人都兜起了圈子！

陸贄長得高大清臞，眉心有兩條深刻不變的豎紋，那是常年累月深思焦慮的印記。見陸小姐進去，他雙眉一展說：「菱兒，你終於回來了！快把為父急死了。」

陸小姐在椅子裏坐下，說：「爹，急吼吼地派人把我截來，不是擔心我一夜不歸吧？」

被說中心事的陸贄支支吾吾地說：「怎麼不是？怎麼不是？就是，就是。你上南郊崔家了吧。」

陸小姐瞧一眼父親說：「劉禹錫來長安了。」

陸贄說：「我早知道了。」

陸小姐嘴一噘說：「早知道，怎麼也不告訴我一聲？」

陸贄說：「他這不是求功名來了麼。」

陸小姐說：「可他答應過我，不求功名的。」

陸贄說：「傻話。讀書人怎能不求功名？」

陸小姐說：「他口是心非！」

陸贄說：「此一時，彼一時，怎麼能說口是心非？」

陸小姐臉也氣白了，說：「你讓他來家裏，我得當面問問他！」

陸贄說：「我也沒見過他啊。——他沒來找我。」

陸小姐有些不信。她懷疑地看看她父親，沒說話。

陸贄說：「他真沒來找我。」又說：「這樣脾氣的人，我倒真有些喜歡：不通關節，只憑自己的才幹。」

陸小姐聽父親這麼說，不由得思路往那上頭靠了靠，心裏不免生出些許喜歡。她說：「憑他的才幹，幹麼非得做官啊。」

陸贄說：「做官有什麼不好？應試做官，既為國家，又有了個人前程，這是男人的基本生存方式啊。」停一下又說：「劉夢得他既然答應過你不求功名，那他會不會只是要通過求取功名檢驗一下自己的才幹？才幹得到充分展示以後，也許有一天他就洗手不幹了。」

聽父親這麼分析，陸小姐多少有些懷疑，但心裏還是生出許多喜歡，她笑笑說：「真會是這樣麼？」

陸贄說：「也許吧。」

陸小姐沉吟一下說：「果真如此，他也該來瞧瞧我呀！」

陸贄說：「他這是要避嫌吧？得中之後，我想他一定會來的。」

陸小姐望望父親，好像放了心。她慢慢站起身要告辭回房，陸贄就說：「菱兒！」

陸小姐說：「爹，還有事？」

陸贄點點頭說：「有事。」

陸小姐這才回味她開頭的感覺是對的：她父親急於找她，是因為有事要跟她商議；所謂擔心她一夜未歸云云，純屬說詞的一種方式，或者頂多是主次的顛倒。不管怎麼說，陸小姐的心情已好了許多，她不再說煩了。她坐下來，像往常陸贄遇到難題找她時那樣，她說：「什麼事，爹？」

陸贄望著女兒，目光一暗，說：「竇參不是被貶郴州別駕了麼？他到了郴州不知悔改，又大量收受藩鎮官員賄賂的銀兩和絹匹。不久前，湖南觀察使李巽和中使逄士寧又參了他一本。聖上大怒，要殺竇參。竇參不是不可殺，但眼下比竇參更可殺的還逍遙法外，殺了竇參，似乎用刑太過了些。從聖德和國體兩個方面考慮，我勸聖上以暫不殺他為好。於是再貶驩州司馬……」

陸小姐忍不住打斷說：「這不完了？他竇參應當感激爹爹的。」

　　陸贄眉頭那兩條豎紋擰緊了，說：「誰想他府中有一個名叫上清的寵婢，沒官後被收進宮去，竟慢慢伺候上了聖駕。她在聖上跟前編了一套謊話，替竇參翻案，並一口咬定是我陷害竇參的。我擔心萬一聖上被她蠱惑，早晚會招致禍患。菱兒，這事你以為如何處理方保無虞？」

　　陸小姐想了想說：「那那個名叫上清的女子，她編了怎樣一套謊話呢？」

　　陸贄歎口氣，把他瞭解的情況詳詳細細地說了一遍。

　　竇參，當時官拜中書侍郎、同平章事，領度支、鹽鐵轉運使，住在光福裏。上清告訴皇上：一天晚上，月色很好，竇參讀書累了，便和侍婢上清到庭院中散步。自從婢女上清來到他身邊後，竇參養成了月夜散步的習慣。他喜歡看朦朧月光中的上清侍婢；上清侍婢在月光中呈現出來的嫵媚清麗是白天所見不到的。於是竇參就呼上清為月窟仙子。

　　他們來到小池邊坐下，竇參就細細地鑒賞上清，上清忽然說：「老爺，我去去就來。」

　　上清侍婢嘴角一牽，眼睛在月光裏曖昧地一忽閃，就鑽進一叢牡丹花叢。

　　竇參知道上清幹什麼去了。這上清也很奇怪，每次隨竇參散步，她就會突然產生尿意。當然竇參也樂意她這麼幹。竇參估計她是時候了，就興致勃勃地向牡丹花叢走去。這時，卻見上清提著褲子慌慌張張地從花叢中出來。

　　上清說：「老爺，我有樁事情要稟告您。」

　　竇參說：「什麼事啊，等會兒再說。」

　　竇參一邊說，一邊去看上清的褲襠。上清蔥綠色褲子的襠裏有一塊牡丹葉大小的深綠，那是尿漬。

　　上清說：「老爺，我得現在就告訴您。」

　　竇參笑嘻嘻地說：「又是那隻大花貓看你的屁股了？」

上清著急地說：「老爺！別開玩笑了。我有重要的情況呢。」

竇參這才明白問題有些嚴重了，說：「什麼情況？快說。」

上清說：「請老爺到堂前去我才說。」

來到廳堂坐下之後，竇參說：「什麼事，說吧。」

上清說：「剛才我去花叢裏小解，剛放了一半尿，只聽樹上噗的一聲，我一抬頭，見樹上有個人失腳差點掉下來。」

竇參沉吟一下說：「陸贄蓄謀已久，要奪我的權位。現在有人在庭間樹上，看來我的禍事到了。」

上清說：「老爺何不將那人拿下，問明情由，奏明萬歲，揭穿陸贄的陰謀。」

竇參說：「不行。這件事無論奏不奏明，都要受禍。看來我要流放，死在道上了。上清，在所有的侍婢中，你是最出眾也是我最喜歡的。我身亡家敗後，你一定會被罰沒去當宮婢。聖上如果問起這事，你一定要為我洗冤啊。」

上清流著淚說：「如果真會如老爺說的，上清決以生死相報。」

於是竇參走出廳堂，站在臺階上，對著大樹喊道：「樹上君子，該是陸贄派你來的吧。如能保全老夫性命，敢不厚謝！」

樹上那人應聲跳下，只見他身穿粗麻布孝衣，上前跪稟說：「小人家中遭了大喪事，太窮了，辦不起喪禮，深知老爺推心濟物，所以選個夜間來此，但願沒有驚著老爺。請老爺不要怪罪小人。」

竇參明白一切都已難挽回，但還是說：「我也不富裕，堂上封存的千匹細絹，本打算修家廟的，現在送給你，行了吧？」

穿孝服的人拜謝了，說：「就此辭別老爺。請老爺命左右把絹扔出牆外，我先去街上等著。」

那人走後，竇參命僕人把絹一匹一匹扔到牆外，又看著那人從黑暗處推出一輛小車，把絹裝上走了，這才回房睡覺。這一夜自然是上清陪的房。

第二天上朝，果然就出事了。

　　上清對聖上說：「竇參自御史中丞，歷任度支、戶部、鹽鐵三史，直到宰相，前後六年，每月收入有幾十萬，又經常得到皇上您的賞賜，也不知有多少。後來從郴州抄家沒收解送來京師的銀物，也都是皇上恩賜的。當部裏收點時，婢子正在郴州，親眼看到州縣秉承陸贄的旨意，把銀物原有的字樣刮去，重在上面刻上藩鎮的官銜姓名，誣成贓物。」

　　聖上又問蓄養刺客一事，上清說：「根本沒這樣的事，全是陸贄陷害，派人搞的鬼。」

　　陸贄敘述完上清的謊話之後對女兒說：「當然，眼下聖上對上清的話還不是太相信。但我怕枕上之風吹得久了，慢慢地就不由得聖上不相信了。」

　　陸憶菱小姐站起身，走到窗前，望定窗外一株很蒼老的梧桐樹。許久，忽然吹來一陣清風，梧桐樹葉沙沙地響了起來。陸小姐回過身說：「爹，我想你也不用去解釋。惹上這種事再解釋也沒用，反而像用沾了墨的手抹臉，只會越抹越黑。」

　　陸贄說：「你是說只能靜觀其變？」

　　陸小姐說：「爹，要是皇上真的相信了上清，那是絕對沒有辦法的。事實上一個能幹的美女，可以把六缸清水攪渾七缸的。比如貂蟬。貂蟬名氣很大，卻最讓我瞧不起了。你一個女孩子家，犧牲自己的清白，去作別人的政治工具，太不值了！」

　　陸贄知道女兒又在借題發揮了。每次議事只要有機會，陸小姐總是這樣，以發洩她對政治的厭倦，陸贄已經習以為常了。好在他已聽到了很好的意見。當然，女兒的意見陸贄不是每次都採納的，他只是把她說的作為參照。但這個參照對於陸贄，委實是太重要了。

　　陸小姐分析得一點不錯，德宗皇帝到頭來還是被上清這個女子蠱惑了；他對陸贄產生了懷疑。他本來對於陸贄事無巨細的苦諫、極諫十分厭煩，覺得耳根太不清靜，現在又加上懷疑，就漸漸疏遠

了這位忠心耿耿的賢相。這種狀況後來為裴延齡利用，最終陸贄被罷相遠貶，不能不說與這個小小的上清婢女有直接簡接的關係。

當下陸贄採納了陸小姐的意見，反過來又安慰陸小姐，答應設法幫她去找劉禹錫。陸小姐當然希望能早點見到劉禹錫，可她嘴上卻表示找不找的無所謂，她說：「誰稀罕一定要見他呢！」

陸贄捋捋疏疏的幾根髭須，呵呵地笑了。

7

陸贄實際上耍了個滑頭，他沒有努力去找劉禹錫，因為他有他自己的考慮。他認為以劉禹錫的品貌才幹，是堪配作他的女婿的，但他不應當是白衣。去年女兒祀祖回京師後，曾通過兩位母親告訴他，她擇定了劉禹錫，並且兩人已結私盟。陸贄沒有責怪女兒，相反他認為女兒很有眼力；但他心裏明白他的擇婿原則，所以一直含糊其詞，沒有一個明確的態度。去年年底，他從蘇州刺史鍾如圭處得知，劉禹錫已以解元身份被州府申送推薦為鄉貢舉子，他放心了，卻只樂在心裏，並不喜形於色。劉禹錫來京師後，起先他希望他來通關節；後來一想不妥，就有點怕他來，心想要是他來，是見好？不見好？見，將來得中而招婿，難免給人落個話柄；不見，萬一有個閃失，豈非埋沒了人才，自己也錯過了一個極佳的乘龍人選？現在看，劉禹錫是理解了他這份苦衷；以此也證明了劉禹錫的品格和才智。這使得陸贄更加喜歡上這個未來的女婿。他因此想，一旦劉禹錫中了進士，自然要來參相的，到時什麼事不好辦呢？所以，他就故意把尋訪劉禹錫這樁事情捺擱了下來。

陸小姐嘴上說不稀罕見劉禹錫，心裏卻著急得不得了，天天盼著父親將劉禹錫領到家裏來。一天過去，兩天過去，從日出盼到日落，又從日落盼到日出，卻遲遲不見劉禹錫的影子。尤其是一到天

將擦黑，她簡直無法待在房中。不待在房中，唯一可去的地方是花園。一天傍晚，失望之餘的陸小姐又去了花園。

長安勝業坊陸相府的格局，與遠在千里之外的江南老家的格局，差不多是一模一樣的。當年陸贄應召進京時曾發過誓，不管將來自己官做得有多大，絕不忘家鄉，絕不忘根本。不忘家鄉不忘根本，就是不忘黎民百姓，不忘布帛菽粟。為了時時提醒自己，在他做到兵部侍郎可以起造府邸時，他就特地讓建築師去了一趟老家，詳詳細細地繪製了一份老宅院落圖，照式照樣在長安造了一幢。

陸小姐下了鶯澤樓，出牆門，來到花園裏。她心事重重地走在冰花小徑上；因為水池的緣故，夕陽抹在她的身上分外的紅亮。陸小姐來到水池邊的亭子內，呆立片刻，就在石桌邊坐下了。坐下之後，眼底就接通了那一個遙遠的夢，那一首詩，那一個人，那一個人和自己所做過的一切。想起這一切，就有一股原始的熱力從腳底騰起，火一樣直燒到頭頂；又從頭頂反躥至心，心就被烤化了；拷化了的心變成一股熱液，經由腹腔流向了腿根。陸小姐不由得害病似的呻吟起來。

一路跟隨陸小姐的使女鵑兒明白，小姐這種狀態是犯了什麼毛病。但她年齡上尚欠些火候，探測不到此刻的小姐已病到了什麼程度，不過她還是非常正確地勸說陸小姐說：「小姐，天色不早，咱們是不是該回房了？」

鵑兒攙扶小姐回到樓上，陸小姐說：「我沒事了，你歇著去吧。」

鵑兒說：「我服侍小姐睡下。」

陸小姐有些厭煩地說：「不用不用，你走，你快走！」

鵑兒被她趕得莫名其妙，只好答應一聲說：「那鵑兒回自己房去了。」

陸小姐將鵑兒推出房外，就把門插上了。她受不了渾身的燥熱，將衣服一件一件脫去，直到只穿一件薄如蟬翼的綢衫。她搬來一

掛特大的菱花鏡，把它支放在窗下。借著蜂擁而來的夕照，陸小姐看到鏡中的女孩：她的腮頰紅得賽過桃花，通體白玉一般的身子曖昧地在粉色的綢衫裏扭動；她的眼睛也是紅紅的，好像剛剛大哭過一場。

她不敢再看下去了。她按倒鏡子，一屁股坐在椅子上喘粗氣。

忽然想起了什麼。她走到書櫃前，打開最下邊一個格子，翻開一大疊《孔子》、《孟子》之類的書，從最底層取出一本灰藍封皮的小冊子，那是白行簡寫的《天地陰陽交歡大樂賦》。陸小姐捧著這書，好像捧著一顆活蹦亂跳的心臟；她依著書櫃抖抖地翻開書頁，人就慢慢向下滑跌，最後變成一種席地而坐的姿勢。她癡癡地讀著。讀著讀著，身子就像在鴛鴦湖顛蕩不已的遊船上一樣了。

或許有人會懷疑，像陸小姐這樣的貴族少女，怎麼可能放浪到這種程度呢？其實不必奇怪，因為有唐一代開放的深度和廣度，就是在今天也是難以想像的；尤其是性，像白行簡這樣的正統文人尚且可以寫出《大樂賦》這樣的文字，一個天性崇尚自然的女孩子思春，不是極其正常的麼？

陸小姐讀著《賦》，忽然想起一位女冠的一首六言詩：

　　紅桃處處春色，
　　碧柳家家月明。
　　柳上新妝待夜，
　　閨中獨坐含情。
　　芙蓉月下魚戲，
　　螮東天邊雀聲。
　　人世悲歡一夢，
　　如何得作雙成？

讀著想著，不由大汗淋漓。她將書一拋，就地一撲，含恨罵道：「劉禹錫，劉禹錫，你這負心的賊！」

陸小姐罵畢，趴在地上嗚嗚地哭起來。

8

陸小姐的含恨怒罵，遠在宣平坊深隙店內的劉禹錫彷彿聽到了一般，他說：「小姐，小姐，你別怨我，夢得不曾負心，夢得這是沒有法子啊；一切等夢得穩穩拿了進士都好說清的。小姐，如果夢得現在去見你，夢得還中不中進士呢？不中進士，夢得所為何來呢？」

看來似乎劉、陸二人從一開始就走了岔道，鴛鴦湖的野合只是一場誤會。但也許不能這麼說，甚至細細想來，恐怕正因為如此，他們的相愛才能被確認為真實。事實上，劉禹錫在求取功名的征途上，沒一刻擺脫過愛情，或者說沒一刻放棄過對愛情的承載。一年前鴛鴦湖的豔遇，至今令他回味無窮。他來長安後很忙，差不多每天都有應酬，還勻出工夫給皇帝上書（當然不會有什麼結果），但越是這樣越阻擋不住他對陸小姐的思念。現在考期臨近，士子們無形中停止了來往，劉禹錫突然閒了下來，整個腦海全讓陸小姐給佔據了！

劉禹錫病了，也不是什麼大病：牙疼。一邊的牙床腫起，好像含著一顆核桃。他躺在宣平坊旅店的土炕上，一邊哼哼，一邊想念陸小姐。他想，他與陸小姐近在咫尺，在同一座長安城裏，就像去年春天，他們在同一座嘉興城裏一樣。去年，他想見陸小姐，卻遲遲未能如願，不料結果竟會如此圓滿，圓滿得超出他的想像。那麼今年呢？今年會不會圓滿呢？會的，他想。一定會的，他又想。小姐，小姐，你忍耐些日子吧，等夢得中了進士，那時我將堂堂正正去相府，那時我們重訴衷曲。小姐，你一定要聽我解釋，你會聽我解釋的。好小姐！

這麼想著，劉禹錫覺得心裏多少好受了些，牙疼也緩解了許多。他慢慢地爬起來，嚼著去火的鹽漬黃連到小花園裏散步去了。

這時劉三復領了一個人匆匆進來，隔老遠就喊道：「哥，哥，瞧誰來了！」

走到屋裏沒人，見炕上被子胡亂堆著。劉三復說：「咦，人呢？」

廂房裏走出來僮兒劉粟。他一手拿了把破蒲扇，腮上有一抹黑灰，說：「相公在屋裏躺著哪。這會子牙正疼哩！」

劉三復說：「沒有啊，屋裏沒人啊。」

正找呢，劉禹錫自己從小花園回來了。因為那花園實在太小，又沒什麼花，他只待了一會兒就興味索然了。

劉禹錫一見那人，驚喜地說：「昌禹兄，你怎麼來了？」

自從來京師，在廣通渠水驛碼頭分手之後，他們還是第一次見面。裴昌禹因有跟蹤陸憶菱小姐一段故事，見了劉禹錫不免有些彆扭，他說：「夢得兄，我是奉家叔之命來請兄台赴宴的。」

劉禹錫覺得有些意外，說：「沒有搞錯吧？」

裴昌禹說：「怎麼會呢？家叔再三叮囑，讓我務必一定要請到。」

劉三復說：「考期在即，都溫習功課咧！」

裴昌禹笑笑說：「家叔說了，他請的都是才子，耽誤不了功名的。」

劉三復說：「哥他牙疼呢。」

裴昌禹這才注意到劉禹錫腫起的腮幫，說：「喲，是累了吧。那就……」

劉禹錫說：「牙倒沒關係。——裴大人都請了些誰？」

裴昌禹說：「我也不太清楚。想來都是名流吧。」

劉禹錫就說：「好吧。我換件衣服。」

劉禹錫換了件熨燙過的蜀錦隱花藍袍子，又拾了根鹽漬黃蓮嚼著，和裴昌禹出去了。劉粟見了追上去說：「相公，相公，你還沒喝藥呢！」

劉禹錫說：「不喝了。回頭再說吧。」

劉粟嘟囔著說：「才好些，又不喝了。什麼酒宴非去不可；又不是去見陸小姐！」

劉禹錫聽了笑笑；裴昌禹也聽見了，感覺好似有人扒開他的嘴，灌了他一瓶子醋。

9

永嘉坊戶部侍郎府和平時沒什麼兩樣;寬敞明亮的花廳上已預備好了一桌豐盛的酒宴。

花廳的佈置簡潔明快，但仍給人相當豪華的感覺。廳的正中牆上，掛的是閻立本的局部殘章，絹本《蕭翼賺蘭亭圖》。這圖儘管只有半幅，卻是極其名貴，差不多可以說價值連城。廳的左右兩壁每壁是兩幅字。左壁上掛的兩幅，一幅是馮承素臨摹的王羲之的《蘭亭序》，同樣是殘篇，重新裝裱過的；另一幅是太宗皇帝的禦筆《晉祠銘》，是僅得數字之殘篇，也是重新裝裱的。右壁上掛的兩幅，一幅是褚遂良臨摹的《蘭亭序》，當然也是殘篇；另一幅是歐陽詢的《九成宮醴泉銘》，那是僅得數行之殘篇。兩幅也均為重新裝裱。因為花廳懸掛的字畫都是殘篇，而且與蘭亭有關，這廳就被叫作：蘭亭五殘堂。簡稱：蘭殘堂。

堂內的擺設不多，但及其名貴，主要有四大件：五足鏤空銀熏爐，海獸葡萄鏡，三彩大臥駝，白瓷吐盂。

當廳安一張紫檀大圓桌，圍著配套的紫檀大靠椅。桌上酒和冷盤已經放著了；酒是西域名酒：高昌葡萄酒，龍骨酒和波斯三勒漿。

客人陸陸續續到來，裴延齡親自在花廳階前迎候。來客不多，卻是當今名士，有：韓愈，柳宗元，崔護，柳公倬，白行簡和劉禹錫。裴昌禹陪劉禹錫到時，其餘客人都到了。坐定之後，客人們相

互瞧瞧，都覺得有些奇怪；裴延齡不由哈哈地笑了，他說：「各位不必犯疑，老夫就喜結交少年才俊。來，老朽敬各位一杯！」

客人們慌忙站起身，雙手舉杯說：「不敢當，不敢當。蒙老大人錯愛，理當學生們先敬大人的！」

裴延齡很爽快地說：「好吧，老夫就先受你們的敬酒。」

裴延齡這種舉動，一下子和客人拉近了。六位客人把酒乾了，然後裴延齡也一飲而盡。飲畢，裴延齡說：「可惜白樂天回下邽了，八賢少了一賢。」他說的八賢包括他的堂侄裴昌禹。

熱菜上來了，一道一道，不緊不慢。其中有當時的名菜：葫蘆雞，駝蹄羹，魿鱧魚，野豬鮓和鱸膾駝峰炙等。

客人們吃的都很拘謹；除裴昌禹外，劉禹錫還算放開。他的放開，與他想引導裴延齡談論朝政有關。但是裴延齡有意回避這方面的話題；他只跟他們談音樂。令客人們想不到的是，五十八歲的裴延齡對當時的流行音樂非常熟悉。他侃侃而談，說樂分三種：一曰曲子，二曰變文，三曰燕樂。他本人最喜歡曲子；幾人伴奏，一人獨唱或兩人合唱，非常雅致。他說他也喜歡樂舞。樂舞分大型小型。大型有《破陣樂》，氣勢磅礡；小型又分健舞和軟舞。健舞剛健清新，有《渾脫舞》、《胡旋舞》、《柘枝舞》等；其中以《胡旋舞》最為著名。軟舞有《烏夜啼》、《回波樂》、《春鶯囀》、《綠腰》等；其中《綠腰》影響最大。裴延齡說，他本人最喜歡軟舞；軟舞能把女性的陰柔之美淋漓盡致地表現出來，讓人有說不出的感動。

評說一番後，裴延齡說：「各位，怎麼樣，有沒有興致欣賞一曲一舞啊？」

客人都是青年文人，文人骨子裏都是喜好音樂的，這時他們骨子裏的天性被激發出來了，齊聲說：「蒙老大人謬愛，我等可以一飽眼福了。」

裴延齡笑笑說：「好說，好說。」

　　顯然早有準備。裴延齡拍了一下手，就見從屏風後面走出一行五名盛裝的女樂。先出來的是四名穿綠色藝裝的樂手，她們手裏分別拿了四種樂器：嵌骨紅木胡琴，鑲螺鈿琵琶，紫檀阮咸和篳篥。然後出來的是歌者。這歌者年紀尚幼，頂多十四、五歲光景，半透明的紅色紗衣，遮不住微微突起的抹胸和凝白的肌膚。歌者美豔無比；她一進廳，滿堂為之一亮。一段龜茲風格的序曲《涼州曲》後，歌者一低眉說：「請先生點歌。」

　　裴延齡就讓客人，客人都推讓說不知點什麼，還是請老大人點吧。裴延齡也就點了一首《金縷衣》。於是音樂緩起，歌者啟皓齒唱道：

> 勸君莫惜金縷衣，
> 勸君惜取少年時。
> 花開堪折直須折，
> 莫待無花空折枝。

　　歌詞原本是比較淒涼、沉重的，歌者卻唱得有些甜膩，偏重於纏綿緋惻一路，劉禹錫覺得不是很好。一曲唱畢，贏得滿堂彩聲。接下來她又唱了一首王昌齡的七律《寒雨連江夜入吳》，一首高適的絕句《開篋淚沾臆》。這兩曲唱得聲情並茂，很見功力，劉禹錫報以熱烈的掌聲。

　　歌者謝場退去，裴延齡說：「各位，知道剛才歌者是誰麼？」

　　眾人說：「不知。請老大人賜教。」

　　裴昌禹說：「她是關盼盼。家叔昨天好容易才請來的。」

　　眾人一聽「關盼盼」三字，全都張大嘴巴半天也合不攏，說：「怪道呢，這麼亮麗，這麼甜美，原來是她！」

　　接著出場的是個舞者，稚稚嫩嫩，窈窈窕窕，看去才十二、三歲。她身穿翠綠色修長衣袂的長袖舞衣，粉色軟底舞鞋，當音樂起

時，她也同時起舞。開始一段緩步慢態似不能窮，漸漸舞到極興，舞姿隨之變得激越繁復，高難動作一個接著一個，低迴如蓮花破浪，凌亂似雪片縈風。縱觀全舞，輕盈柔美，熱烈奔放，兩臂翻飛若翩翩驚鴻，小腰騰挪如無骨蛟龍。這就是軟舞名為《綠腰》者，果然名不虛傳。一曲未終，早已傾倒四座了。

欣賞完歌舞，又玩投壺的遊戲。裴延齡讓僕人搬來一個灰不溜秋的貫耳瓶，也就是壺；據說這壺還是漢獻帝時的宮中舊物。又拿來十二枝柘木心製的籌，也就是箭；這籌更古，閃著淡黃色的熟光，說是曾經武帝時投壺怪傑郭舍人使用過的。玩投壺遊戲自然少不了音樂的助興，裴延齡又拉上一組六人的女樂。客人們一邊投壺，一邊聽她們唱一首投壺古歌：

上金殿，著玉尊。
延貴客，入金門。
入金門，上金堂。
東廚具餚膳，
椎牛烹豬羊。
主人前敬酒，
琴瑟為清商。
投壺對彈棋，
博弈並復行。

玩這樣的遊戲，無非增加一些趣味，多喝幾杯酒而已。裴延齡真可謂費盡了心機。

宴畢，裴延齡又請大家去花園。花園看起來沒什麼特別的地方，一般的亭台樓榭，花木蔥蘢而已。園中有一水池，不大，出奇的清澈，幾乎能一眼望到白石的池底。池中碧綠的水草間有紅的、黑的、黃的、花的各色錦鱗游動。

柳宗元見了，一時觸動靈感，脫口念道：「池中魚可數十頭，皆若空游無所依，日光下澈，影布石上，怡然不動；俶爾遠逝，往來翕忽，似與游者相樂。」

　　韓愈說：「好個『影布石上，怡然不動；俶爾遠逝，往來翕忽』！」

　　眾人說，這樣的文字只有子厚做得出來啊。早把個裴延齡佩服得連聲稱奇道妙。

　　十多年後，柳宗元在《至小丘西小石潭記》中幾乎原封不動地用了這幾句，可見好文章要受境遇的滋養，得來並不容易的。

　　裴延齡請大家在水榭裏坐下。水榭桌上堆放著蘋婆、橘子、秦柑一類的水果。僕人忙著過來給大家點茶。裴延齡說：「各位，我請大家來花園，是要請大家看個表演。」

　　裴延齡話未說完，一個管家過來垂手稟道：「老爺，都已準備好了，要不要馬上開始？」

　　裴延齡說：「開始吧。」

　　管家向遠處一招手，說：「開始！」

　　管家話音剛落，就見假山背後出來一個矮壯漢子。那漢子裹著半身淺黃色木綿裘，捲髮，黑臉，牙齒卻白得耀眼，左邊耳朵上還穿有一個很大的金環。他就是裴府那個名叫昆侖的外國奴僕，我們已經認識過了。

　　我們知道昆侖奴不太會說漢話，但能聽懂。他來到裴延齡面前，單腿跪下說：「老！」

　　應該叫「老爺」的，可他的舌頭不聽使喚，只會說單音節，不會說雙音節，而且只說頭一個音節，所以「老爺」成了「老」。對此，裴延齡也習慣了。

　　裴延齡說：「昆侖，今兒來的各位是文人裏的尖子，是精英，是我請來的貴客，你要仔細了。表演得好，我重重有賞。明白麼？」

昆侖奴一低頭說：「明！」

昆侖奴出水榭，來到池邊岸石上。他三下五除二扒了身上的木綿裘，渾身墨黑只穿一條白褲衩，站在早春的寒風裏。他望著微微起著漣漪的水池，吸口氣，兩臂朝前一伸，腳一蹬，撲通一聲跳入池中。

他差不多像一頭海豹，從池的這一頭游到那一頭，又從那一頭游到這一頭。接著是潛水表演，也是從這一頭到那一頭，又從那一頭到這一頭。之後，他一動不動地抱膝蹲在池底，還將頭仰起來，瞪著一雙閃著藍光的大眼睛，望著水榭中人作各種怪相。又噘起嘴去吻那些游魚。起初魚都跑光了，慢慢地有幾條膽大的魚又游攏來，昆侖奴就用鼻子嘴巴去親吻，還把魚咬住；咬住又吐了，吐了又咬住；咬，吐；吐，咬。到後來魚也樂了，紛紛主動與他嬉戲。

見到這般有趣的表演，水榭裏的眾才子都忍不住哈哈大笑起來，說：「有意思！有意思！」

這時管家過來說：「請諸位相公上那邊的亭子。」

亭子在池子的那一頭。去亭子自然與表演有關，於是大家猜測議論著來到亭子裏。亭子裏有一張西域產黃斑石圓桌，此時桌上放著一個蕉葉形桃木盤子，盤子裏堆放了些大大小小五顏六色的玻璃球子；大的有雞蛋那麼大，小的才豌豆粗細。

亭子下的水域不像水榭那一頭清澈。這是說，這裏的水雖然也很清，但水色深綠，不能見底。

裴延齡說：「這裏是深水區，有兩丈多深呢。」

說著話，昆侖奴已從水底浮出。他游到近邊，裴延齡說：「昆侖，再給各位表演一下水中取物的絕技，好麼？」又轉對眾人說：「隨便什麼東西扔進水裏，這黑奴都能把它撈上來，而且動作很快。哪位試試？」說著，他指了指桌上盤子裏的玻璃球子。

崔護有些擔心，說：「這麼小的東西，能行麼？」

管家笑著拾起豌豆大的那一顆玻璃球說：「這顆也行。」

　　崔護接過管家手裏的那顆玻璃球遲疑一下，放下了；他挑了一顆雞蛋大小黃色的玻璃球，對水中的昆侖奴晃了晃說：「可以麼？」

　　昆侖奴點點頭，崔護就咚的一聲把玻璃球扔入水中。稍待片刻，昆侖奴循著水圈一個猛子扎到水底。

　　亭中觀看的都有些緊張，靜悄悄地似乎連呼吸也摒住了。裴延齡和裴昌禹叔侄雖然心中有底，也有些擔心萬一，所以表面上雖然笑吟吟的，實際上同樣捏著一把汗。

　　大約過了吟一首七律的工夫，只聽一陣水花響，昆侖奴浮出了水面。他一手抹著臉上的水，一手高高擎著那枚黃色玻璃球。那球在陽光下發出耀眼的光芒。

　　裴延齡說：「把那顆最小的扔下去，他照樣能把它撈上來。」

　　大家只是笑，沒人敢這麼去做。裴昌禹說：「扔吧，沒關係的。他肯定行的。」大家還是不敢，裴昌禹說：「我來扔吧。」就撿起豌豆大小的那顆白色玻璃球對昆侖奴說：「瞧仔細了，我扔了！」

　　一道弧形的白光，只聽「叮」的一聲，玻璃球扔進水裏。這次水圈很淺很小，昆侖奴依舊一個猛子鑽進水圈，沉入水底。這一回費的時間長了，大約有一頓飯的工夫。大家正在擔心，只聽一陣水花響，昆侖奴又浮出了水面。這次他張著兩隻大手不停地交錯揮著，眾人就以為沒撈著。正在惋惜，卻見他從嘴裏挖出那顆玻璃豌豆，「呀呀」地叫起來。眾人見了不免好一陣歡呼。

　　那天一直樂到天色向晚，六位客人才離開裴府。裴延齡不顧身份，竟親自將他們送至儀門，他說：「今日一會，咱們就是朋友了。希望各位以後常來常往，老夫隨時洗腆以待，歡迎各位啊！」

　　眾人就說：「謝謝老大人這一日的寬待。以後我等當常來給老大人請安的。」

　　裴延齡說：「什麼請安不請安，咱們這就算忘年之交了。」

眾人說：「難得老年伯如此厚待，我等少不了要來討擾的。」

裴延齡說：「說什麼討擾不討擾，你們看得起我老頭子，能常來，我就高興。」

眾人於是說：「來，來，一定來。」

說著，客人們再三申謝告辭出門。他們在裴府門前各自上馬或者上車。分手時，劉禹錫對柳宗元說：「剛才無暇問及，伯母身體可大好了？」

柳宗元說：「多謝兄長記掛，家母已好多了。」

劉禹錫說：「等考試完了，再去向她老人家請安吧，你先在伯母跟前替我問候一聲。」

柳宗元說：「謝謝。」

劉禹錫說完就要上驢車，只見崔護走了過來。崔護拱拱手說：「劉兄，不知劉兄下榻何處？有事早晚也好請教。」

劉禹錫說：「崔兄，請教二字萬不敢當。小弟住在宣平坊一家叫虛泊寥闊齋的深隙店內，崔兄有空不妨過來坐坐。」

崔護笑笑說：「好的，好的。劉兄如得閒，也希望能來南郊寒舍一敘。哦，對了，陸相府千金陸憶菱小姐，她時常來我家呢。」

劉禹錫把一隻已踩到車輿踏板上的腳收了回來，他有些驚愕地說：「是麼！陸小姐，陸小姐她常去尊府？」

崔護補充說：「陸小姐與賤內是要好姐妹。」

劉禹錫長長地哦了一聲，說：「我明白了。好吧，崔兄，改日閒了，一定前去拜訪。」

崔護說：「改日不如明日。明日，就明日，怎麼樣？」

劉禹錫沉吟良久，說：「那好吧，就是明日。有勞崔兄了！」

崔護高興地說：「那就一言為定？」

劉禹錫說：「一言為定。」

他們的談話被在一旁送客的裴昌禹一一聽清，他望著黃塵中漸漸遠去的劉禹錫的驢車，心裏一下打翻了五味瓶子。

10

劉禹錫一回隙店就後悔了。他認為自己剛才不該貿然答應崔護；既答應了，也不該就定在明天。現在已沒有退路，非常之被動了。劉三復和劉粟則非常高興。他們本來私下裏在嘀咕，埋怨這個堂哥兼相公，既來長安也不去瞧瞧陸小姐，是個冷人，忍人，不夠意思。現在知道他明天要去見陸小姐，而且約好在風景如畫的南郊村，都興奮得了不得。兩人就在一邊整理從江南帶來的原本準備送給陸小姐的禮物：一盒七支狼毫筆，一套七冊新刻的《秀水塵談》，一封七包人物雲片糕和九梅酥，一匣七顆滋補名藥楓山脫力丸。

劉三復一邊把禮物裝進牛皮行囊，一邊說：「禮是簡慢了些，可那是哥的一片心啊！」說著，就和劉粟拍著手笑了。

崔護高高興興地回家，把約定劉禹錫來家相會陸小姐的事報告了妻子喜姐，喜姐就像當年崔護哭喊著撲到她身上她悠悠蘇醒的那一刻，激動得眼淚也下來了。當晚夫妻倆就為這事忙碌起來，吩咐僕人殺雞宰鵝，預備酒菜水果。第二天一大早，喜姐坐了自家的驢車進城了。

驢車來到勝業坊相府門前，喜姐下了車，也不用通報，逕自由東角門進府。——陸府的僕人都認得喜姐的。

喜姐先去上房給羅、崔二位夫人請安，然後去鶯澤樓見陸小姐。剛到樓下，見使女鵑兒端了個銅臉盆從樓上下來。鵑兒見了喜姐不如往日歡喜，她說：「喜小姐，您怎麼一大早跑來了？」

喜姐說：「鵑兒，你怎麼了？什麼事這麼不高興？」

鵑兒說：「小姐她懨懨的飯不想茶不思，已經有兩天了。看著人好好的，其實病的不輕。又不敢去回稟老爺夫人，怎麼好呢？」

喜姐一笑說：「我知道為什麼。快，帶我去見你家小姐。」

　　鵬兒把手裏的臉盆交給一個小丫頭，就領了喜姐去見陸小姐。
她們輕輕地上樓，剛到樓梯口的裙壁跟首，就聽陸小姐一聲長歎，
吟道：

　　　　合歡葉落時，
　　　　思君君可知。
　　　　無心別思憶，
　　　　形影誰執持？

　　吟畢復又長吁短歎。
　　喜姐忍不住咧嘴一笑，就上前扣門。房內的陸小姐有些不耐
煩，沒好氣地說：「敲什麼敲，進來就是。煩死了！」
　　喜姐推開房門，見陸小姐還懶在床上；她面朝裏，一縷青絲拖
在枕畔。喜姐忍不住又吃地一笑說：「怎麼，不歡迎？」
　　陸小姐聽聲音不對，翻過身見是喜姐，一下豎起身子說：「喜
姐！大清早起怎麼是你？」
　　喜姐說：「快躺下，小心著涼。」一面過去按下陸小姐，替
她掖好被子，一面又說：「大清早起見我喜姐，那是你的喜事來了
啊。」
　　她們姐妹常常不開玩笑不說話的，陸小姐說：「說吧，這麼早
來，有什麼事要我幫忙？」
　　喜姐在床沿上坐下，冷笑一聲說：「你以為我來就是求你幫忙
麼？」
　　陸小姐聽她這麼說，倒有些不好意思，說：「那究竟什麼事
啊？」
　　喜姐說：「你不是病了麼？我來探你病的。」
　　陸小姐臉一板說：「誰說我有病？我沒病！」
　　喜姐說：「沒病，沒病，只是心裏有點不開心。心裏不開心，

說病也是病。一早到府門，為奉『一劑靈』。有病能治病，無病添精神。」

陸小姐說：「你胡說八道些什麼呀，越說越離譜了。」說著，一翻身給了喜姐一個後背心。

喜姐這回一點不計較，她站起身說：「好，好，我不胡說。既然小姐不歡迎，咱就告辭吧。」

喜姐朝房門走去，鵑兒急了，說：「喜小姐，您……」

喜姐對她搖搖手說：「告辭歸告辭，有一句話剛才忘記說了，現在補上：聽殷功說，他約了那個沒心沒肺的劉夢得今天上我家呢！」

鵑兒聽了不由得心花怒放，剛要說什麼，床上的陸小姐一下子翻身坐了起來，她說：「喜姐！」

喜姐笑著跑過去說：「蓋好蓋好，小心著涼。」

陸小姐趁勢一把抱住喜姐說：「喜姐，喜姐，這是真的麼？」

喜姐說：「要不是真的，我大清早起趕這三四里地進城來幹麼！」

陸小姐就在喜姐胖乎乎的臉頰上一連親了三口，說：「真是我的好姐姐！」

11

劉禹錫一夜未曾合眼，思來想去總是不見陸小姐為好，但既已答應，怎可失信呢？

劉粟早已在院子裏餵飽一匹灰黑色的騙馬。那馬拴在一棵酸棗樹下憋足了勁兒蹶子，還不住「嗚嗚」地叫著，彷彿在催主人好動身了。

劉三復來請吃早飯，劉禹錫心事重重地出房門去餐廳。走在廊下時，見店主老頭陪了兩位衙役一路進來，劉禹錫沒在意，繼續走他的路，店主老頭卻把他叫住了。到了跟前，店主老頭對那兩位衙

役介紹說：「這位就是二位要找的劉禹錫劉相公。」

劉禹錫有些奇怪，心想自己與衙門素無往來，尤其是在陌生的京師。難道自己惹上什麼意想不到的麻煩事了？

這是劉禹錫一生最初見到的兩名衙役。他們生就兩張典型的公差臉，呆板、冷漠，五官可以忽略不計。二位衙役聽說面前這位瘦削的青年就是劉禹錫，趕忙搶步上前來磕頭請安。

劉禹錫說：「二位是哪處官衙的上差？找我有什麼事麼？」

兩個裏領頭的說：「我等是萬年縣衙的，奉了太爺之命來請劉相公的。」

劉禹錫說：「我與貴縣父台素昧平生，不知因何見邀？」

衙役說：「回稟劉相公：最近常樂坊出了一椿命案。有個富戶名叫楊崇義的，自打上月初三出門，一去不回。他髮妻劉氏差僕人四處尋找不見，就告到縣衙，說他丈夫半月不歸，一定遭人暗算了，要求官府緝拿兇手。咱們王大人問了一些情況，掌握了一些線索，日夜訪拿，甚至懷疑本府僮僕，已拷問了差不多有二三十人了，始終查不出元兇。咱們王大人與戶部侍郎裴大人交情不錯，裴大人就保薦劉相公協助咱們王大人破案。咱們王大人本當親自登門來請的，只因這案子搞得他大傷腦筋，犯了心口痛病，就命小的多多拜上劉相公，請劉相公看在裴大人的面子上，一定辛苦這一趟。一旦破案，咱們王大人必有重謝的。」

劉禹錫來不及考慮這案子的難度，他首先想到這是上天給了他一個可以不去見陸小姐的正當理由。其次，他想到可以藉破此案在長安贏得名聲，這樣，對於考取進士乃至今後踏上仕途都是非常有利的。心裏這麼想，口上卻說：「這樣的奇案，府縣都感到棘手，劉某一介書生怎有能力破它？況且，況且我正有一位要緊的客人要拜訪呢。」

二衙役見劉禹錫推辭，只得重新跪下磕頭說：「求劉相公一定辛苦這一趟吧。不然，太爺會怪罪小的們不會辦事，小的們吃不了，得兜著走呢！」

劉禹錫為難地一攤手說：「這……這倒難了。」

站在一邊的劉三復說：「哥，我們與崔先生約定了，萬萬不可失信的。」

劉禹錫就請二位衙役起來，可那二人怎麼也不肯，連連說：「一定要請公子幫忙，一定要請公子幫忙。一定……」

劉禹錫無可奈何地望望劉三復，歎口氣對二衙役說：「主要是裴大人的面子不好駁。也罷，待我吃了早點安頓安頓，就隨二位上差去見你們王大人吧。」

二衙役這才千恩萬謝地起來。他們像伺候他們老爺一樣伺候劉禹錫，直到他吃完飯又漱過口。

吃過早飯，劉禹錫吩咐劉三復代他去一趟南郊村崔護家，把這裏的一切詳詳細細告訴他們。劉禹錫說：「特別要向陸小姐說清楚，請求她原諒，就說我一定會另找機會與她會面的。」

劉三復看看實在沒有辦法，只好答應了。

看著劉三復帶了禮物上馬去了，劉禹錫便騎了縣衙的一匹紅鬃馬，蹄聲得得地往宣陽坊萬年縣衙去了。

劉禹錫的確不凡。經過對案件的深入分析，被他找到了一些關鍵性的疑點，以此斷定楊崇義一案的確是一樁兇殺案，而且兇手很可能就是他的妻子劉氏。他決定再次去楊府實地踏勘。府縣的官員們想看看這位未曾出道的南國才子究竟有多大本事，也都去了，所以那一次的踏勘，官員特別的多，只見穿綠色、青色甚至少數一兩個穿緋色官服高矮胖瘦的官員擁了一大堆。自然也引來了本坊以及附近幾坊的居民來看熱鬧。人雖然很多，卻是沒一點點聲音，氣氛顯得非常的緊張、肅穆。

劉禹錫和官員們從大廳、二廳、上房、花廳一處處仔細查看，均無一點點破綻；那劉氏則一個勁地哭著親夫。

他們來到後花園。這後花園花木瘋長，十分荒涼，顯然已好

久無人管理了。園的西北有一個荷花池，池邊有一間門窗關閉的小軒。劉禹錫在園子裏轉了一圈之後，就向小軒走去。劉氏邊哭邊說：「那是個破屋子，沒什麼東西，只一隻呆鳥。」

劉禹錫問：「呆鳥？什麼呆鳥？」

劉氏說：「一隻半死不活的老鸚鵡。」

劉禹錫走到小軒前，見鎖著門，就說：「打開。」

劉氏一直嗚嗚咽咽地哭著，即使答話時也不停止，現在聽劉禹錫說打開軒門，她忽然停頓了一下。這一短暫的休止，好像狐狸露出的尾巴，一下叫劉禹錫抓到了。他不動聲色地再次說：「打開！」

僕人拿來鑰匙將門打開。軒內果然空落落的，連一張桌子，一把椅子也沒有。臨水的那一壁牆上有個圓洞窗，窗洞裏掛有一個銹蝕了的鸚鵡架，架子上一動不動地呆著一隻年老的鸚鵡；一動不動，這的確是一隻呆鳥。

劉禹錫仔仔細細地觀察那只鸚鵡，那鸚鵡仍然一動不動，彷彿是一隻鸚鵡標本。望著望著，劉禹錫突然一回頭，發現劉氏也在緊張地看那鸚鵡，見劉禹錫望她，她立刻把頭低下了。

劉禹錫讓所有的人離開，單留下府尹王大人。王大人不知劉禹錫要幹什麼，剛要問，劉禹錫一搖手制止了。與此同時，那只標本一樣的鸚鵡忽然開口說話了。

鸚鵡腦袋一折，清楚地說：「李弇，把他，勒—死。」

鸚鵡學舌並不稀奇，可實實在在把個王大人嚇了一大跳。他興奮得忍不住說：「鸚鵡你說什麼？你再說一遍！」

鸚鵡這回很聽話，它尖嘴一開合說：「李弇，把他，勒—死。」

王大人再次嚇了一跳，他說：「好你個鸚鵡。好！」

劉禹錫把鸚鵡從架子上取下，放在自己手臂上，鸚鵡又說：「抬到，枯井—去。」

什麼都清楚了。府尹王大人把劉氏和她的鄰居李弇帶回府衙，不過一堂，案子就水落石出了。

　　案情是這樣的：這劉氏長得十分美貌，丈夫楊崇義雖萬貫家財，卻不懂得珍愛嬌妻，他整日出入秦樓楚館，吃酒賭錢，這劉氏就勾搭上年輕的鄰居李弇。後來兩人密謀要害楊崇義性命，好做長久夫妻。有一天，也就是上月初三這一天，楊崇義喝醉酒回家，當時僮仆都不在身邊，劉氏假意埋怨楊放妻妾在家，只顧一人出去高樂，要他陪她去花園賞花。楊崇義就陪她去花園。到了花園，劉氏扶楊到荷池邊的小軒裏，楊就橫在一張羅漢榻上呼呼地睡去了。劉氏偷偷跑去叫來李弇，一根麻繩就把楊崇義結果了。他們把楊的屍體用一個大麻袋裝了，悄悄扔進軒後的一個枯井裏。這一切他們自以為做得人不知鬼不覺，卻不防被窗洞上掛的鸚鵡目睹了。

　　案情大白之後，第一，那只神奇的鸚鵡出盡了風頭。後來連皇上也知道了，禦口封它為綠衣使者，將它交付後宮錦衣玉食地豢養。不過不知為什麼，那鸚鵡好像並不快樂，它不吃不喝，不上一月就死了。第二，劉禹錫在長安出了名，被京兆尹李充譽為「無官之官」，劉禹錫因此非常得意。後來他順利地進士及第，又先後通過了博學宏詞科和吏部取士科的考試，令人豔羨地連登三科，雖然憑的是真才實學，但楊崇義一案的小試牛刀，無疑也起了不可忽視的作用。他因此非常感激裴延齡。這當然是後話了。

12

　　偷聽到崔護和劉禹錫約定的那一晚，裴昌禹失眠了。為了能一睹陸小姐的倩影，裴昌禹自己也記不清他究竟去過勝業坊多少回了。好在他居住的永嘉坊裴府新邸離勝業坊的陸相府很近，只隔了半個興慶宮，所以他差不多天天要上那兒一趟，有時甚至一天數趟。次數一多，那家茶亭就把他當成了老主顧，靠窗那個座兒總替他留著。

　　今天，他不用去勝業坊了；他知道，只要他去南郊村，肯定能見到陸小姐。但陸小姐要見的是劉禹錫，自己這麼撞去，算怎麼一

回事呢？可要是放棄吧，他又十二分的不甘心；自從那一次見到陸小姐，已經整整五天過去了，現在好容易逮住這麼個機會，他怎麼能放棄呢？他對自己說：不打擾他們，就遠遠地望望她。遠遠地望望，這總可以吧？於是他決定了。

　　陸小姐和喜姐、鶥兒共坐陸小姐的那輛色彩鮮豔的桃花馬青油小犢車，喜姐那輛驢車就讓它空著跟在後頭。兩車相跟著，一路輕快駛出了啟夏門。

　　去南郊村的那條大道上，這會兒灑滿了金子一樣的陽光。路兩旁，一棵接一棵高高的老槐樹早已抖落出嫩綠的新葉，微風吹來，樹葉沙沙作響，在陸小姐聽來，彷彿是槐樹的笑聲。遠遠的終南山起伏連綿，近的翠綠，遠的灰藍。隨著車行，那山也在拱動，好像在列隊歡迎陸小姐。不遠處的溪灘上，有三三兩兩的彩鳥在悠閒地覓食，散步。陸小姐指著淺水裏兩隻相依偎的水鳥說：「好可愛的鴛鴦啊！」

　　喜姐吃的一聲笑了，說：「那是鵲鴨，不是鴛鴦。」

　　陸小姐說：「不，不是鵲鴨，是鴛鴦。」

　　喜姐望望陸小姐，見她雙頰通紅，兩眼淚光點點，一副不能自持的樣子，就說：「不是鵲鴨。是鴛鴦，是鴛鴦！」

　　鶥兒也樂了，低了頭吃吃地笑。

　　崔家把什麼都準備好了，還專門在後院佈置了一個雅致的房間。見陸小姐搖搖地進來，崔護說：「小姐，怎麼樣，崔某人沒失信吧？」

　　陸小姐深深一個萬福說：「多謝費心，我二人不會忘記崔大哥的高誼的。」

　　崔護笑著還禮說：「到時多喝一杯喜酒也就是了。」

　　這麼說著，崔氏夫婦把陸小姐讓到東廂房裏，那裏預備下了茶水、瓜子和水果。他們一邊嗑著瓜子閒聊，一邊等待劉禹錫的到來。

　　裴昌禹比陸小姐早動身大約有半個時辰。他今天仍然騎了那匹青驪駒，帶了外國僕人昆侖奴。他們出啟夏門時，城門剛開不久。雖然當時長安城裏外國人已不很新鮮，可是夠得上使用外國僕人的還不多，他們多半是一些達官顯貴之家，所以帶了外國僕人出行，是要格外受到別人尊敬的。裴昌禹他們來到城門口時，那兩個守門人正在清掃道路。遠遠望見裴昌禹騎著寶馬，帶著外國奴僕，那兩個守門人趕緊把竹枝紮的大笤帚挪到一邊，垂手行禮，說：「官家早！」

　　出了城，裴昌禹讓馬放慢了步子，於是那一條寬闊板結、爆出星星點點綠草的大路上，就響起了非常輕快悅耳的馬蹄聲。裴昌禹什麼也不想，或者什麼都想好了，反正此刻他的腦子很空；很空的腦子只接受長安城外美麗的景色。

　　天空是那種純明的藍色，藍得把一行行飛過的鳥兒的翅膀也染藍了。路邊高高的老槐樹，主幹粗壯古拙，它的枝頭卻剛剛抽出新葉，新葉嫩綠成半透明，還不時有一滴兩滴綠的汁液從葉尖上滲出，滴下，滴進乾鬆的泥土裏。空氣是那樣的清鮮、冷冽，用皮膚去感覺，有一種絲綢般滑凝的質地。

　　裴昌禹就是以這樣的心態走向南郊村的。當他們來到一處河灣，隱隱約約望得見綠樹掩映的南郊村落時，身後傳來了清脆的奔馬脖子上的鈴鐺聲。裴昌禹一回頭，就望見了那輛熟識的桃花馬拉的青油小犢車。

　　裴昌禹忽然張惶起來，他扭頭對昆侖奴說：「去河灣。」說完，一牽韁繩，給了跨下那馬一鞭子。那青驪駒走得好好的，莫名其妙地挨了揍，不知主人發了什麼神經，只好離開大路撒開四蹄朝河灣奔去。昆侖奴隨即也跟了上去。

　　河灣上有一群水鳥在覓食、散步，見兩匹馬沖著它們奔來，就「轟」的一聲飛走了。

　　河灣處有一片灌木叢，裴昌禹他們把馬拴在一根樹樁上，人就躲進了灌木叢裏。過不多久，河灣又平靜下來，那一群飛走的鳥兒

又飛了回來。

漸漸地，小犢車的馬鈴聲近了，又遠了，裴昌禹就從灌木叢裏走了出來。他望著紅塵中越來越小的小犢車，不由得一陣搖頭歎氣。

昆侖奴對著裴昌禹聳聳肩，兩手一攤說：「艾─巴？」

裴昌禹不明白他說些什麼。

昆侖奴兩手抱頭，身子一縮說：「艾─巴？」

裴昌禹這才明白，他說的是「害怕」，是說自己害怕那輛車。這個昆侖奴，別看他是個外國粗人，感覺還挺靈敏的。

裴昌禹說：「不，不是害怕。」

昆侖奴一眯眼說：「衣─寬？」

這回裴昌禹一下就聽明白了，他點點頭說：「不錯，喜歡。非常喜歡。」

昆侖奴就笑了，不停地聳動著肩膀。這個鬼東西！

昆侖奴從馬鞍上取下一個鼓鼓囊囊的牛皮搭連，跟著裴昌禹走下河灘。他們侵佔了水鳥們的領地，在綠草如茵的灘地上坐下來。被擠走的鳥兒飛到一片高地上，它們腦袋一伸一伸地呢喃著向這邊張望呢。

昆侖奴說：「艾─巴，衣─寬；衣─寬，艾─巴。」

裴昌禹明白，他想說害怕是因為喜歡，因為喜歡才這麼害怕。別看他只是個僕人，而且是南海來的昆侖奴，對於男女之情的心理體驗是一樣的。裴昌禹更加喜歡這個外國奴僕了。他說：「你說的不錯，剛才那乘桃花馬小犢車裏坐著我心愛的姑娘。可是，這會兒她跟別人約會去了。」

昆侖奴一攤手，一扁嘴，還翻了翻白眼。

裴昌禹說：「可是我非常想見她。怎麼辦呢？」

昆侖奴偏著腦袋想了半天，然後一通嘰哩咕嚕，卻無法表達他的意見。於是他只好借助手勢，比比劃劃地讓裴昌禹猜謎。

昆侖奴比劃一個手勢，裴昌禹說：「改天再找機會？」

昆侖奴搖搖頭，又比劃一個手勢，裴昌禹說：「追上去將她攔住？」

昆侖奴還是搖頭，並且痛苦地把自己的胸脯拍打得呱噠呱噠響。之後，他又比劃一個手勢，裴昌禹說：「你代我前去？」

昆侖奴白眼珠子一挺，攤開兩手，表示無法講清了。

裴昌禹只好搖搖頭說出自己的想法：「等會兒我們見機行事，也去那家朋友家吧。你說好不好？」

昆侖奴一拍手叫道：「對！對！」

原來那麼多手勢，要說的就是這個意思。昆侖奴有了被理解的喜悅。這種喜悅使他說出的這個「對」字，非常接近標準的漢語發音。說準確一次漢語的偶然性體驗，反過來激發他學說漢語的熱情，於是他不斷地重複說：「對，對，對，對，對……」

太陽慢慢地扯高了。昆侖奴從皮搭連裏掏出一包用乾荷葉包著的餺飥，幾個胡餅、油塔，裴昌禹這才覺得肚子餓了。原來早上只想著出來，沒顧上吃早飯，現在在距離幸福很近的地方吃東西，胡餅就吃出了山珍，油塔就吃出了海味。

忽然大路上傳來雨點一般的馬蹄聲。裴昌禹下意識地一躍而起，奔到灌木叢邊，向那匹飛奔的馬望去。那是一匹灰黑色的騸馬，馬上的人裴昌禹也看清了。看清馬上的人之後，裴昌禹心中不由得一樂。他跑回河灘，異常興奮地對昆侖說：「等這匹馬回來時，我可以去見我喜歡的姑娘了！」說完，他大把大把地從荷葉包裏抓吃起餺飥來。

13

太陽已升起老高，崔家院子裏那棵引發愛情的桃樹，滿樹的花朵在陽光裏蒸發出陣陣香氣；幾隻肥胖的黃蜂在花叢間嗡嗡地忙碌

著。東廂房四個閒聊的人談話的興致越來越淡，神情越來越沮喪，話兒也越來越少，到後來終於枯竭了。枯竭之後還冒出來一句共同的話語：「怎麼到這般時候還不來呢？」

喜姐說：「別是不來了吧？」

崔護說：「君子重諾，不會失信的。」

喜姐說：「會不會把時間搞錯了？」

崔護說：「不會，明明白白說定了的：明天。昨天說明天，也就是今天。」

喜姐說：「那上午呢？下午呢？」

崔護說：「上午下午倒是沒說，可他應該知道是上午。」

喜姐說：「這就不對了。」

陸小姐的臉上漸漸沒有了血色，屋外的桃花反差出她的臉紙一樣的蒼白。她的眼裏慢慢蓄滿了淚水。

鵑兒咬著手帕恨恨地罵道：「這個混賬的劉夢得！」

好像回答鵑兒似的，她的罵聲未落，戶外隱隱約約傳來一陣馬蹄聲。

第一個反應過來的是喜姐，她說：「你們聽，馬蹄聲！」

眾人靜下心來諦聽，果然，得得的馬蹄聲越來越清晰，越來越宏大。

崔護笑了，說：「我說他不會失信的。這不，他來了！」

陸小姐的臉上一下湧滿鮮紅，反差之下，屋外的桃花就有些黯然失色了。

崔護要出去迎接，卻叫喜姐拉住了。喜姐說：「他遲到了，不配享受迎接，相反應當受罰。」

鵑兒附和說：「不錯不錯，應當受罰！應當受罰！」

這時馬蹄聲在院門外停住，崔護也就笑著站起身，卻叫喜姐一把摁回到椅子上。喜姐又拉著四人躲到窗子後面，壓低嗓門說：「且看他怎生上場。」

院門被推開了，不一會探頭探腦地走進一個人來。東廂房的人躲在窗後捂著嘴偷偷地笑。

來人猶猶疑疑地往裏走，一邊放高聲量說：「崔護崔先生是住這兒的麼？」

東廂房四人中除喜姐未接觸過劉禹錫，其餘三人一聽就聽出來了，來者不是劉禹錫。不是劉禹錫，躲著就沒意思了。他們一同來到院子裏，一看，來的是劉三復，陸小姐心中的一盆火被澆滅，臉色又紙一樣蒼白了。

那天儘管劉三復說的都是事實，又經崔護夫妻從旁百般勸慰，陸小姐那一顆冰涼的心始終沒能溫暖過來，因為她已猜透了劉禹錫的心思。她依稀觸摸到她和劉禹錫之間的裂痕所在。但她沒為一年前在鴛鴦湖的孟浪後悔；她認為她有足夠的能力去彌合這種裂痕。她有的是機會。這麼一想，她理智了許多，就給了鵑兒一個暗示。於是鵑兒說：「二公子，請轉告劉公子，我家小姐不會再白等第二回了。」

劉三復只得連連說：「是是是，我保證家兄不會再次失約。我想他一定會主動約請陸小姐的。」

送走劉三復，日影差不多就直了，喜姐倒有些不好意思，說：「哎喲，吃飯時候，該留人家吃飯的。這小孩子可要餓著了。」

陸小姐說：「什麼餓不餓的，我也不吃了。鵑兒，咱回家吧。」

喜姐說：「這怎麼可以？我還打算留你住一宿呢！房間也預備好了，老夫人哪兒也說好了。」

陸小姐說：「不吃也不住，我立馬就回家。」

正爭執間，裴昌禹帶著昆侖奴上門來了。裴昌禹差不多正好堵住了陸小姐的去路。他眼望著陸小姐，對崔護拱手說道：「崔兄，冒昧造訪，諒不見怪吧？」

裴昌禹的突然來訪，多少令崔護感到有些蹊蹺，但他說：「裴

兄光降，蓬蓽生輝，何怪之有。請！」

陸小姐說：「崔哥，您有客，憶菱就此別過。」

不等崔護作出反應，裴昌禹性急地搶先說：「陸小姐何必匆匆離開！裴某到此，多一半為的是小姐啊。」

在場除了鸝兒，其餘三人聽他如此說，非常吃驚。陸小姐吃驚之餘還十分惱怒，因為她早已不記得他了。她有些口吃地說：「你你你，你是誰啊？你說的什麼啊！」

裴昌禹回味自己剛才的話，也覺得太唐突些，就解釋似地補充說：「小姐是宰相之女，今日機緣巧合，得在崔兄家一睹風采，實實是裴某三生有幸。」

鸝兒早忍不住了，她說：「裴昌禹，你真有本事，從江南追到長安來了，追到長安鄉下來了！」

聽得「裴昌禹」三字，陸小姐才記起自己好像跟這三個字有過一些瓜葛。或許是出於對劉禹錫失信的怨恨，或許是一時情感的失衡，陸小姐不再惱怒裴昌禹了；非但不惱怒，似乎還有了一絲絲好感。我不知道選擇什麼詞語來形容陸小姐此刻對裴昌禹的感情，如果「好感」二字不涉及男女私情，那麼用這兩個字來形容也許庶幾近之吧。

陸小姐說：「鸝兒，不許無禮。——裴先生，對不起了。」

裴昌禹見陸小姐如此對待自己，真是喜出望外，他連說：「沒關係，沒關係。」又說：「可否請小姐賞臉，借崔兄寶居，你我在此一敘同鄉之誼？」

陸小姐聽裴昌禹這麼說，心情居然更加好了幾分，她笑了，對崔護說：「崔哥、喜姐，咱們就請這位裴先生進屋吧？」

剛才崔護不知道他們之間有過什麼恩怨過節，一時無法置喙，現在見陸小姐和緩下來了，便笑著說；：「當然，當然。裴兄請！」

到了廳上，一切都是現成的，原本招待劉禹錫的，現在正好用來招待裴昌禹。崔護說：「裴兄，請隨便坐。」

坐定之後，一時有些冷場。崔護就沒話找話地說：「上回去尊府，蒙裴大人和裴兄盛情款待，於今銘感於內。」

裴昌禹一心在陸小姐身上，他拿眼直直地瞅著陸小姐，口裏漫應道：「哪裡，哪裡，那是家叔父對兄等才俊的仰慕啊。」

崔護說：「汗顏，汗顏。」

說了幾句客套應酬話後，就再沒什麼話好說了，因為彼此實在不熟。

裴昌禹忘記了拘束和不安，他咕嘟咕嘟地喝酒，一眼不錯地望著陸小姐，陸小姐就笑了。她嗑著瓜子，湊到鷳兒耳邊嘀咕幾句，鷳兒就對崔氏夫婦說：「崔相公，崔夫人，我們不是還沒把果子揀完麼？我們是不是接著去揀？」

崔護聽不懂鷳兒在說些什麼，喜姐聽懂了，她嘻嘻一笑，對裴昌禹和陸小姐說：「那你們談。菱妹，你替我家相公讓著點裴先生。——殷功，咱們去廂屋吧。」

崔護不明白她們唱的是哪一齣，只好說：「裴兄，失陪了！」

裴昌禹激動得心都發抖了，連說：「謝謝，謝謝，崔兄請便！」

崔護、喜姐和鷳兒離開大廳來到廂房。一進廂房，喜姐問鷳兒是怎麼回事，鷳兒就將前因後果跟他們夫妻簡略說了一遍。

喜姐說：「那你家小姐還這麼熱情地對他？」

鷳兒一笑，跟喜姐咬了一通耳朵。崔護也聽到了幾句，說：「這樣有失仁義吧？」

喜姐說：「你別管。誰叫他自作多情！好了，咱們正緊揀果子吧。」說著指指桌上的瓜子和水果，吃吃地笑。

他們在桌子邊坐下，可誰也沒心思去「揀果子」，而是一個個豎起耳朵聽著大廳的動靜。

大廳裏一時誰也沒有開口。陸小姐抓過一把瓜子嗑瓜子，格格格的，瓜子炒的夠火候，嗑起來又松又脆。裴昌禹就喝水，咕嘟咕

嘟，沒過多久，大約就有一水盂的水進了他的肚子，一動，肚子會發出空嗵空嗵的響聲。陸小姐就吃吃地笑。

裴昌禹的靜功是很到位的，他並無靜場的難堪；他感到這麼靜靜地與陸小姐單獨相處，這麼近地欣賞她的美麗，聞到她身上散發出來的脂粉香氣，感受到她青春少女的婉轉嫵媚，真是太好了！他願意這一刻就這麼延長下去，永遠沒有止境。

陸小姐在這一點上拗不過裴昌禹，她有點惱怒，屏不住只好先打破沉默了，說：「裴先生，我記起來了，咱們好像有過兩次相遇對吧？這是第三次了。」

裴昌禹收一下他的癡迷，笑著說：「是的。小姐記得真清楚，可見……」

陸小姐不讓他說下去，打斷說：「第一次好像在朱買臣墓？」

裴昌禹說：「是的。陸小姐記的很準確。」

陸小姐說：「那一次你可把我嚇壞了。」

裴昌禹說：「對不起，昌禹實在太冒失了。不過，那是因為……」

陸小姐說：「第二次是我回長安那天吧？」

裴昌禹說：「對對，那一次我給小姐留下的印象一定比驢還蠢。可說心裏話，那一次我……」

陸小姐說：「我記起來了，那天你好像騎的是白馬？一匹雪一樣白的白馬？」

裴昌禹興奮得連連點頭說：「是啊是啊，是一匹雪一樣白的白馬。小姐的記性棒極了！」

陸小姐說：「就是那一次，我知道了你我父母曾有過指腹為婚的戲約。」

裴昌禹愈加興奮了，他說：「不錯不錯。我們的父母的確有過這種口頭約定。」

陸小姐笑吟吟地說：「你認為這樣的口頭戲約有意義麼？」

　　裴昌禹的興奮僵在了臉皮的表層，隨即，他的臉就變了形，目光也暗淡下來。半晌，他說：「我知道這幾乎是不可能的。我知道你戀著劉禹錫。」

　　陸小姐說：「裴先生，我很欣賞你的誠實。既然如此，你為什麼不放棄呢？」

　　裴昌禹被陸小姐這句話噎住了，一時竟無言以對。

　　東廂房裏伸長耳朵的三位聽到這兒，互相望望，鵑兒就笑了，壓低嗓門說：「小姐，你真棒！」

　　裴昌禹又端起杯子喝水了，彷彿要把陸小姐的那句話送下肚去。他還真把那話送下去了，他的喉嚨因此又暢通無阻了。他說：「小姐，那是我打心眼裏喜歡你。」

　　陸小姐一愣，說：「你喜歡我？」

　　裴昌禹說：「是的，非常喜歡。小姐，您知道麼，我上京師來應考只是個幌子；我不想考什麼進士，我是想見到你。真的，就只是想見見你。現在我見著你了，您要是真不喜歡我，那我就算了。」

　　裴昌禹說的很傷感，也很動聽，但沒能打動陸小姐。不過陸小姐還是被打動了，那是因為裴昌禹說出「不考進士」四個字。她有些迷離地說：「你怎麼知道我不喜歡你，其實你還是有讓人喜歡的地方的。」

　　這話一出陸小姐的口，讓廂房裏的三位特別是鵑兒嚇了一大跳！當然坐在陸小姐對面的裴昌禹更是收穫了一份意想不到的驚喜，他簡直不敢相信自己的耳朵，說：「什麼什麼，小姐，請再說一遍！」

　　陸小姐見他那副受寵若驚的樣子，知道他領會錯了，就解釋說：「裴先生，我是說，你身上也有讓人喜歡的地方。」

　　這樣的解釋，陸小姐自以為很清楚了，廂房裏偷聽的三位也清楚了，只有應當聽清楚的當事人裴昌禹沒有聽清楚。他非但沒聽清楚，還以為聽得更真切了，於是變得口吃起來，說：「小，小，小

姐，謝謝你。謝謝，謝謝，謝……」

陸小姐被他「謝」愣了，手裏的瓜子落了一地。

裴昌禹激動得差不多要哭出來了，他說：「裴某此生無憾了！得到小姐的稱許，裴某無憾了，裴某不虛此生了！不過，不過恕我還要問一句，要是小姐認為荒唐，你可以不搭理我。不搭理我，我也不怪小姐的，因為有小姐喜歡這句褒獎，我這一輩子也盡夠了。」

陸小姐懂得裴昌禹話裏的意思；她想，其實剛才他還是聽清楚自己的意思了。她想，既然如此，索性再做個遊戲，於是她說：「裴先生，你想不想知道，這指腹為婚有無變為事實的可能？」

裴昌禹再次控制不住自己的激動，眼淚也冒出來了，他結結巴巴地說：「這這這，這可能麼？這可能麼？小小，小姐，你你你，你認為可能麼？」

陸小姐笑著說：「你能為我做一件事麼？」

裴昌禹口齒清楚地說：「我能為小姐做任何事情。」

陸小姐說：「那好，咱們去花園吧。」

陸小姐走到廳外，廂房裏的三個人也出來了。陸小姐將鵑兒拉到一邊，跟她唧唧噥噥說了一會話，又偷偷從腰間摘下一塊玉佩交給鵑兒，鵑兒就先去花園了。

一行人要去花園了；走在廊下時，陸小姐忽然瞥見傻坐在院中桃花樹下的昆侖奴，便對裴昌禹說：「把你的僕人也帶上？」

裴昌禹就朝昆侖奴招招手。昆侖奴見主人與他喜歡的姑娘愉快地在一起，非常高興，現在姑娘又授意主人喚他，他就松松爽爽地跟在他們身後進了花園。

花園裏花木很少，一畦一畦的瓜果蔬菜綠油油的長勢不錯。花園中間有一口不小的池塘，池塘裏養了許多魚；池的半邊水域生長著茂密的水草，池水就墨綠幽黑，深不見底。事實上喜姐說這池很深，最深處差不多有三丈多深。他們來到池邊，見池邊一張石凳上已安放了一個黃銅小香爐，香爐內插了一根灰藍色的線香。

崔氏夫婦朝鵑兒望望，不知她要搞什麼名堂。

鵑兒對裴昌禹說：「裴先生，不好意思，剛才我家小姐來花園玩，不慎把一塊玉佩丟失到池子裏了，能麻煩裴先生把它給撈上來麼？」

裴昌禹望望陸小姐，說：「是麼？」

陸小姐點點頭說：「是的。不知裴先生能否為我做這件小事。」

裴昌禹彷彿不相信自己的耳朵，他又問一遍鵑兒說：「大姐，是這樣的麼？」

鵑兒很不耐煩，說：「不是這樣，那是哪樣！」

裴昌禹雖然癡迷於陸小姐，但究竟不笨不傻；他前後一思量，立刻猜出了陸小姐的用意，剛才的興奮、激動一下化作了憤怒和悲哀。但他還是抑制住自己，問：「不管我用什麼辦法都行麼？」

鵑兒忍住譏笑，瞅著他說：「不管用什麼辦法，只要撈上來就行。不過……」

裴昌禹說：「不過什麼？」

鵑兒臉一沉說：「要是撈不上來──」

裴昌禹悲憤地說：「撈不上來我立馬走人。」

鵑兒一打掌說：「好，像個男人。爽快！不過……」

裴昌禹說：「又不過什麼？」

鵑兒指指石凳上的香爐說：「還得有時間限制。半根香，半根香怎麼樣？」

在場只有崔護替陸小姐著急，因為只有他知道，此舉恰恰難不到裴昌禹，可他又不便站出來阻止。他不由得望一眼遠遠地站在一邊的昆侖奴。

裴昌禹再也無法忍受被愚弄的怨憤了，他傷心地對陸小姐說：「對不起，裴某無法替小姐做這件事。裴某做不到。裴某告辭了！」

鵑兒覺得玩得還不過癮，她攔住裴昌禹說：「哎哎，別走哇。

先生不是答應過我家小姐，願為小姐做任何事情的麼？您不知道這是一塊什麼樣的玉佩，您要知道了，肯定會做到的。讓我告訴您吧，這是西域北庭送來的于闐白魚玉佩。這白魚玉佩，夏天啣在嘴裏可以生津止渴的；不說價值連城，也是不可多得的呢。您就忍心讓小姐損失這麼一件寶貝麼？」

站在一邊的崔護一直想阻止鵑兒說下去，卻無法阻止得住她那一張快剪刀一樣的嘴巴，只好用非常同情乃至憐憫的目光望著裴昌禹。

裴昌禹已傷心到極點，他求助似的對鵑兒說：「大姐，您就別逼我了。對不起，裴某就此告辭！」

裴昌禹說完要走，卻叫他的外國僕人攔住了。昆侖奴一雙銅鈴一樣的大眼睛噴著火，黑黑的臉皮泛成了青紫色。他對著鵑兒咬出兩個字：「點—香。」

鵑兒見這個兇神惡煞一般的外國奴僕害怕極了，她畏畏葸葸地說：「你，你你你要幹什麼？」

昆侖奴大聲說：「點—香！」

聲音如同打雷，嚇得本來嬌小的鵑兒更縮小了一半。她只得用事先準備好的火種去點香，可是兩個手哆嗦得厲害，點了幾次才把那根香點燃。

昆侖奴見香點燃，打著手勢問清玉佩落水的方位，便扒了衣服，撲通一聲躍入水中。

因為是魚池，又有大量的蘊草，池底又積存厚厚的淤泥，要尋撈一塊小小的玉佩是件很不容易的事情，即便像昆侖奴這樣熟練的水鬼，也撈了好久好久啊。

在這段感覺十分漫長的時間裏，最不好受的當然是鵑兒。不過事情到了這份上，也是她始料所不及的。

終於池面冒出一連串水泡，接著嘩的一聲水花響，昆侖奴鑽出了水面。只見他一支手臂高高地擎起，就在這支黑手臂的頂端，一塊大如雀卵的微綠的美玉在春天陽光下發出耀眼的熠熠光彩！

這時誰也沒顧上去注意石凳上那根吐著嫋嫋青煙的線香，上了岸的昆侖奴卻渾身濕淋淋的用手一指說：「香！」

那根香居然才燃去五分之二！鵑兒一下子傻眼了。

陸小姐也覺得玩笑開大了，她說：「裴先生，實在對不起！我沒想到……」

沒想到什麼呢？陸小姐沒說下去，但裴昌禹知道。因為他的心早已冰涼，也就並不計較。他很平靜地說：「沒關係。陸小姐，美玉已經撈上，裴某這就告辭吧。」

裴昌禹說完，又向崔護夫婦一一道謝，之後，轉身出園去了。

昆侖奴從地上拾起那一領木綿裘，裹到濕漉漉的身上，朝眾人翻翻白眼，匆匆跟了出去。

裴昌禹一離開，陸小姐心裏就非常難受起來。她將手裏那塊綠盈盈的魚形美玉掂了掂，手一揚，咚的一聲，玉佩重又沉了水底。

陸小姐哭了，哭得非常非常的傷心。

14

敘述的燈光暫時打不到垂頭喪氣地回到永嘉坊叔父家中的裴昌禹，因為他似乎已經徹底幻滅了。他在不吃不喝躺了兩天之後，爬起來開始溫習文章；他準備一心一意地應進士試了。

住在宣平坊深隩店內的劉禹錫，在偵破楊崇義一案之後，只得意了一個下午。當暮色爬上窗櫺的時候，他開始為失約的內疚所折磨；隨著夜色的越來越濃重，這種折磨也越來越具有了撕心裂肺的質地。本來他接受萬年縣令王大人的邀請，搬到縣衙後院一處帶花園的書房去住，但是第二天他改變了主意，決定還住在這裏。他內心的煎熬使他無法將精力集中到文章上；他感到他與陸小姐之間已發生了一定程度的愛情危機。他原以為有鴛鴦湖的孟浪一夕，他與她的愛情已凝成固體，但現在他不這麼認為了。他需要迅速去彌

補。他決定修正一下得官後再上相府的原則，現在就去勝業坊；他要當面向陸小姐賠罪，請求小姐的原諒。

他是一個人去勝業坊的。當驢車駛過寧王府，遠遠望見陸相府高高的灰色牆門時，劉禹錫的心怦怦地跳起來。與此同時，他對進入相府的理由產生了猶疑。他讓驢車在離相府不遠處的一家茶亭門口停下。走進茶亭時，茶亭的夥計眼鈍，把他錯當成裴昌禹了，他說：「客官，您有好多天沒來了。」

劉禹錫不知道他在說些什麼，也沒心思跟他分辯，就揀了靠窗的座位坐下。

夥計說：「您的座兒。」

劉禹錫說：「一壺香茶。」

夥計說：「您的茶。——您的點心？」

劉禹錫說：「什麼，我的點心？」

夥計說：「金錢油塔，石子饃呀！那不是您最喜歡的麼？」

劉禹錫望望夥計，說：「好吧，各來一份。」

夥計說：「咦，今兒這麼食量小了？」

劉禹錫說：「那依你該多少？」

夥計說：「各兩份。每次您不都各兩份麼？」

劉禹錫明白他認錯人了，也沒心思與他分爭，就各要了兩份。

不一會兒，茶到點心也到。比起金錢油塔來，石子饃更讓劉禹錫喜歡，因為它與它的名字相符，真的像石子一樣堅硬。堅硬的石子饃適合劉禹錫年輕的牙齒，也適合他此刻要咬碎因他失約而結出的苦果的決心。

相府門前車馬稀少，冷冷清清，這種稀少冷清透著高貴和威嚴，因而就是東角門前那幾個挺胸凸肚的看門人，也具備了拒人千里的冰冷。劉禹錫再次為進入的理由犯愁了：說是拜謁陸相吧，自己因為要避嫌已忍到這份上了，豈肯功虧一簣？再說，現在更沒這個必要；直接說找小姐吧，看門人一定以為自己是個瘋子；

說給陸夫人請安吧，倒是比較妥當，可見了夫人又如何提出去見小姐呢？

正考慮不好，忽見東角門裏出來一個穿蔥綠衣裳的丫頭。那丫頭跟看門人說了一句什麼，看門人搖搖手，那丫頭就走到西角門那邊向西張望。望了一陣，重新回到東角門。這回劉禹錫聽清了，那丫頭對看門人說：「陸乙，你再跑一趟催催，這個胡醫官，他究竟要磨蹭到什麼時候！」

看門人中那個名叫陸乙的說：「想是就來了吧。」

丫頭跺跺腳說：「少廢話，讓你去，你就去。」

陸乙懶洋洋地站起身說：「給笑一個？笑一個我就去。」

丫頭說：「放屁！」

陸乙嬉皮笑臉地說：「屁也香。我去我去。」

丫頭忍不住噗吃一笑，陸乙就滿足地走了。剛走到西角門邊，他又折回來了。

丫頭說：「怎麼又不去了？」

陸乙向西努努嘴說：「這不，胡醫官他來了。」

果然遠遠地來了一乘四人抬的青布步輦。步輦到相府門前停下，從上面走下來一個肥胖的老頭，看他的衣著打扮是個醫官，想必就是胡醫官了。

丫頭埋怨地說：「胡醫官，您老怎麼到現在才來？都什麼時候了！」

胡醫官拱拱身子，喘息著說：「對不起，剛要動身，寧王府的人來了，說王爺夫人心口痛又犯了。這不，剛從王府來呢。」

丫頭說：「好了，好了，別囉唆了，快進去吧！」

胡醫官對輦夫說：「等著我，還上衛國公家呢。」

胡醫官說著搖搖頭，臃腫著身子跟那丫頭進了東角門。

那四個抬步輦的東倒西歪地進了茶亭，要了一壺茶，二十個石子饃，坐下大口大口地嚼吃起來。他們邊吃邊高嗓大腔地說話。

一個說：「這胡醫官真他奶奶的摳門，一個月才給這幾貫錢包銀，可他自個兒肥豬似的身子天天見長。」

一個說：「就他那破醫道，這家請，那家請，每天連軸轉，那近二百斤的肥肉忒苦了咱們。」

一個說：「唉，今兒一早上已跑了第二家了。看樣子，不到午牌吃不了飯。」

一個說：「我想不通，這胡老爹除了官俸又有紅包，他怎麼忍心連茶錢也不賞咱一個呢？」

先說話的那個又說：「你知道什麼，這老胡倒是想給咱們小錢的，只不過他老婆不肯。銀子錢都叫他老婆攥著哪！」

末一個說：「屁話！官俸不要說，人家送的紅包他不會攢下？」

先說話的那個說：「我跟胡老爺最長久了，我清楚。他怎麼不想攢下些體己錢？他不能。」

另一個說：「怎麼不能？哪兒不放了！」

先說話的那個說：「他老婆知道他有多少紅包。不老實交出來，晚上不准他上床。」

這麼說著，四個輦夫歪嘴撇舌地笑起來。

劉禹錫覺著無聊，想不去聽他們而好好想想自己的事情，可怎麼也集中不了心思。這時只聽四個輦夫說起陸府的病人，不由得又豎起了耳朵。

一個說：「知道相府誰病了麼？」是最先說話自稱跟胡醫官最久的那個。

眾人七嘴八舌地說：「相爺？夫人？二夫人？老總管？」

最先說話的說：「不對，都不對。告訴你們，是小姐。」

劉禹錫聽了眼前一黑，真的眼前一黑。

那輦夫說：「知道小姐得的什麼病麼？」

眾人說：「什麼病？」

那轎夫壓低嗓門說：「聽說她去了一趟城外南郊村，遇見一個漂亮的舉子，把一塊很值錢的玉佩送給人家，叫人家扔到池子裏了。小姐受不了羞辱，回到家就病了。你們說這是什麼病？」

眾人說：「這不是相思病麼？」

那轎夫說：「我可沒這麼說！」

然後四個轎夫又歪嘴撇舌地笑起來。

劉禹錫「呼」一下站起身，「嘩啷」一聲，手臂帶翻了茶碗，茶水潑了一桌子一地，還潑濕了他半面綢袍的襟子。他沖過去對那四個轎夫說：「不許胡說！胡說是要割舌頭的！」

劉禹錫說完，扔下茶錢，大踏步出了茶亭。那四個轎夫被劉禹錫說愣了，半天，其中一個說：「狗拿耗子！——看這人的架勢，八成就是那個舉子吧？」

說著，四個轎夫又歪嘴撇舌地笑了起來。

15

劉禹錫心事重重地回到宣平坊隙店。他從驢車上下來時，一個趔趄幾乎跌倒。

車夫趕緊扶住他說：「先生，先生，您怎麼了？您沒事吧？您的臉色好難看。」

劉禹錫說：「沒事，我沒事。」

說沒事，卻一蹲身坐到了地上。

車夫就嚷起來：「先生，先生——店家！店家！這位先生病了呢。」

聽到叫喊聲，店家和劉三復、劉粟一同奔了出來。

劉三復、劉粟一見都慌了，說：「哥／相公，你怎麼了？哪兒不舒服啊？」

劉禹錫低著頭一聲不吭，似乎只有出氣沒有入氣，連店主也慌

了，他對劉三復他們說：「趕快請大夫去。出了巷子，往東一拐彎就是孫大夫的醫寮。」

劉粟去請大夫，店主老頭叫來幾個夥計，七手八腳將劉禹錫抬到房中。不一會兒孫大夫來了，一號脈說不礙，是一時急火攻了心，吃一劑疏散疏散就沒事了。果然，到晚上人就和緩過來了。

劉三復說：「哥，莫不是沒見到陸小姐？」

劉禹錫說：「憶菱她──她病了。都是我失約害的她。」

說著流了淚，把聽來的謠傳說了一遍。

劉三復說：「不對。那天除了崔相公，並沒有其他男人啊。」

劉粟說：「這根本不可能，顯見的是瞎編。這些個爛舌頭、下地獄的！」

劉三復說：「哥，你別擔心，我會去打聽確鑿消息的。」

第二天，劉三復雇了頭驢子去勝業坊，待了整整一天卻一無所獲。第三天他再去，還是毫無進展。第四天上，他改變方式，繞到相府後門。相府後門是一條小巷子，有一個賣針線花粉的小貨郎蹲在一邊卻不吆喝。劉三復覺得奇怪，就上前跟他搭訕。

劉三復說：「這位大哥，賣針線花粉啊。」

貨郎朝他望望說：「小相公也要買針線花粉？」

劉三復說：「不不。我是說，你做生意怎麼不吆喝啊？」

貨郎說：「不用吆喝。」

劉三復說：「為什麼？」

貨郎說：「你不見這是什麼地方！」

劉三復假裝糊塗說：「什麼地方？」

貨郎說：「相府後街。」

劉三復說：「相府後街不讓叫賣？」

貨郎點點頭說：「是。」又說：「也不用叫賣。」

劉三復說：「為什麼？」

貨郎說：「我跟相府的大姐約定，每月十五早上我在這後門等

著，那位大姐就出來挑選。」

劉三復哦了一下，心想：早好說啊。就挨在貨郎身邊也蹲了下來。

貨郎說：「小相公怎麼也蹲下了？」

劉三復笑笑說：「我也跟相府的大姐有約。」

貨郎瞧瞧劉三復說：「小相公也賣貨？」

劉三復說：「你看我像賣貨的麼？」

貨郎說：「不像。」又哦了一下說：「我知道了，八成你是來勾引人家大姐的吧。」

劉三復不敢再跟這人捉迷藏了，他說：「你瞎說什麼！人家是來辦正經事的。」

貨郎就嘻嘻嘻嘻地笑起來。

這時只聽一聲門閂響，那扇朱漆後門打開，走出來一個穿翠綠衣裳的丫鬟。

貨郎站起身說：「大姐！」

劉三復站起身說：「鸝兒大姐！我想一定是你，果然是你！」

鸝兒一見劉三復先是驚喜，緊接著臉一板，說：「你來幹什麼！」

劉三復說：「我哥他──」

鸝兒打斷他說：「少提你哥！──小哥兒，今兒有什麼好貨？」

貨郎說：「各色上好絲線，帶花字兒的銅頂針，織錦的抹額，銀鑷子，各樣新出的香粉、胭脂、絨繩、條子。」

鸝兒說：「你進來吧。」

貨郎答應一聲就進了後花園。劉三復趕緊尾隨著進去，卻叫鸝兒攔住了。鸝兒說：「免進免進。」

劉三復說：「不進就不進，可你總得告訴我，陸小姐她是不是病了？病得怎麼樣了？」

鸝兒說：「我家小姐生不生病，與你們什麼相干？」

劉三復說：「怎麼不相干！我哥他聽說陸小姐病了，急得也病倒了。」

鵑兒鼻子裏哼了一下，說：「他會著急？還急得病倒？你騙三歲小孩去吧。」

劉三復立刻起誓賭咒說：「若有半句虛言，出了這巷子，我就叫驢馬踩死，大車撞死！」

鵑兒聽了就軟了下來，說：「這麼說是真的了？既如此，為什麼他到了長安不來瞧我家小姐？約下了見面又放了空炮？」

劉三復說：「具體我也不十分清楚。不過，他的確很忙。」

鵑兒冷笑一聲說：「是忙啊，今兒上白家，明兒上黑家，又是裴府聽曲，又是萬年縣辦案，可就是抽不出半天工夫來瞧瞧咱家小姐。」

劉三復說：「我哥他不來見小姐，自有他不得已的苦衷的，可他心裏的的確確時刻惦記著小姐，這是真的。前天他還來過相府呢，不過沒敢進府。陸小姐生病的消息，就是他在前邊茶亭裏親耳聽到的。那天他回到客店，一下驢車就跌倒了。」

鵑兒聽劉三復說得這麼有鼻子有眼，料想不是編造的，這一下倒也急了，說：「那劉公子不要緊吧？」

劉三復說：「大夫說他是急火攻心，吃了一劑藥已好多了，只是無一刻不惦著陸小姐，就催著趕著要我替他來打探消息。今兒巧遇大姐，請大姐告訴我，小姐她到底怎麼樣了？」

鵑兒想了想說：「你暫且在此稍待一會，我買了東西帶你去見我家小姐吧。」

劉三復真是喜出望外，說：「多謝鵑兒大姐。」

鵑兒匆匆挑了幾色花線，幾根條子，一些胭脂花粉，打發那貨郎去了，便領劉三復去見陸小姐。

他們穿過小小的後花園，繞過藏書樓汲芬閣，進入一帶花牆的月洞門，順花圃遊廊來到一幢小巧的樓臺。進入牆門，劉三復一抬

頭，望見樓廳門楣上懸掛著一塊梨花木石綠抹的匾額，上有三字是當今禦筆，曰：鶯澤樓。

進入樓廳，鵑兒把劉三復讓在客位裏，又點來一杯茶，說聲「稍候」，就上樓去請小姐。

陸小姐躺在搖椅裏翻閱從江南帶回的書籍，正愛愛恨恨地讀劉禹錫的《吐綬鳥詞集》呢，見鵑兒上樓，就將書一拋，長長地歎了口氣。

鵑兒望一眼那書，說：「小姐還是放不下他。」

陸小姐說：「別提他了。」

鵑兒說：「看小姐這種樣子，提不提的都一樣，還是放不下啊。」

陸小姐望望鵑兒，沒說話。

鵑兒說：「小姐放不下他，他也放不下小姐呢。」

陸小姐異樣地瞅著鵑兒說：「你這話怎麼講？」

鵑兒說：「他……來了。」

鵑兒故意耍個滑頭，把中間幾個字說得很輕很含糊，陸小姐果然上當，一下從搖椅上豎起身子，說：「他來了？」

鵑兒吃地一笑，說：「他的堂弟劉三復來了。」

陸小姐一丈水退了八尺，身子一軟重又躺下。

鵑兒說：「是劉公子讓他來的。」又補充說：「劉公子自己不方便來。」說著，把前因後果說了一遍。

陸小姐閉上眼睛一動不動地聽著。聽完，她顛動一下身子，那張搖椅就簸動起來。半晌，陸小姐站起身說：「好吧，我見見這孩子。」

陸小姐主僕下樓來到廳上，劉三復早已起身迎上來說：「給陸小姐請安！」

陸小姐見到劉三復如同見了劉禹錫，早把要冷淡他的心思撂到一邊，說：「你哥他怎麼樣了？」

　　劉三復說：「他已緩過勁來，沒多大關礙了，只是一心惦著陸小姐。」

　　陸小姐聽了，眼淚不知不覺流了下來，她哽噎一下說：「你瞧，我不是很好麼。」

　　劉三復說：「我哥他不親自來……」

　　陸小姐打斷他，不無怨尤地說：「我知道他為什麼。我沒法子怪他；我只是感到很遺憾：一年前不是說得好好的麼！」

　　劉三復不知該如何接陸小姐的話茬，只得含含糊糊地嗯嗯幾聲。

　　陸小姐說：「二公子，請您回去告訴他，我還是那句話，我不會跟做官的人談婚論嫁的。請他記住：才子詩人，自是白衣卿相。」

　　劉三復想勸陸小姐幾句，但他知道，以他的年齡和資格無從勸起，只好放棄了。他含含糊糊地說：「哦，哦哦。」

　　陸小姐又說：「可是說實話，我忘不了他。我真的忘不了他啊！」說著又滴下淚來。

　　劉三復明明白白地告訴陸小姐：「我哥也忘不了陸小姐。他時時刻刻想著您啊！小姐，小姐……」

　　他又想勸說陸小姐了，卻讓陸小姐擺擺手阻止了。陸小姐站起身說：「我也累了，也不虛留你了。我要回房歇息去了。」

　　劉三復只得也站起身說：「請小姐多保重，三復這就告辭。」

　　陸小姐臨上樓又對劉三復說：「請轉告你哥，讓他好自為之吧。」

　　劉三復沒覺察出事態的嚴重性，他以為他已大功告成，就暗自吐了口氣說：「我會的，請小姐放心。」

　　劉三復回到宣平坊隙店，把這天的經過詳詳細細報告給劉禹錫。劉禹錫聽了，半天沒言語。他想，其實他滿可以親自去見陸小姐的，哪怕先通過陸相或者陸夫人，但他立刻又否定了；他明白自己絕不會那麼做的。因此他又想，她也太固執了，士子不求功名，他還能幹什麼呢！現在自己為此也病了一場，可以這麼說，他欠她

的失約之情已經還了。現在陸小姐沒事了，他反而覺得自己有那麼一絲絲傷心和委屈。於是他苦笑笑重復了一句陸小姐的話：「才子詩人，自是白衣卿相。」

幾天之後，劉禹錫輕裝上陣了；他胸有成竹地邁進了壁壘森嚴的禮部進士科考場。

16

三月二十八日是放榜的日子。當「鐺鐺」的報喜鑼聲響徹在宣平坊深隙店的陋巷裏時，劉禹錫正與從弟劉三復在局促的小客房裏下棋。劉粟上氣不接下氣地奔進來報告，他說：「相相相相相公，您您您高中第三名進士了！」

這原是意料之中的事，劉禹錫非常高興，但他沒有得意忘形。等鑼聲進了店門，店主老頭一路小跑來請他時，他才慢悠悠地起身，來到廳房上。他接過報單看了一下，隨手遞給跟出來的劉三復，說了一個字：「賞。」

今科一共錄取二十二名進士，劉禹錫名列第三。名列第三，其實是相當不容易的。這一方面固然由於他才華出眾，但其他一些方方面面的因素也很重要，有些上文已經提到，有些未及提到。縱觀歷次的「歲舉之選」，許許多多同樣很有才華的士子，因為各自的原因，沒能抓到機遇，結果坐失「龍頭之望」。比如孟郊，比如崔護（這次他又未中），比如韓愈和白居易。韓愈曾先後三次應試不第，直到去年才在陸贄門下進士及第。此後他連續三年參加吏部科目考試，均一一落榜。白居易幾度進出長安，一直要到貞元十五年得到宣歙觀察史崔衍的賞識，選拔他為應貢的進士，第二年才在中書舍人高郢主試下考中第四名進士。這時他已二十九歲了。

與劉禹錫同科及第的還有柳宗元和裴昌禹。柳宗元中的是第二名進士，裴昌禹中的是第十七名進士。

　　劉禹錫是幸運的。不久他又順利地通過了博學宏詞科和吏部取士科的考試，令人豔羨地連登三科，成為京城長安湧現出的一批新星中最為耀眼的一顆！較為可惜的是柳宗元。本來他也可以參加這兩科考試，至少是博學宏詞科的考試，而且也很有希望。但這年五月，他的父親去世了。他料理完喪事，又去邠州探望他叔父，就把考試給耽誤了。

　　劉禹錫自從進士及第之後，早不在宣平坊深隰店租寓了。他由京兆尹李充安排，住進了崇業坊一所幽靜的道觀——玄都觀。不久，他被任命為太子校書。太子校書是東宮屬官，是詹事府管轄的司經局內的一個文學小官，主要負責校理崇文館的書籍。這個官職雖然品級很低，劉禹錫不甚滿意，但畢竟算是踏上了仕途。於是他決定上任之前，擇定九月九日這天去勝業坊陸相府，一是拜相，二是相會陸憶菱小姐。

　　九月九日重陽節，是大唐朝國定的三大節日（另兩個是「中和」和「上巳」）中的一個大節日，朝廷各部院都放假不辦公，宰相陸贄自然也休閒在家的。那天天氣特別晴朗，真所謂秋高氣爽。劉禹錫從屋子裏出來，走在玄都觀幽靜的青石甬道上。他的身後跟著劉三復和劉粟，劉粟牽著一匹火炭一般毛色的壯年公馬。快到大門口時，只見柳宗元匆匆地進觀來了。

　　走到跟前，柳宗元沒頭沒腦地說：「你知道了？」

　　劉禹錫說：「知道什麼了？」

　　柳宗元說：「裴大人約退之，殷功，公倬，子微，公佐，你，我，遊慈恩寺和曲江池啊。先上慈恩寺，登大雁塔賦詩，然後去曲江池小宴，一邊觀看打球。我因為順道，所以來約你一同前去。怎麼，你還不知道？」

　　劉三復記起什麼，哦了一聲說：「對了，早起我聽小道士說，昨兒下午有大戶人家的蒼頭奉主人之命來請我哥，我們不在，想必就是裴府了。」

正這麼說著，裴府的一名蒼頭又騎馬來請了。

　　劉禹錫對那蒼頭說：「多多拜上你家老爺，說我實在抱歉，因有一件要緊的事要辦，今兒不能赴宴了。改日定去府上給大人請安。」

　　柳宗元說：「什麼要緊的事，緩一天去不成麼？」

　　劉禹錫說：「不成。我就要去東宮應卯了，我得抓住今日大節下這個機會，把欠下那事辦了。」

　　柳宗元立刻明白了劉禹錫要辦的是什麼事，所以當裴府的蒼頭還要再三請求時，柳宗元說：「不要勉強劉相公了，你主人跟前有我呢！」

　　柳宗元和裴府的蒼頭一走，劉禹錫就接過劉粟遞過來的韁繩。踏鐙上馬之後，他對劉三復、劉粟說：「也許我會回來很晚，也許就在相府住下了。你們不用等我的。」

　　劉三復、劉粟答應一聲，劉禹錫一夾馬肚子，那馬就出玄都觀，直往勝業坊陸相府去了。

　　沒一頓飯工夫，劉禹錫來到勝業坊。路過甯王府時，見王府門前車馬喧闐，穿紫穿紅的官員押著禮擔，有的還帶了內眷，絡繹不絕地被請進府去。劉禹錫勒轉馬頭，不從王府門前過了；他沿勝業寺屋腳轉入後街，再由後街返回前街，繞個大圈子來到相府門前。

　　相比之下，陸相府顯得分外冷清，用門可羅雀來形容一點也不過份。但相府的正門同樣大開，原來看守東角門的僕人也移到了大門口。看門人沒有了平時守候東角門時的隨便；今天，他們畢恭畢敬地垂手侍立在大門的兩側。劉禹錫從茶亭前經過，剛剛轉至照牆，在一棵大槐樹下將馬勒住，就見大門裏奔出來一個衣帽整潔管家模樣的老者。老者過來恭恭敬敬地問道：「這位莫非嘉興劉大人麼？」

　　劉禹錫第一次被人稱作大人，還很不習慣，他說：「不敢，在下嘉興劉禹錫。」

　　老者立即滿臉堆笑說：「我是管家陸義。劉大人請！我們相爺

和二位夫人已等候您多時了。」

　　劉禹錫不免有些奇怪，心想，陸相怎麼料定我今天要來呢？一面想著，已被管家陸義攙扶下馬來。這時早已過來一個僕人，接過韁繩把馬牽走了。

　　劉禹錫由陸義陪同進入府門。相府的建築格局與長安城流行的左右對稱的四合院、三合院款式不同，它與江南嘉興甜水井陸氏舊宅相仿，進牆門是一個不大的院子，兩邊有回廊直接大廳廊下。大廳也不是特別大，但起閣高，顯得寬敞明亮。廳後是第二進院子，這院子比頭一進院子大得多；院內有一口井，兩棵梧桐樹。然後是上房；上房廊下散放著一些花盆。房後是後花園，也不大。正廳的西面是花園，陸府的人習慣叫它西花園，很大。園內靠南有一水池，池後與正廳毗鄰的是陸小姐的閨樓鴛澤樓。鴛澤樓後面是西花廳，西北是藏書樓汲芬閣。現在劉禹錫被請去大廳。穿過院子時，他老遠就望見陸贄與二位夫人坐在廳上正向外張望呢。見劉禹錫進去，陸贄笑呵呵地站起身迎上來，而劉禹錫早已搶步上前，雙膝一曲跪在了地坪上。剛要磕頭，就叫陸贄攙住，陸贄說：「劉賢侄不必行此大禮。」劉禹錫哪裡肯依，到底趴在地磚上「咚咚咚」連磕三個響頭，才起來在客位裏坐下。

　　兩位夫人見劉禹錫一表人才，又是新做了官，高興得不得了，羅氏夫人遂用家鄉話說：「劉家侄兒，你怎麼到今天才來呢。」

　　劉禹錫也用家鄉話回答說：「本當早要來給伯父伯母請安的，因功名未成，不敢貿然前來，望乞恕罪。」

　　羅氏夫人說：「什麼功名不功名的，你該一到長安就來家裏才是。」

　　從「來家裏」三字，可以見出羅氏夫人是何等中意於劉禹錫，她差不多已把他當成女婿看待了。

　　崔氏夫人是渭南縣人，她聽不懂他倆說的南方話，就著急地說：「你們嘰嘰咕咕說些什麼呀！也說給我聽聽。」

羅氏夫人遂用長安的官話重復一遍，崔夫人也十分歡喜，說：「是該早來，是該早來。我家菱兒都等病了呢！」

劉禹錫不免有些得意，但他表面上又謝了罪，說：「總是夢得的過失。不知小姐年來可好麼？」

陸贄高興地說：「好，好。——陸義！」

管家陸義說：「在。」

陸贄說：「請小姐下樓。」

管家陸義答應一聲進內去請陸小姐。這裏陸贄與劉禹錫扯了一些閒話，無非稱讚劉禹錫學問人品，告訴他仕途的險惡，勉勵他要為官清正，敢於直諫，勇於改革時弊等語，並不深入朝政的諸般問題以及官場爭鬥的現狀。劉禹錫倒是非常希望聽聽這方面的情況，引導了幾次，陸贄都有意避開了，劉禹錫未免有些失望。這時只見管家陸義匆匆走來，他的身後還跟了一個小丫頭子。

陸義說：「回稟老爺，小姐她出門了。」

在坐的都感到十分意外；陸贄問：「什麼時候出的門？」

小丫頭說：「稟老爺，小姐帶了鸝兒姐姐剛剛出的西院門。」

陸贄立刻明白這是怎麼一回事了，心裏說：菱兒，菱兒，你也太任性了。昨晚不是說得好好的麼！

陸贄又問：「知道她上哪兒了麼？」

小丫頭說：「小姐沒說，奴婢沒敢問。」

其實陸贄知道女兒上哪兒了，有劉禹錫在場他不得不這麼問一下。他剛想對劉禹錫說什麼，二位夫人著起急來，羅氏夫人說：「這個菱兒怎麼這麼不懂事！早不出門晚不出門，單挑這時候出門。」

崔氏夫人說：「她會上哪兒了呢？」

劉禹錫猜出陸小姐上哪兒了，羅氏夫人說：「別是上南郊村崔家了吧？」

劉禹錫站起身說：「伯父伯母，小侄今兒還有些小事要辦，改天再來給伯父伯母請安。」

二位夫人說：「賢侄別忙走哇，一會菱兒就回來了。後堂酒宴都預備下了，我們先陪賢侄喝幾盅吧。」

陸贄明白劉禹錫此刻在想些什麼，他笑笑說：「二位夫人，別難為劉賢侄了。劉賢侄既是有事，就請便吧，只是以後別忘了常來。」

劉禹錫答應一聲就作揖告辭。

陸贄親自送劉禹錫出門。送到門口，他拍拍劉禹錫的肩膀，笑著說了四個字：「以誠動人。」

劉禹錫感激地望一眼陸贄，說：「多謝伯父，小侄明白。」

17

九九重陽是大唐國一個重要的節日。這一天要是天氣好，又有興致，皇帝就會帶了后妃、大臣幸慈恩寺，登大雁塔遊玩。中宗時的后妃上官婉兒有一首記錄重陽節群臣向皇上敬獻菊花壽酒的詩，以此可見節日盛況。詩曰：

　　帝裏重陽節，
　　香園萬乘來。
　　卻邪萸結佩，
　　獻壽菊傳杯。
　　塔類承天湧，
　　門凝待佛開。
　　睿詞懸日月，
　　長得仰昭面。

今年皇帝后妃沒出宮，大臣們的興致卻和往年一樣，所以整座長安城依舊是歡樂的海洋。

　　劉禹錫騎著馬出勝業坊，沿朱雀東四街一路向南。街上行人摩肩接踵，熙熙攘攘。街的兩邊幾乎一個挨一個地擺滿了地攤，每個攤前都圍著些大人、小孩。還有耍猴的，賣唱的，變戲法的，攏著場子，吸引了不少人。劉禹錫走走停停，好容易擠擠挨挨出了啟夏門。一到城外土路，人漸稀少，金風陣陣，劉禹錫頓覺渾身有說不出的輕鬆和舒暢。

　　九月的陽光是那樣的明媚，那樣的溫和細爽，照到人身上，感覺好比有一雙女人的手在輕輕地撫摸。劉禹錫放鬆韁繩，任那馬走得既自由又輕快；細碎的馬蹄掠過叢叢野菊，那聲音聽起來好似龜茲樂中的羯鼓鼓點。

　　劉禹錫這會兒心裏美滋滋的。他不由得不佩服陸憶菱小姐。你想，要是在相府相見，必有一套繁文縟節，弄得大家都很拘束。現在把會面移至鄉下，就自由多了，也浪漫多了。一想到自由浪漫，他很自然地想起兩年前他與陸小姐在鴛鴦湖初嘗禁果的那個夜晚，心裏不由一陣騷亂，好像有幾十隻小蟲子在啃咬一樣，兩條腿也痙攣起來。那馬正悠然自得地走著，忽覺軟肋上一陣哆嗦般的擠壓，就不明白主人為何突然性急起來；它打了個響鼻，連忙加快腳步朝前奔去。

　　趕到崔護家院門外時，太陽已經升在了頭頂，劉禹錫的肚子就適時地發出一兩聲饑餓的吟唱。他想，屋內一定有一桌子美味佳餚在等著他了。他想，他將一反常態，進門就坐下來饕餮。他想，這樣的見面方式一定別出心裁，可以將他與她兩年的疏離一下子塗抹得無影無蹤。這麼想著，他就下馬興沖沖開始扣門。

　　可是扣了半天也不見有人來應門。劉禹錫覺得奇怪，心想，別是沒人吧？又一想，怎麼會呢。對了，一定是陸小姐擺架子，氣氣我，故意不叫開門。劉禹錫笑笑，搖搖頭，又耐起性子扣動門上的銅環。銅環哐啷哐啷地響著，扣到後來，竟扣出了一定的節奏。——劉禹錫居然有興致把它當作樂器來使用了。他一邊扣門，一邊叫道：「崔兄！崔兄！是我，是我劉夢得來了。快開門啊！」

叫了半天依然沒有一點動靜，劉禹錫覺得太過分了，心內不免有了三分氣惱。他尋思一下，繞到西面院牆，撿起一塊乾泥，隔牆扔了進去。只聽叭的一聲，乾泥大約咂在石板甬道上了，又聽沙的一聲，那是乾泥粉碎的聲音。這回果然有了動靜，只聽一個人可著嗓子喊道：「誰家兒郎這麼頑皮？」

劉禹錫說：「崔兄，是我，劉夢得！」

只聽院內那人又說：「哦，一定是流子。流子，你別走，看我怎麼收拾你！你那老子娘也太寵慣你了。」

劉禹錫搞不清到底怎麼回事，只好回到前門。這時門開了，出來一個老蒼頭。

劉禹錫說：「老人家，請問崔相公在家麼？」

老蒼頭不管劉禹錫，只顧轉著身子尋找頑童，一邊嘴裏自言自語說：「這個小猴崽子，人呢？我得好好教訓教訓他。人呢？」

劉禹錫只得上前拍拍他的肩膀，說：「老人家，崔相公在不在家？」

老蒼頭這才停止尋找，他望望劉禹錫說：「相公，你有什麼事？」

劉禹錫說：「崔相公在家麼？」

老蒼頭一手護住耳朵說：「您大點聲，我耳背。」

劉禹錫這才知道這是個聾子。他湊到他耳邊，提高嗓門一字一字地說：「你—家—相—公—在—家—麼？」

老蒼頭說：「出門了。」

劉禹錫說：「那夫人在不在家？」

老蒼頭說：「你是說我家小姐？她也一同走了。」

劉禹錫覺得情況有些不妙了，他說：「他倆什麼時候走的？還有什麼人和他們一起走麼？」

老蒼頭說：「剛走不多一會兒。哦，陸相府的小姐和她的丫頭也一同走的。」

劉禹錫似乎明白什麼了，但還是禁不住要問：「知道他們上哪了麼？」

老蒼頭說：「說是上終南山呢，不過看著不像。」

劉禹錫什麼都明白了，便低頭去看自己的影子。那影子落在腳邊，短短的，好像一段燒焦的木頭。

老蒼頭見劉禹錫不再有事，就轉身進屋，「哐」的一聲把院門關了。

關門聲震醒了劉禹錫，他的肚子又適時地吟唱起來。他不由得朝遠處飄揚在土崗子上的一面酒旗望了望，下意識地按一下口袋，卻是身無分文。這才記起早上走得匆忙，忘記帶錢了。陽光雖好，卻是當不來食物，劉禹錫覺得自己太過失算了。

他垂頭喪氣地向槐樹下那匹炭火馬走去。剛走沒幾步，忽聽身後的院門又開了，隨著一路腳步聲，那個聾子蒼頭躥到了跟前，他說：「請問先生，您是不是姓劉啊？」

劉禹錫心中一陣驚喜。心想，看來必是陸小姐要懲罰我，故意藏起來了；現在見折磨得差不多，消了氣，心疼起我來了。他連忙說：「是啊，是啊，我姓劉，姓劉。」

聾子蒼頭從懷裏掏出一葉紙遞過來說：「相府小姐臨走囑咐我，說要有姓劉的來找，把這紙給他。既然您姓劉，這紙就是給您的了。」說完把紙遞給劉禹錫，重回屋去，「哐噹」一聲又將院門關上了。

劉禹錫空歡喜一場，拿了那葉紙直發愣。半晌，他才想起展開那紙，只見上面寫著兩行字：

忽見陌頭楊柳色，

悔教夫婿覓封侯。

這是王昌齡《閨怨》詩的末兩句，娟娟墨蹟，是陸小姐的手

筆。劉禹錫一碗清水看到底了，心也隨之冷了下來。他想把那葉紙撕了，卻又不忍，就折了折放進隨身背著的皮袋裏。

他慢慢向他的馬走去。那馬在悠閒地啃吃道邊的青草，有滋有味的樣子。劉禹錫的肚子再次滾過羯鼓鼓點一般的餓潮。

18

劉禹錫騎著馬沒精打彩地回城。日已過午，城裏市聲更加喧囂，顯見節日的氣氛正推向高潮。馬行更不方便了，他只好下馬步行。

劉禹錫牽著馬慢慢地走著。路兩旁一家挨一家的飯館酒樓顧客盈門，飯菜的香味一陣陣地襲擊劉禹錫的鼻孔，引得他滿嘴的口水，卻是布搭袋袋搭布，分文不名。走過南城鼓樓時，他離開鬧市，拐進一條相對清靜些的坊巷。

劉禹錫精神萎靡，加上口渴肚饑，行走開始歪歪斜斜。過晉昌坊時，不防與坊西門出來的一輛七彩牛車撞上了。幸好駕車的眼疾手快，迅速將牛勒住，要不然劉禹錫就給踩在牛蹄下了。那馭牛的是個粗壯漢子，他兩眼一瞪，吼道：「找死！」

劉禹錫剛要道歉，只聽一個跟車的丫頭驚叫起來，她說：「喲，這不是劉公子麼？」

劉禹錫有些茫然，說：「這位大姐，你……」

那丫頭說：「公子好眼鈍。我是小篆呀！」

劉禹錫這才認出來，她是嘉興上官街柳巷密春院妓女徐楚楚的婢女小篆。劉禹錫說：「嗄，原來是小篆大姐。乍一下在這兒見到，一時就想不起來了。大姐，你家小姐她……」

小篆朝後指指，又對了七彩車門說：「小姐，我們遇見劉公子了呢。」

這時門簾一挑，露出徐楚楚那張瓜子型的粉臉來。她一低眉說：「劉公子，別來無恙？」

劉禹錫一拱手說：「託小姐福還好。想必小姐也安生？」

徐楚楚苦笑一下說：「勉強吧。」又說：「公子高中進士榜首，又連登兩科，如今放了太子校書了吧？」

劉禹錫說：「慚愧，慚愧。徐小姐都知道了？」

小篆插嘴說：「我家小姐一直留心公子的消息呢。」

劉禹錫說：「徐小姐什麼時候來的長安？」

徐楚楚說：「去年重陽節下到的。」

劉禹錫驚訝道：「是麼！今又重陽，整整一年了呢。」

徐楚楚笑笑說：「這一年裏，公子真是忙啊。」

劉禹錫聽出別樣滋味來了，就說：「也不是特別忙。要說忙，也是空忙。」

徐楚楚搖搖頭說：「怎麼是空忙呢？應試啊，應酬啊，又要去見陸小姐啊。怎麼能說是空忙呢！」

劉禹錫猜不透這徐楚楚是什麼意思，但有一點可以肯定，她一直在關心自己。這就讓劉禹錫感到心裏熱乎乎的，於是他說：「不知道徐小姐也來了長安；要是知道，再怎麼忙，也要去拜會小姐的。」

徐楚楚聽劉禹錫這麼說，心裏不由一陣激動，但她不信任地搖了搖頭說：「是麼？」

劉禹錫認真地說：「是啊。」

徐楚楚說：「既如此，今日有緣巧遇，可否請公子賞光，同去寒舍一聚？」

轆轆的饑腸，落寞的情緒，加上徐楚楚的熱情，使得劉禹錫非常爽快地答應了。他說：「好啊，好啊。徐小姐的香閨是在……」

徐楚楚說：「離此不遠，就在升平坊樂遊園。」

徐楚楚說完莞爾一笑，放下繡著合歡花的七彩車門簾子。於是駕車的甩了一記響鞭，吆喝一聲，那牛車就拐向北駛去。劉禹錫稍稍猶豫一下，也就上了馬。

　　劉禹錫跟著牛車不緊不慢地走著，過昭國坊，折向東，然後是永崇坊。過了永崇坊，是升平坊。進入升平西門，向東行不多時，就是樂遊園了。

　　樂遊園原是一處離宮花園。建中四年，涇原節度使姚言令擁太尉朱泚為帝，一把火點燃了離宮和樂遊園。大火直燒了三天三夜，這裏就成了一片廢墟。後來朱泚兵敗，海內無事，附近一些居民便到這裏來開荒種菜。再後來有人在此零零星星建造些房舍，慢慢地，就成了一個居民小區。

　　徐楚楚的牛車在一帶黃土牆邊停下。劉禹錫下馬時，見土牆內有一棵燒焦了半邊的大槐樹，那半棵槐樹卻是青枝綠葉，長得非常茂盛。槐樹的一根橫枝上掛有一串繫著小銅鈴的大紅紗燈，風一吹，那銅鈴便發出細碎的丁零丁零的聲音。

　　小篆一進院子就喊：「媽媽，有貴客到了！」

　　一個四十來歲的婦人應聲從屋子裏出來。她滿臉堆笑說：「姑娘回來了。貴公子，請屋裏坐！」

　　進了屋，徐楚楚說：「媽媽，您忙您的去。劉公子是老朋友了，我會招呼他的。」一面對劉禹錫說：「我們去後院吧。」

　　劉禹錫與媽媽打個招呼，媽媽就脅肩笑道：「公子請便，公子請便。」

　　從廳屋進後院有一道矮矮的磚牆，戟門開在磚牆的偏右方；進入戟門，就是後院了。後院很小，院內也無甚花木；一叢火一樣紅的芭蕉早已意興闌珊，焦黑了半邊。正房一共三間，三間大小不等：東間最小，是書房；中間算客廳；西間最大，是臥室。三間房只客廳有門，一排四扇落地雕花櫟木門。門楣上石綠抹的門額道：景清。很顯然是楚楚小姐的手跡。

　　劉禹錫望望門額，點點頭說：「『暑退九霄淨，秋澄才景清。』在嘉興用的是『秋澄』，這兒自然就是『景清』了。很好。」

推開木門，有一股細細的甜香撲入鼻端，劉禹錫的肚子又是一番吟唱，他忍著饑餓說：「很好，很好。」

徐楚楚說：「公子，請！」

坐定之後，媽媽還是親自帶了兩個小丫頭進來伺候。她們把酒菜放上桌子，又替他們斟了酒，之後，媽媽說：「公子請慢用，還要什麼儘管吩咐。失陪了！」

劉禹錫真的餓急了，媽媽一走，他就狼吞虎嚥地吃起來。也不用人讓，他一盅一盅地喝酒，大口大口地吃菜。

徐楚楚說：「媽媽做的菜怎麼樣？合不合胃口？」

劉禹錫說：「好吃，好吃。」

劉禹錫喝酒吃菜都忙不過來，還要回答徐小姐的話，這最後一個「吃」字就說岔了氣兒。

徐楚楚吃的一笑，說：「看你，一定餓急了吧。慢慢吃，別噎著。」說著，替他揀了一塊香酥葫蘆雞。

劉禹錫不好意思地也笑了，說：「不滿你說，我還真是餓了。媽媽真是懂人心思。」

徐楚楚笑笑，說：「公子，您這是打哪兒來呀？怎麼都晌午了，還沒用飯？」

劉禹錫經一陣猛吃，餓蟲已殺，就歎口氣說：「唉，別提了，一言難盡。」就把上京師以後的情形以及跟陸小姐之間繞的圈子大概說了一遍。

徐楚楚聽完很是同情劉禹錫，同時心裏也滋生出一種莫名其妙的竊喜。她說：「哦，是這樣的。」

劉禹錫說：「徐小姐你呢？你怎麼也來了長安？」

沒等徐楚楚回答，小篆搶著說：「我家小姐還不是為……」

徐楚楚阻止小篆說：「小篆，不許胡說。」

小篆一噘嘴，低聲咕噥道：「不是麼！人家替說了又不讓。」

徐楚楚說：「說起來純屬湊巧。去年夏末，太子侍讀王叔文

王大人奉母從越州山陰北歸長安。途經嘉興時，縣令侯蔿設宴款待他母子，命院中姐妹前去侑酒。我自然也去了。宴罷，縣令單單留下我，說是王侍讀甚是憐惜我，說我一顆明珠埋沒在州縣，太可惜了，問願不願意去往京師長安發展，我……就點頭答應了。王大人很高興，就喚來媽媽，當面講妥贖金，一次付清，我就隨王大人來到長安。到長安不久，王大人又給安排了這一處的宅院，還替我各處吹噓。這樣，楚楚就在長安住了下來。」

小篆再也忍不住了，不顧徐楚楚的攔阻說：「我家小姐一來長安就到處打聽公子的消息。打聽到了，卻不敢冒冒失失去找您。今天總算老天有眼，叫牛車給撞上了。這不是公子與我家小姐有緣麼？」

劉禹錫不假思索地連說：「有緣，有緣，真是有緣呢！」

徐楚楚望望劉禹錫，抿著嘴笑。

劉禹錫說：「你們今天是打哪兒回來啊？」

徐楚楚說：「今兒戶部侍郎裴大人邀一班進士文人在曲江池小宴，特地請來幾位絕色家妓，內中徐、泗、濠節度使張建封家的關盼盼是最有名的；還有平康北裏的幾位都知、酒糾；我有幸也忝列其中。說起來比較巧的是，來的姐妹的名字全是單字疊音，除了關盼盼，有裴府的宋福福、馬蓮蓮，南曲的王蘇蘇，平康的趙鸞鸞、鄭舉舉、張住住。」

劉禹錫不由得一拍大腿說：「後悔！後悔！」

小篆給他添酒，說：「公子後悔什麼？」

徐楚楚說：「裴大人也邀請公子了吧？」

劉禹錫點點頭說：「是啊是啊。柳子厚還特地上門來約我同去呢！」

徐楚楚說：「我料想你也一定被邀的，卻沒見你。」

劉禹錫說：「見到柳宗元了？」

徐楚楚說：「見到了。」

劉禹錫說：「他沒說起我？」

徐楚楚說：「沒說起。也許那種場合他不便提起吧。」

劉禹錫說：「知道我為什麼沒去麼？」

徐楚楚一笑說：「不知道。但我想總有你的理由吧。」

劉禹錫望望徐楚楚，歎一口氣說：「宴會上一定吟詩了吧？幾位都是很有名的女詩人呢。」

徐楚楚說：「這回是鄭舉舉的酒糾，寬猛得所，酒喝了不少，詩也作了不少。」

劉禹錫說：「都做了些什麼詩？可否念幾首聽聽？」

徐楚楚說：「也記不得許多。關盼盼的一首《燕子樓》：『樓上殘燈伴曉霜，獨眠人起合歡床。相思一夜情多少，地角天涯又是長。』」

劉禹錫說：「到底是關班首，妙！」

徐楚楚說：「宋福福的一首《囉嗊曲》：『昨日勝今日，今年老去年。黃河清有日，白髮黑無緣。』」

劉禹錫說：「也不錯，只是太過悲切了些。」

徐楚楚說：「趙鸞鸞的一首《纖指》：『纖纖軟玉削春蔥，長在香羅翠袖中。惜日琵琶弦索上，分明滿甲染腥紅。』」

劉禹錫說：「這首稍稍平了些。」

徐楚楚說：「鄭舉舉的一首《自況》：『佳人惜顏色，恐逐芳菲歇。日暮出畫堂，下階拜新月。』」

劉禹錫一擊桌子說：「好個『日暮出畫堂，下階拜新月』！——說了半天，徐小姐您的呢？」

徐楚楚說：「我的是一字題《思》：『自從別後減容光，半是思郎半恨郎。欲識舊來雲髻樣，為奴開取縷金箱。』」

劉禹錫聽了嘿然無語。

徐楚楚說：「我的比不上別的姐妹的。」

劉禹錫說：「不，不不。」

　　小篆撲哧一笑說：「劉公子，您何時為我家小姐開一開縷金箱啊？」

　　這次徐楚楚沒攔阻小篆，而是笑眯眯地望著劉禹錫。劉禹錫就有些張惶，他說：「我，我，我……」

　　徐楚楚見他這樣，不免有些失望，她對小篆說：「如今劉公子已放了太子校書，哪能跟從前比呢。再說了，這滿長安城色藝雙全的紅粉佳人又何止十、百啊！」

　　劉禹錫知道她誤會了，連忙說：「不不，我不是這個意思。說句心裏話，徐小姐，夢得也時時記起小姐，思念小姐呢。」

　　徐楚楚來不及推究劉禹錫這話的可信度，就相信了他；她的情緒立時高漲了起來。她說：「公子不必多慮。其實士人、官宦乃至貴為天子的皇帝，哪個不與妓家接交？至於俊才美女，詩酒酬唱，名士名妓，相得益彰，那更為社會所推崇。公子大概也知道，當今的一些名士，就是因了名妓，才功成名就的啊。」

　　一席話，直說得劉禹錫心旌蕩漾，他連連點頭說：「知道！知道！夢得蒙徐小姐不棄，那是夢得的福份。」

　　徐楚楚見劉禹錫如此說，就不好再說。沉默了一會，她說：「不知公子是否知道王叔文王大人。這王大人深得當今太子倚重，若是公子願意結識王大人，楚楚可以為公子引薦的。」

　　這話可算說到劉禹錫心坎裏了，他忘情地一把抓住徐楚楚的手說：「多承小姐。多承！多承！」

19

　　那天，陸憶菱小姐其實並沒有去終南山；她和崔護、喜姐、丫鬟鵑兒就躲在離崔宅不遠的一片棗樹林子裏。當她看到劉禹錫要撕那葉她留給他的詩葉時，她的心先期被撕碎了。過後又見他不撕了，還把它折好放進皮袋裏，她的心又立刻修補完整，放到心的位

置。後來劉禹錫上了馬，慢慢踏上土路，陸小姐又對自己說，只要他掉轉馬頭回來，她就出去與他相會；可是他沒有。再後來她又想，只要他回過頭來望一望，有一絲依戀的目光，她也便奔出去喚他回來；可他還是沒有。她失望了。

陸小姐慢慢走出樹林，走到土路上。望著馬背上劉禹錫一搖一晃遠去的身影，她想，看來他是決絕地離她而去了。

劉禹錫一步一步走向長安城，走向仕途，走向雲譎波詭的宦海。秋天裏，在那一片無遮無攔的陽光下，一人一騎，越走越小，變成鐵鑄的，木削的，泥捏的；變成一條線，一個點，最後，連那個點也消失了。

陸小姐瞧著太陽地下自己孤獨的影子傷心地哭了。

鵑兒顧不上安慰小姐，她指著長安方向，跺著腳高聲罵道：「劉夢得，劉夢得，你個負心的賊！」

遠遠的棗樹林邊，崔護夫妻惋惜地目睹了這一幕人間悲劇。

下卷　廟堂江湖高和遠

1

天下三分明月夜，二分無賴是揚州。

揚州瘦西湖邊，在綠樹繁花的湖灣深處，有一幢小巧精緻的院落，那是淮南節度使官廨的一處別館。貞元十一年九月底邊的某一天，別館臨水的窗子被輕輕地推開。儘管開窗的動作很輕很緩慢，幾乎不發出一點聲音，還是驚飛了梅樹上的一隻幽鳴的黃鸝。那黃鸝鳥忒兒一聲飛走，失去重量的梅樹枝梢悠悠地顫動了好久好久。

窗子一打開，日光水色就落到窗下那一張獨面的黃欅木大書桌上，使得桌面彷彿壓上玻璃一樣的光亮。淮南節度掌書記劉禹錫坐到書桌前，目光迷離地望著窗外的景色出起神來。書桌一邊，僮兒劉粟在仔細地磨墨；那塊有金屬質地的奚墨在箕形的澄泥硯上作勻速圓形運動，發出嗦嗦的響聲；不一會兒，硯心慢慢聚集起散發著好聞香味的黑亮的汁液，劉粟就擱下墨，默默地退到一邊。

劉禹錫是在貞元九年秋天到東宮就職的，兩個月後他就感覺十分無聊，因為太子校書這個工作距離他入仕的理想實在太遠。兩個月後一封家書報告他父親劉緒病危，劉禹錫就請假回鄉以奉溫清。恩准之後，他一路風塵回到嘉興。回家不過一月，劉緒就亡故了，劉禹錫遂告了丁憂。兩年後，淮南節度使杜公表請他出任淮南節度掌書記。一是因為杜公原是他在京時的相知，二是掌書記這份工作可以直接參與政務，滿足他濟世的那一份焦渴，也可為今後的發展

打打基礎。有此兩點，他欣然答應了。杜公十分器重他，專門撥給了這幢別館。他一般無須上衙應卯，沒有頂臨上司的那一份惶恐，工作、生活相對比較自由，這對初次入仕的劉禹錫覺得很合胃口。

眼下有一項工作，是他到任一個月後接受的第一項任務：為杜公擬寫一份給皇上的報告。

是這麼回事：新羅國駐淮南節度的一位賀正史樸如言，想請一部《貞元廣利方》的醫書帶回國去。因這部醫書是敕賜的，而且是經皇帝親自過問搜集整理的一本驗方集子，要送給外國人，須得要跟皇帝打個招呼。於是劉禹錫就在貞元十一年八月的某一天，開始了名為《論新羅請廣利方狀》這篇文章的寫作。

劉禹錫將目光從窗外收回來，拾起雞距筆伸向硯池。他蘸了蘸墨，就在鋪開的青色藤紙上寫起來。他寫寫停停，塗塗改改，寫得很不順手。別看區區一篇《狀》，並不比寫一首律詩容易；那是要給皇上看的，至少要給皇上的侍臣秘書看，絕對不能有一絲一毫的馬虎。

劉禹錫很不滿意自己，疙疙瘩瘩地寫滿一張紙，讀一遍，便把它團掉，扔進了字紙簍。

他又鋪上一張紙重新開始。剛才扔紙團這個動作，彷彿把紛亂也扔掉了，重新開始後，他覺得順手了許多。隨著筆尖沙沙地移動，淺灰色邊框的公文紙上便有了這麼一行字：

淮南節度觀察處置等使敕賜《貞元廣利方》五卷。

這是《狀》的開頭的一般格式，相當於現代論文的主題詞，他剛才也是這麼寫的。奇怪！一行既立，文思遂通，他接著寫道：

右臣得新羅賀正使樸如言狀稱請前方一部，將歸本國者，伏以纂集神效，出自聖衷。藥必易求，疾無隱伏……

寫著寫著，漸入佳境。他繼續寫道：

> 搜方伎之秘要，拯生靈之夭瘥。坐比華胥，咸躋仁壽。遂令絕
> 域，遐聽風聲。美茲豐功，爰有誠請。臣以其久稱藩附，素混
> 車書。航海獻琛，既已通於華禮；釋痾蠲癘，豈獨隔於外區？

他很滿意「航海」、「釋痾」兩句，遂乘興又寫道：

> 正當四海為家，冀睹十全之效。

寫到這裏，他認為說理已非常全面，可以結句了，因寫道：

> 臣即欲寫付，未敢自專，謹錄奏聞。

寫畢，把筆一擱，身子朝後一靠，微微閉起了雙目。正在得
意，忽然劉三復慌慌張張地進來。

走到身邊，劉三復說：「哥，你看，邸報。」

劉禹錫睜開眼睛說：「三復，什麼事，這麼慌裏慌張的？」

劉三復說：「陸贄陸大人出事了！」

劉禹錫趕緊拿過邸報來看，果然陸贄又出事了。

陸贄因極言裴延齡譎妄，受裴的譖謗，已於去年十二月被罷
相。今年春天大旱，邊軍糧草嚴重短缺，紛紛向朝廷具事論訴。裴
延齡趁機將此事說成是陸贄因失權怨望，暗中指使張滂、李充等人
故意煽動軍心，挑撥邊軍向朝廷施加壓力。德宗聞奏，十分惱怒，
要將陸贄等四人處死，幸得諫議大夫陽城等極言論奏，皇帝念陸贄
的功勞，才改貶忠州別駕。

劉禹錫看完邸報，一時低頭無語。這時湖上刮過來一陣風，刮
得窗前的梅樹枝葉亂顫，也將桌上剛剛寫好的那篇《論新羅請廣利

方狀》刮落到了地上。

劉三復把《狀》拾起，放到桌上，用鎮紙壓住，說：「哥，你說我們該怎麼辦？」

劉禹錫說：「憶菱她不知怎麼樣呢！我最擔心的是她。」

劉三復說：「陸大人也很讓人擔心的。四十多歲的人，聽說忠州又是瘴癘之地，他怎麼熬得住？」

劉禹錫歎口氣說：「是啊，還有兩位老夫人。」

劉三復說：「哥，看來陸小姐是對的，這官還真是不當的好。」

劉禹錫瞧瞧劉三復，站起身說：「立刻收拾行囊去長安！」

2

勝業坊陸府並不像人們猜測的那樣會亂成一鍋粥；相反，非常之寧靜，寧靜得過了頭，變成了沉寂。以前陸贄為相時，整天耽於政務，清晨出，深夜歸，宅院也是安安靜靜的；但那是一種充滿生機的靜謐，靜謐之中透著高貴和顯赫。罷相以後不同了。罷相以後，陸贄驟然清閒了下來，除了上朝應卯，他差不多整天待在家裏，安靜就變成粘在心上的一塊鰾膠。如今貶了忠州別駕，聖上恩典有半個月的調任期，他連朝也不用上了；安靜成了純粹的安靜，安靜就淪落為冷落和淒清。陸贄把自己成天關在內書房裏，除了女兒憶菱和管家陸義，不准任何人進去。

內書房在汲芬閣樓下，是整座宅院最僻靜的地方。窗前有一棵又高又大的老梧桐樹，新秋的樹葉濃綠稠密，使得書房內的光線非常昏暗。這樣的環境對這時候的陸贄十分合適。

陸贄半躺在一張舊木榻上，雙目微閉，狀如靜養。其實他的腦子裏正翻江倒海，一幕幕往事在心頭激起了陣陣巨瀾：

建中元年，德宗初立，遣黜陟使十一人行天下。當時陸贄在渭南縣主簿任上。他通過黜陟使向德宗提出六項治國方略：一為五術

省風俗，二為八計聽吏治，三為三科登俊義，四為四賦經財實，五為六德保罷癢，六為五要簡官事。德宗在東宮時就已經知道陸贄的賢能，看了他的治國方略覺得很不錯，就召他為翰林學士。當時馬燧討賊河北，久戰不決，請求增援；李希烈正佔據襄城。德宗向陸贄問策，陸贄就分析了朝廷兵將的實際情況，又分析了關中形勢，提出自己的主張，德宗沒有採納，結果事態發展一如陸贄所料。

建中四年冬十月，太尉朱泚謀逆，一時天下大亂。德宗倉惶出逃奉天，陸贄等隨行。當時形勢十分危急，一日之內，詔書數百。陸贄常常終日揮毫起草，思若泉湧；寫的時候好像不經過深思熟慮，及寫成，莫不周盡事情，人人可曉。他每天的寫作量大得驚人，連書記都來不及謄抄。另幾位學士常常完不成任務，唯有陸贄沛然有餘。

為了有效地平定叛亂，陸贄建議並動員德宗發表罪己詔書。德宗思考再三，最後採納了陸贄的意見。為此，陸贄寫下了聞名天下且傳之後世的《奉天改元大赦制》。詔書頒行到各地，將士們聽了，無不為之感動得涕淚橫流。於是齊心協力，沒多少時日，就把叛軍平定了。

就這樣，德宗對陸贄越來越倚重，甚至於陸贄因事不在跟前，他就心神不寧，直到陸贄到來方才安心。

但平叛回京師以後，德宗對陸贄漸漸有些不耐煩了，認為他整天在耳邊勸這勸那，很是討厭。這時裴延齡來到德宗身邊。這裴延齡每每奏對的都是些荒誕詭譎的話，眾人連聽都沒聽說過。德宗也知道他的誕妄，但因為他善於奉迎，又夾帶說些其他朝臣的壞話，聽起來很新鮮，所以依然很喜歡他。比如說，德宗要修神龍寺，須得要一根五丈長的松木，卻仿求不到。裴延齡說，他見到同州一個山谷裏長著八丈長的松樹有近千棵。德宗說，開元、天寶年間造皇宮時遍求佳木而不可得，現在怎麼有那麼多？裴延齡說，天生珍材是等待聖君的。開元、天寶怎麼能跟聖上您比呢？又奏說，近來因檢閱使置簿書，在糞土中挖得白銀十三萬兩，緞匹雜貨百萬有餘。這些

都是已棄之物，可以算作「羨餘」，移入雜庫供內庭使用。德宗竟然信以為真。當然，裴延齡心裏明白，他扯了多大一個彌天大謊。為了圓謊，他就加緊收刮甚至搶奪，打的當然是皇家的旗號，曰：敕索。朝臣們都不敢言；獨鹽鐵轉運使張滂、京兆尹李充、司農少卿李銑和宰相陸贄敢於揭穿他的謊言。但德宗不聽，反而更加重用裴延齡。

裴延齡有德宗庇護，就開始反撲。他在德宗面前不斷地說陸贄的壞話。開始，德宗不太在意，只是有些不悅，時間一久，也就惱怒起來，終於在去年十二月解除了陸贄的宰相職務。今年由於春天大旱，糧食歉收，邊軍糧草嚴重短缺，陸贄忍不住又具事論訴，再次遭裴延齡誣陷。他又被免去太子賓客一職，遠貶忠州……

陸贄想著這些往事，不免有些委屈，有些怨恨，有些失望，有些悲傷，他自言自語地說：「唉！悔不該不聽菱兒的勸說，在平定朱泚回長安後，是該離皇上遠一些的。過份的忠心換來什麼呢？差一點送命！」

陸贄想：忠州是瘴癘之地，我四十多歲的衰敗之體知道經受得起，經受不起？

陸贄又想：自古伴君如同伴虎，這是一條明明白白的道理，什麼屈平，什麼賈長沙，沒有一個好下場的。可為什麼還有那麼許多人重蹈覆轍？可悲啊……

他的耳邊想起一個聲音：「老爺，喝一點粥吧。您已經兩天沒吃一點東西了。」

陸贄側過臉一看，見是總管陸義。陸義手裏捧一個木盤，盤內一隻青花小盞，盞裏是綠盈盈的碧粳雞粥。

陸義身後站著陸憶菱小姐。是陸義求陸小姐一同來勸陸贄進食的。兩位夫人都來勸過了，不管用，陸義只好去求陸小姐。

陸贄望望女兒，又要把頭側過去，陸小姐說：「爹！」

陸小姐跪下了。陸贄心裏一疼，要起身來扶她，卻因一陣頭暈重又倒下了。陸小姐趕緊起來扶住陸贄說：「爹，怨恨、悲哀都應

當過去了。仔細想想，這倒不失是個機會；忠州雖不是好地方，畢竟可以遠離長安啊。」

陸贄這時候看起自己的女兒來，就好像看著一位老師，他的心裏頓時平靜了許多。

陸小姐說：「爹，你應當吃一點東西了。這粥是餵給自己肚子的，不是餵給朝廷的。」

陸小姐舀了一匙粥送到陸贄嘴邊，陸贄就聽話地吃了。

陸義鬆了一口氣，笑著朝陸小姐點點頭。

陸小姐一邊餵粥一邊說：「爹，朝廷方面的事您就不用多想了；想也是白想。現在該考慮考慮去忠州，家裏如何安排了。」

陸贄歎口氣正要說什麼，僕人來稟報，大通坊柳府的柳宗元相公來給老爺請安。陸贄聽了，彷彿有一縷陽光照進了心裏，他的眼睛亮了一下說：「快快有請！」

3

陸小姐勸慰她父親似乎很容易，三言兩語要言不煩就說到了點子上。其實她的內心一樣充滿矛盾、悵惘、淒涼和怨憤，甚至她有更深一層的悲哀和憐憫。她搞不懂男人們究竟怎麼了，除了功名就沒別的路可走了麼？上祖們屢試不中的就不去說了；祖父陸侃差不多考了大半輩子，才得到溧陽令這麼一個小官。小官當了不久，因不堪勞累死在了任上，直到父親當上宰相，才被追贈禮部尚書這麼一個虛銜。叔父陸贄也是一門心思想作官，卻考了一世也沒考上，一生鬱鬱，沒過過一天開心的日子；好像不為官作宰，就白來這世上一遭似的。

她於是很自然地想到了劉禹錫。早在五六年前吧，她就聽父親說起劉禹錫，未曾謀面，一個少年才俊的形象就無形中矗立在她心裏。後來斷斷續續讀到他的一些詩作，劉禹錫的形象得到充實，形貌自然由她想像而成。前年她回鄉祭祖，終於在鴛鴦湖見到劉禹

錫，實際的形貌與她想像的居然一模一樣！她一下失去了自我，而有了那繾綣風流的一夜之情。

現在回過頭去審視兩年前的那一場相會，實際的劉禹錫和想像的劉禹錫還是有相當距離的，只是當時自己為熱情所挾持，忽略或者根本不去細察他們之間的距離或者說差異。事實上當她以白行簡的《大樂賦》借作理論依據，勸說劉禹錫遠離功名，而又以《大樂賦》作說詞自薦枕席，企圖鞏固這種勸說時，已經察覺到了他倆之間無法消除的距離和很難抹去的差異，但她自覺不自覺地將它忽略了。

後來的事實證實了她的這種感覺。所以去年秋天，在南郊村崔護家門前的大路上，劉禹錫沒有回馬，也沒有回頭，那其實是很自然的事。陸小姐此後就把心涼了下來。

令人費解的是，事至今日，當陸贄終於宦海沉船之後，按一般邏輯，陸小姐對劉禹錫應當更加冷淡，然而奇怪，現在她反而比任何時候都要思念劉禹錫。當然，她也明白，思念歸思念，事實是事實，劉禹錫遠在揚州，即使真想見他也夠不著。況且據傳來的消息，劉禹錫深得淮南節度使杜公的賞識；杜公曾諷喻太子給予重用，大約用不了多久，他就會回長安，擔任比太子校書重要得多的職務的吧。唉，看來一切都將成為泡影了。陸小姐想到此間，不由自言自語地說：「碧水浩浩雲茫茫，美人不來空斷腸呀！」

陸小姐正自思自歎，忽見鵑兒領了一個人匆匆上樓來了。那人是南郊村崔護的妻子喜姐。

自打父親出事之後，她還未見到過喜姐，一見之下，先是十分歡喜，臉上漾著笑的樣子，可沒等笑容完成，心中滾過一陣悽楚，那淚珠兒就撲簌簌滾落下來。她一下撲入喜姐懷裏哭了起來。

喜姐由不得也掛下眼淚；她拍拍陸小姐的背心說：「菱妹，菱妹，我今兒來是要報告你一個好消息的。」

陸小姐抽抽噎噎地說：「還能……有……什麼……好……消息？不會有……好消……息了。」

喜姐攙扶陸小姐坐到椅子上，說：「劉禹錫來長安了。」

這的確可以算得上是好消息。這消息給陸小姐陰霾的心情劃開一道亮色，她抬起淚眼說：「他真的來長安了？」

喜姐笑著點點頭說：「真的來長安了。這下你該高興些了吧？」

陸小姐非但沒有高興，反而又哭了起來。她哽哽咽咽地說：「他來……長安……跟我有……什麼……關係……」

喜姐說：「這不，說氣話了不是！告訴你，劉公子是為相爺和你特地從揚州趕來的。」

陸小姐有些不相信地搖搖頭。

喜姐說：「千真萬確是這樣的。昨兒他上我家了。」

陸小姐聽了這句，心就定了下來，也暖了過來。她用手絹拭著淚說：「他說些什麼了沒有？」

喜姐說：「他說他看了邸報，在揚州一刻也待不住了。他說他擔心相爺，更擔心你，又不敢貿然來見你，所以懇求我先來一趟府上。他說他對不起你，請求你能寬恕他。說你要是不再記恨他了，他就馬上來見你。」

陸小姐又流淚了。這回流的是開心的淚水。她說：「夢得，夢得，你，你沒有忘了我啊。」

4

劉禹錫這次是悄悄回的長安。為這「悄悄」二字，他謝絕了杜公的官船，寧肯自己租了一條小舟，晝夜兼程。到了長安，他又悄悄雇了一輛驢車直奔大通坊柳宗元家。

彼時柳宗元的母親盧氏夫人已經去世，柳宗元又文場不利閒居在家，劉禹錫的到來，使他倍感親切。

住在柳家的幾天裏，柳宗元把他瞭解的朝廷年來發生的一些事告訴劉禹錫。兩人就整宿整宿地分析研究各種政治勢力的消長，

朝廷政策的流向，以及如何能使自己（特別是已入仕途的劉禹錫）儘快進入政治核心，為國效力。當然任何分析研究最終都不會有結果；一個現實的問題是：劉禹錫該不該去陸府？這似乎不是個問題，因為這是他此行的目的。但是柳宗元說，你專程從揚州跑到長安，為的是安慰一個貶了官的過期宰相，朝廷會怎麼看呢？可到了長安又不去陸府，良心上怎麼說得過去。說到底，陸贄終究是劉、柳二人心目中賢臣的典範啊！

反復商量的結果是，避免招搖，兩人間錯開了去陸府；柳宗元上午去，劉禹錫下午去。

這會兒劉禹錫先去親仁坊京兆尹李府。

京兆尹李充正忙著搬家。僕人使女裝箱籠的裝箱籠，搬硬器的搬硬器；大門口停了好幾輛馬車和牛車。一位管家在走來走去地指揮；院子裏破靴子、空罐子扔的到處都是。

李充的兩位太太在搬空的上房裏哭泣。革了職的李充科著頭敞著胸在書房裏喝酒，邊喝邊高腔大嗓地罵昏君。劉禹錫在偵破楊崇義一案時，曾被李充譽為「無官之官」，倍受其推重，也算有一份師恩吧。現在他來看望李充，是他不忘滴水之恩的一點意思。

劉禹錫來李府已免去了通稟，事實上也已無稟可通；他問了一下管家，就直接來到了書房。

李充是個身材魁偉的紅臉漢子，這會兒喝了酒，臉更成了豬肝色。劉禹錫進書房時，李充已將嗓門喊啞了，正瞪起兩個血紅的眼珠子盯住牆上懸掛的一塊匾額。匾額上有御書的兩個大字：菁莪。

見到這兩個字，李充像老鴰叫一樣笑起來。笑聲又像是有人在不斷地撕碎一塊綢料。他邊笑邊說：「菁莪。好，菁菁者莪，樂育也。好，好，好你個狗屁！來人！來人！」

聞聲跑進來一個僕人。僕人說：「老爺，什麼事？」

李充說：「給我把這勞什子拿下來劈了。劈了拿去煨狗肉！」

僕人為難地說：「老爺，這是皇上的御匾。這……」

李充說：「什麼御匾，狗屁！」

僕人望望劉禹錫，劉禹錫給他使個眼色。僕人領來幾個同夥，搬來一架木梯，爬上去把匾額摘了下來。僕人們把御匾抬走了，李充也瞧見了劉禹錫。一見劉禹錫，彷彿見到了最親的親人，李充像個孩子一樣拉著劉禹錫的手嗚嗚地哭起來。

5

劉禹錫從李府出來，剛要上馬，只見路邊一棵大槐樹後走出來一個青年將他攔下了。看樣子那青年已守候多時了，他一邊攔馬，一邊跺著蹲麻了的兩條腿。劉禹錫認識那人，他是裴延齡跟前的小二爺名叫裴宏。一見之下，劉禹錫有些詫異，說：「裴二爺，您怎麼在這兒？」

裴宏說：「我家老爺讓我來找劉大人，我在這兒已經恭候您多時了。」

劉禹錫不免有些吃驚，也有些不快，說：「你怎麼知道我在這裏？」

裴宏笑笑沒正面回答，他說：「劉大人，我家老爺原本命我去揚州請您的，現在您既然來了京師，就省我一趟遠差了。」

劉禹錫說：「裴大人急著找我有什麼事麼？」

裴宏說：「我也不知道。我只是奉命找到您，把您請回府去。劉大人，請吧！」

裴宏從近邊的一條巷子裏牽出一頭花斑驢，於是兩人上驢子上馬，一徑來到永嘉坊戶部尚書府。

在廳上迎接劉禹錫的是裴延齡的堂侄、劉禹錫的同鄉好友裴昌禹。他倆自前年一同來長安後只見過很少幾次面，劉禹錫任太子校書後就連音訊也不大通了。他倆心裏都明白那是為什麼。現在見面，彼此都顯得有些生疏。因為生疏，就反而比從前客氣了許多。

裴昌禹拱著手說：「夢得兄，家叔因聖上臨時有事被竇公公叫走了，他讓我先陪兄長說說話。夢得兄，請！」

劉禹錫說：「裴兄請。」

你請我請到椅子上坐下，僕人送過香茗，一時都找不到話題。其實彼此要說的話真是太多太多，但有些話不願說，有些話不便說，有些話不忍說；有些話說了等於沒說，有些話說了比不說還不好，有些話只有讓行動來說。於是就出現了冷場。冷場並沒有使兩人感到不安，因為不一會兒兩人的思緒變成了兩條時而平行時而交織的溪流。

裴昌禹自打南郊村受辱之後，一顆心足足冷了有三個月。三個月後，心又一點一點溫過來，慢慢地，對陸小姐的思念之苦與日俱增；只是沒有勇氣再去找她了。陸贄出事以後，裴昌禹急得不得了，他無法想像陸小姐這幾天過的是什麼日子。因此，他十分痛恨兩個人。一個當然是他的堂叔裴延齡。可是他明白，官場上的事情很多時候是無是非可言的。他想他唯一能做到的是儘快離開裴府。但是搬出裴府，在長安，他無處可以安身；即便有地方安身，他又如何向堂叔說明搬走的理由呢？要乾脆就離開長安回家，可他又放心不下陸小姐。於是他從痛恨堂叔轉換到痛恨另一個人，這個人就是劉禹錫。他不知道劉、陸的戀情已發展到什麼程度，但他知道陸小姐身心都繫定了劉禹錫，而這個該死的劉禹錫卻繫定著功名，來長安後居然一次也沒去找過陸小姐。如果劉禹錫一旦與陸小姐成就姻緣，裴昌禹心裏不知道會嫉妒成什麼樣子，但現在裴昌禹最大的願望是有個陸小姐能接受的人跑去安慰她，使她能撐過這段難捱的日子，而這個人捨劉禹錫沒有第二個。

裴昌禹望著坐在一邊的劉禹錫，恨不能趕過去搧他兩個大嘴巴，但裴昌禹卻冷冷地坐著。

與裴昌禹一樣，劉禹錫此刻也在想陸小姐。他心中迴旋不去的是一個字：悔。他悔不該太顧及自己的面子，太要強，以致失去了和陸小姐溝通的機會。他想他其實應當一到長安就去拜見陸贄的；

如果可能的話，他還應當借住在相府。從後來的情形看，這種可能是非常大的。要是他果真借住相府，他就可以與陸小姐朝夕相處。朝夕相處，卿我之餘，他不信勸不轉陸小姐。只要陸小姐放棄她可笑的擇婿標準，他們就會有一個圓滿的結局。而且有陸贄這麼一個宰相丈人，他劉禹錫說不定早進入了政治中心；翁婿聯手，陸贄也不一定會落得罷相遠貶的悲慘下場。

　　當然，現在是說什麼也晚了。他猜不透眼下的陸小姐會是什麼想法；在他，是仍然愛著陸小姐的。他分析陸小姐現在的思想：一是父親的罷相遠貶，促使她對官場更加厭惡。要是這樣，劉禹錫與她就論不到嫁娶了。二是相反，陸小姐出於對父親的摯愛和不甘心家庭的沒落，決心要借助一股力量來挽回父親的政治命運。而最有希望擁有這力量的是他，目前尚是暗礁一般的劉禹錫。要是陸小姐真是後一種想法，他可以說通陸家，與陸小姐秘密訂婚，然後他可以一門心思地走入政治核心。他堅信，通過他的努力，他一定會進入這個核心的。到那個時候，他的政治抱負得以實現，陸贄官復原職也就水到渠成，易如反掌了。

　　不管陸小姐是哪種想法，劉禹錫覺得他都應當去一趟陸府。他從揚州千里迢迢來長安，原本是要相會陸小姐的，只是動身之初沒像現在這樣考慮得全面。這樣的深思熟慮，是他與柳宗元長談之後形成的。剛才去見李充的過程中，這種想法就更加牢固了。不想剛出李府，就讓裴延齡盯上了，這使他感受到了宦海的險惡。他想裴延齡這麼快就知道了他的行蹤，並且派人跟蹤，那他肯定知道自己跟陸贄的關係，知道跟陸小姐的關係，他會怎麼看自己？怎麼對待自己？想到這些，他不由自主轉過臉去看裴昌禹，裴昌禹也正好在看他，四目相接，雙方都躲避了一下，之後，都笑了。

　　裴昌禹終於打破冷場說：「夢得兄，你我前年在這裏見面之後，已有兩年多沒見了吧。」

　　劉禹錫還在想，裴延齡找他來是不是要威脅他，給他一點屬

害臊臊？聽裴昌禹跟他說話，他支應地說：「是啊，兩年多沒見著了。長安這麼大，見不著也正常。」

裴昌禹說：「可是從前在家鄉，我們聯牆而居，朝夕相處，就同親兄弟似的。」

劉禹錫還在想，裴延齡會不會是要拉攏他？會不會讓他提供陸贄什麼情況？見裴昌禹提起從前，就說：「如今不比從前了，裴兄不是住在裴大人家麼？」

劉禹錫這話是無心說出的，裴昌禹卻聽出了弦外之音。他解釋說：「那是因為他是我叔啊。」

這近乎廢話的解釋卻讓劉禹錫悟到自己剛才這話的譏諷意味，因而想，這一切會不會跟裴昌禹有關？可嘴上卻說：「是的，裴大人是你堂叔，你不住堂叔家還能住哪家？」

這話也是解釋，可聽起來似乎譏諷味更足，但裴昌禹不再計較，他說：「可我想搬出去住，卻一時不知搬往何處。」

劉禹錫心裏說，你得了吧。口裏卻說：「這又何必呢？」

裴昌禹說：「劉兄，我想你應當去陸府求親。」

劉禹錫不相信自己的耳朵，說：「你你，你說什麼？」

裴昌禹說：「我說你應當馬上去陸府求親。」

劉禹錫說：「為什麼？」

裴昌禹說：「這還用問麼？你心裏應該清楚。」

劉禹錫說：「我不清楚。」

裴昌禹冷笑一聲說：「怕影響前程？」

劉禹錫說：「不，不怕。要怕，我幹麼來長安！」

裴昌禹想想也是，就推心置腹地說：「夢得兄，陸小姐現在最需要一個人去安慰她，而這個人就是你。」

劉禹錫脫口說：「那你呢？」

裴昌禹說：「我也希望能去，可陸小姐需要的是你。你愛她麼？你說說，你到底愛不愛她？」

劉禹錫說：「這對於你，很重要麼？」

裴昌禹說：「是的，很重要。」

劉禹錫歎口氣說：「可是憶菱她不愛熱衷於功名的人。」

裴昌禹說：「這還不簡單！為了她，你就不做這官算了。」

劉禹錫冷笑一聲說：「你認為可能麼？」

裴昌禹望望劉禹錫，搖了搖頭說：「劉兄，恕小弟失陪了。」

裴昌禹說完，抬身往內去了。劉禹錫說：「哎哎，裴兄，裴兄！」

現在空落落的大廳上只剩下劉禹錫一個人了，也不見僕人來答應他，他簡直不知道自己該怎麼辦了。

<h2 style="text-align:center">6</h2>

還算湊巧的是裴昌禹前腳走，裴延齡後腳就回府了。裴延齡大步走進院子，一邊把手裏的馬鞭交給僕人，一邊朗聲大笑說：「劉賢禊，讓你久等了！」

劉禹錫正在廳上尷尬，一聲「劉賢禊」立刻把他給拯救出來，同時先前的疑懼也一掃而空了。他站起身迎上去說：「裴大人，學生本當一到京師就要來給大人請安的，只是被幾個同年纏住脫不開身。今蒙呼喚，大人一定見怪了吧？」

裴延齡說：「哪裡哪裡，老夫也是過來人麼。你們年輕人經年不見，是該好好聚聚的。劉賢侄坐，坐！」

坐定之後，裴延齡很關切地說：「賢禊這一陣在揚州還好吧？杜公可是很重人才的喲。」

劉禹錫說：「杜公的確不錯，學生在那裏過的很好。」

裴延齡說：「這就好，我也放心了。」停了停又說：「現在說說也無妨了。去年你通過吏部考試後，我曾建議聖上給你一個較高的職位，李充也認為你有無官之官的才能，希望朝廷給一個有實權

的官職，聖上表示可以考慮。但後來不知何故，放了太子校書。顯然是有人從中作梗了。不過我想，也好，太子校書雖是個閒職，但在東宮多少可以感受一下朝廷的氣氛，今後再襲實際官職就有了基礎。再後賢禊回鄉盡孝，這是天倫，不好勸阻，不久就丁憂了。現在又經淮南節度使衙門的歷煉，老夫覺得火候已夠。怎麼樣，有沒有考慮回長安？只要你願意，一切事情由老夫替你安排。」

一席話說得劉禹錫心裏熱乎乎的。心想，如此善解人意又樂意助人的人，怎麼可能與「資苛刻，劫於利，專剝下附上，肆騁譎怪」聯繫在一起呢？事後，劉禹錫細細咀嚼裴延齡的話，除了有人從中作梗可能是指陸贄而有挑撥嫌疑外，通篇都流動著善意和關懷啊。

劉禹錫感激地說：「蒙大人錯愛，待夢得丁憂期滿一定回長安，到時自然要請大人提攜的。以後還請大人多多指教呢！」

裴延齡手一擺說：「提攜是自然的，為國舉賢，老夫義不容辭。至於指教，萬不敢當；後生可畏呀！後生可畏，國家才欣欣向榮啊。」

聽裴延齡如此說，劉禹錫差不多把他當成聖人了。

裴延齡忽然神情一變，說話開始有些支支吾吾。他說：「只是我聽說……」

劉禹錫意識到繞了半天圈子，擔心的事還是沒法回避，他只得問：「大人聽說什麼了？」

裴延齡望著劉禹錫說：「我聽說賢禊這次來，是專為陸贄？」

這回輪到劉禹錫支吾了，他說：「這個麼……這個……大人您知道，陸贄是夢得的鄉賢，夢得……」

裴延齡擺擺手，讓劉禹錫不用解釋。他笑笑說：「去陸府拜會一下，安慰安慰，也是人之常情，原也無可厚非。唉，陸贄的確是個人才啊。你想想，朱泚謀逆，要不是陸贄替聖上草擬那一份罪己的詔書，能這麼快將逆賊平定麼？還有那麼多的善政，使老百姓得到那麼多的實惠，大半也是他陸贄的勞績。可是陸贄這人太自以

為是了，太要強，太愛出風頭。他自比賈誼，說什麼『吾上不負天子，下不負吾所學，不恤其他』。甚至在大庭廣眾下不給聖上面子，還自以為『事有不可，極言無隱』，未免太張狂了。劉賢姪想想，為人臣子，聖上是可以得罪的麼？罷相之後，他不思改悔，又唆使張滂、李充挑撥邊軍鬧事，你說那還能有好果子吃？這次不死，貶官忠州就算他命大福大了。唉！」

一篇話撲朔迷離，劉禹錫就鬧不清誰真誰假誰對誰錯了。

裴延齡又說：「我明白，劉賢姪去陸府主要是鄉情，還有愛情。鄉情愛情都不過份麼。只是目下正值皇上盛怒，還是應當謹慎些為好。」

劉禹錫聽了一愣，心想，裴延齡連他和陸小姐的事也知道了，大概沒什麼別的事他不知道的了，於是只有唯唯而已。

正說著，管家來稟告酒宴已經齊備，裴延齡就笑著站起身說：「賢婿，老夫略備水酒，也算為賢婿洗一個馬後炮的塵吧。」

劉禹錫還未從迷惘中清醒，他糊裏糊塗地站起身，也不會客氣了，說：「是是，是是。」

7

長安的夜晚是非常寂靜的，尤其是秋夜蟲鳴唧唧的時候。勝業坊陸府鸎澤樓，如豆的燈檠化開一個小小光暈。陸小姐站在遠離光暈的窗邊，望著天邊懸掛的一彎新月。

劉禹錫的再度失約，猶如一盆冰水灌頂而下，陸小姐的心徹底涼透了。

鵑兒在黑暗裏說：「小姐，夜深了，涼浸浸的，別凍著了身子，還是睡了吧。」

陸小姐只是長吁短歎，不回答，也不動一動身子。

鵑兒恨恨地說：「都是劉夢得這個負心賊！八成他是另有新歡

了。」

陸小姐說：「鵬兒，你別瞎說。我知道他不是那種人。」

鵬兒說：「那他為什麼幾次三番失約？這次還說是專程來的呢！」

陸小姐說：「一定又有什麼節外生枝的事情發生了。」

鵬兒說：「如果他真是一心一意要來，能有什麼事情能擋住他！」

陸小姐歎口氣說：「鵬兒，這你就不懂了。朝廷好比是一張網，大小官吏就是大大小小的魚，都叫網網著哪。」

鵬兒說：「他要是深愛小姐，就該不管這網。」

陸小姐笑笑說：「他能不管麼？我知道他心裏有我，可他心裏更有前程啊。」

鵬兒說：「可是……」

陸小姐說：「好了，咱別說了。不來就不來吧。睡，睡睡。」

說睡，陸小姐的身子卻不聽使喚，腳剛一挪動，就禁不住哎呀之聲。鵬兒慌忙過來攙扶她說：「小姐，小姐，你怎麼了？一定是站了這半天，腿腳站麻了。」

的確是腿腳站麻。鵬兒架著她一拐一拐走到床邊，她就一頭捧到了床上，兩個腳就像有無數小蟲子在叮咬一樣。

鵬兒剛要服侍陸小姐睡下，羅氏夫人上樓來了。

陸小姐讓了她母親，說：「娘，你還沒睡？」

羅氏夫人在椅子上坐下說：「我兒，娘哪裡睡得著！我料你也沒睡，就上你這兒來聊聊。」

這麼說著，羅氏夫人的眼淚就下來了。

陸小姐說：「娘，你也不用再這麼悲傷了。事已定局，傷心就多餘了。爹不日就要啟程，還是安排安排家計要緊。」

一丟開劉禹錫，陸小姐的思路就十分清晰了。

羅氏夫人說：「正是與你爹爭執不了呢。他一定不讓我伴他去

忠州；說忠州地方十分蠻荒，又多瘴癘，他一個人帶上陸義就行了。他說他惹的禍，他一個人頂著就是了，怎麼可以連累妻孥？可是你爹四十多歲的人了，身體又不好，千山萬水的，我怎麼放心得下？」

陸小姐說：「娘，爹的脾氣你是知道的，他一旦定下什麼事，誰也改變不了的。」

羅氏夫人抹抹眼淚說：「可是我真的很擔心他，萬一……」

陸小姐從枕邊抽出一方素帕替母親拭淚，一面寬慰她說：「娘，忠州雖是蠻荒之地，府衙條件不至於差到哪兒的。以你的身體隨行，一路上沒准倒可能成為累贅。我想最好是請姨娘隨爹爹同行；姨娘年輕，身體又好，就不知她願不願意。」

羅氏夫人說：「她倒也口口聲聲說願意陪你爹去的。」

陸小姐說：「這就好。娘，有姨娘陪伴爹，你就可以放心了。」

羅氏夫人說：「可你爹也不讓你姨娘陪去呢。」

陸小姐說：「娘，這個你不用擔心，我會說服爹的。」

8

已是深秋天氣，長安城西南，清明渠邊，通往四川的驛站一片蕭瑟。一株歪脖子柳樹，兩輛青布車，幾匹瘦花馬；西風捲起滿地的黃葉，發出沙沙的響聲。

隨行送行的除了妻兒侍妾丫鬟僮仆，只有一個一大清早就上門來的裴昌禹。

裴昌禹是懷著忐忑不安去勝業坊陸府的；出門時猶猶豫豫，曉星還亮在天邊。這回不用叩門也不用通稟了，因為陸府大門敞著，也沒有看門的僕人，裴昌禹只是很隨便地走了進去。隨隨便便走進去的裴昌禹就嗅到了一股泛黃的衰敗氣息，他的心中酸了一下，眼內不由冒上來一片淚霧。

院子裏車馬已裝備整齊，出行送行的卻抱著團在大廳上哭泣。

裴昌禹的到來，使得悲傷有了一個休止的機會。

陸府除了陸小姐、鷗兒主僕，包括陸贄在內誰也不認識裴昌禹。在這種情行下，陸小姐見到裴昌禹就好似見到久別的親人，鷗兒也是的。鷗兒除了親切，還有一份愧疚和感激。鷗兒遂向老爺、夫人介紹了裴昌禹。簡括的介紹立刻喚起陸贄的回憶。一個人走向人生低谷時，他的回憶會特別的靈動。

陸贄說：「您就是裴昌禹？您就是裴延年的兒子？」

裴昌禹說：「是的，伯父。」

陸贄不合時宜地說：「我記得，我們兩家好像有過口頭婚約的。還是顧況見證的呢。」

數年來，裴昌禹一直在想通過什麼途徑面見陸贄，又通過什麼方式喚起陸贄對那樁婚約的回憶，不料今天在這樣一種場合，在他尚未有思想準備的情況下，陸贄自己就說了出來。他心裏流過一道複雜的泉流，就瞟了一眼陸小姐說：「是的，伯父。先母在世時告訴我，她還保存著當年那張圖紙呢。」

陸贄說：「那，那你們為什麼一直不來找我們？」

陸贄這話聽起來似乎是他一直記得這口頭婚約，一直在等裴家上門踐約，其實他不是這個意思。他的意思只是字面上的，是對裴昌禹今天來送行的一種感激方式。裴昌禹沒聽出來。他當然聽不出來。他不免有些後悔，說：「我，我這不是來了麼？」

這句話的指向也很模糊。它可以理解為我今天上門踐約來了，也可以理解為字面意思，我今天來找你們，為你們送行來了。用這樣模棱兩可的話來回答陸贄同樣模棱兩可的問話，既是隨機性的，又似乎很具匠心。

陸贄也聽懂了，他說：「謝謝裴賢侄。謝謝，謝謝。」

裴昌禹說：「伯父，今天當著您的面，小侄有一個請求——」

裴昌禹說了半句停下了，似乎下麵的話很難啟齒。按常規思路，裴昌禹會請求什麼，在場的都應該知道，但他們都很平靜。

　　裴昌禹並無深意，他只是停等了一下，他說：「小侄請求伯母和世妹今後遇到什麼問題，請她們一定要來找我，小侄一定會盡全力幫助她們的。伯父，您說行麼？」

　　想不到會是這麼一個請求！於是陸贄全家都被感動了。

　　陸贄連說：「行，行，行，怎麼不行！」

　　兩位夫人一人一邊拉住裴昌禹的手說：「謝謝賢侄，謝謝賢侄。」

　　陸小姐不無含情地望著裴昌禹說：「裴世兄，難為你能說出這樣的話。憶菱前此多有得罪，望世兄寬諒。」

　　裴昌禹說：「世妹說哪裡話，只求世妹不嫌棄昌禹，就是昌禹的造化了。」

　　陸小姐和裴昌禹的話，除了鵑兒，誰也沒聽懂，他們只得附和陸小姐說：「真是難為裴賢侄了。」

　　當一行人出安化門迤邐來到清明渠驛站時，天忽然陰了下來。分別在即，人們的心也跟這天氣一樣，非常的陰沉。

　　陸贄穿著深緋色官服，腰上是十一誇的金帶（他已與紫袍玉帶無緣了），繫著青灰色繚綾披風，頭戴二梁冠（少了一梁），腳穿烏皮六合靴，臉色土黃，腫著眼圈在向長安城方向眺望。

　　羅氏夫人說：「老爺，你就別再指望了，沒有人會來送行的了。」

　　羅氏夫人的話誰都明白，她所說的指望是指同僚和屬下的官員。同僚中跟陸贄敵對的正在彈冠相慶，當然不會來送行；跟陸贄意氣相投的，比如陽城、鄭餘慶輩，也都程度不同地遭到了貶、降，他們自顧不暇，要送行也來不了。至於屬下官員，又有誰願意來湊這份淒涼呢？

　　陸贄失望地收回目光，對陸小姐說：「菱兒，為父此去不定幾年可以回京師，你要好好照顧你娘。唉！她病歪歪的，我實在放心不下。」

陸小姐眼淚下來了，她說：「爹，你放心好了，我會悉心侍奉母親的。」

陸贄說：「菱兒，你也年紀不小了，都二十四了吧？我們陸家一向對子女的婚姻不持包辦態度，可是你也該抓緊些才好，我此去最牽掛的就是這樁事情了。」

陸贄說著，將目光掃了一下裴昌禹。裴昌禹的臉就一熱，一顆心怦怦地劇跳起來。

陸贄說：「菱兒，我知道你心裏想著誰。可是你要明白，照眼下的情形，看來是不大可能的了。那個人的心思我清楚，他的確很喜歡你，可是他辦不到娶你。你就實際一些吧。」

陸小姐扭開臉，流著淚說：「爹，您就別說了。我……不嫁也罷。」

陸贄對裴昌禹說：「裴賢侄，我家憶菱脾氣不好，往後你得多擔待她一些。」

這話的意思非常明確了，但是受過幾次挫折的裴昌禹不敢過份自信。他瞅一眼陸小姐說：「伯父放心，我會盡力幫助世妹的；要是她心情不好，我會替她排解，決不會計較她的。」

這話回答的很機智，陸贄點點頭說：「讓賢侄費心了。」

這麼說著，管家陸義來請上車，陸贄再次將目光投向長安城。巍巍的長安城城頭，幾面鑲著紅邊的黃龍旗在迎風漫捲，陸贄的目光裏就充滿了失望和悲傷。

羅氏夫人說：「老爺，別再指望朝廷了，因為朝廷已不再指望你。我算是把這個朝廷看透了，它說要你就要你；它說不要，就把你當一堆乾狗屎一腳踢開了。」

陸贄說：「看來我的夢是該醒了。」

陸小姐望著父親，覺得父親真是可憐。她說：「爹，我和娘等著您掛印歸來。我盼望著有一天咱全家回轉家鄉，在駕鴦湖邊過上自由自在的平民生活。」

陸贄笑笑說：「我想也許要不了多久，我會滿足你——」

陸贄的話突然卡殼了。他眼睛一亮，手一指，高聲說：「你們看！」

眾人隨著陸贄手指的方向望去，只見滾滾黃塵裏，有一匹黑馬正從長安城飛馳而來。

黑馬來到跟前，從馬鞍上皮球一樣滾下來一個人。陸贄一看，來人是東宮太子駕前的小黃門卜公公。

卜公公搶上一步給陸贄施禮，氣喘吁吁地說：「太子千歲爺命奴才送行來遲，望陸大人不要見怪。」

陸贄急忙扶起卜公公，滴著淚說：「蒙太子殿下惦記，又勞公公風塵僕僕趕來，罪臣陸贄萬不敢當的！」

卜公公說：「千歲口諭：陸贄忠心為國，功不可抹，暫去忠州，望好自為之。」

陸贄一家在西風塵埃中跪成一片；陸贄說：「罪臣多年沐浴皇恩，豈敢生半點怨望。請太子殿下放心！」

卜公公笑著扶起陸贄說：「咱家知道。咱家一定向太子千歲爺轉稟。」

卜公公說著從懷裏掏出一張一千兩銀票遞給陸贄，說：「這是太子千歲爺的一點心意，聊為陸公作車馬之資吧。」

陸贄向北拱手過頭頂，涕泗橫流地連連說：「千歲，千歲，千千歲！」

始終站在一邊的陸小姐把這一切看在了眼裏；她長長地歎一口氣，也不等與父親、姨娘作最後告別，一個人登上青油小犢車悄悄地回去了。

9

陸贄和他的如夫人崔氏、管家陸義一行車馬沿清明渠一路向西

南進發。終極目標是明確的，但分段目標有些模糊。陸義控制著馬行的速度，不使它們跑得過快，以保持馬的體力和到達下一個驛站的時間。

風越來越大了，刮起的黃沙將車馬遮蔽了。陸義馭著老爺夫人那輛車，不時被塵土嗆得一陣陣咳嗽。

陸贄說：「陸義，風好像越刮越大了，找個擋風的地方避避再走吧。」

陸義早成了土人，連五官也分不清了，他說：「不成。老爺，一定要在晌午前趕到郭家店，否則餓飯事小，還要延誤到達子午鎮驛站的時間。露宿或者摸黑趕路我怕不安全呢。」

陸贄就不再言語。

近晌的時候風漸漸小了，空氣也乾淨了許多。遠遠的一帶河灣旁，出現了一個小小的村子，那就是陸義說的郭家店。

陸義從車轅上爬下來，拉著馬慢慢進村。這時從路邊的桉樹林子裏閃出一個書生模樣的人來。只見他走到路的中央，望著陸贄的車馬伏地而拜。

陸義回頭對著車門說：「稟老爺，有人擋道。」

陸贄挑開門簾說：「這位相公因何作此形景？」

那人慢慢直起身子，淚流滿面，叫了一聲：「陸相！」

陸贄見了一呆，說：「劉賢侄，是你？」

陸義也認出了，說：「劉公子，老爺念叨您幾天了，希望能再見公子一面，想不到公子在此守候。只可惜小姐沒在跟前。唉！」

陸義一面說，早把劉禹錫攙扶了起來。

劉禹錫說：「請陸相鑒諒。不是夢得膽小，實在是不想引起不必要的麻煩，所以昨天下午我就悄悄上這兒了。」

陸贄說：「劉賢侄不必解釋，我有什麼不明白的！只是菱兒她心裏……」

劉禹錫說：「伯父不用擔心，我知道世妹心中只有我；我心中

也只有她。儘管我們因種種原因暫時走不到一起，但我深信，我們一定會有一個長長的未來。」

陸贄聽他如此說，不由望他一眼，說：「好。這樣，我就放心了。」

劉禹錫說：「伯父，小侄在前面一家酒肆預備下一桌酒菜，專為伯父送行，請伯父一定賞臉。再者夢得也有一些想法要請教伯父，望伯父不吝指教。」

陸贄一時間全然忘了貶謫的痛苦和道路的風霜，興致很高地從車上下來，說：「好啊，好啊，我們爺兒倆趁這最後的機會好好嘮嘮。」

崔氏夫人早有丫鬟扶下車來，劉禹錫趨前見過，崔夫人說：「難得劉公子不以貶官為意，叫咱們說什麼好呢！」

劉禹錫說：「伯母快別這麼說。自古宦海沉浮，這是誰也難以逆料的。明珠蒙塵，不改光華；香草棄野，兀自芬芳。伯父伯母，請！」

10

那天劉禹錫回城已快日腳平西了。進了安化門，他並沒有回大通坊柳宗元家，而是牽轉馬頭去了升平坊樂遊園。

在一帶依稀記得的黃土牆邊停下，他沒有立刻下馬，而是望著土牆內那棵燒焦了半邊的大樹發起呆來。離開長安差不多有一年的時間了，知道徐楚楚還住不住這兒呢？

一陣晚風從巷子口吹來，刮起劉禹錫的袍角，同時，一串清脆的鈴聲傳入他的耳膜。尋聲望去，只見那棵半焦的大樹上掛著的紅紗燈籠在輕輕的搖曳。這不免有些奇怪，為什麼剛才沒看見那一掛紗燈呢？

紅燈籠的存在提示劉禹錫：徐楚楚小姐仍住在這兒；她沒有搬

家。劉禹錫忽然心急起來，他飛快地跳下馬，奔過去叩門。可叩了半天，不見有人應門。於是他攢起拳頭擂門了，直擂得那扇灰黃色的車門掉下來許多灰土。這時，院牆內有響動了。那是一個小女子輕盈的腳步聲。劉禹錫激動起來，他高聲叫道：「徐小姐！楚楚！我——劉夢得來了。」

腳步聲急促起來，並且很快在門邊停下，緊接著嗒的一聲去掉閂，門便嘎吱響著打開了。

門裏是一個有些憔悴的小丫頭子，她是徐楚楚小姐的使女小篆。小篆一見劉禹錫，驚喜地說：「劉公子！您終於來了。」

劉禹錫說：「來了，來了。小篆，你家小姐她好麼？」

小篆說：「小姐她不好呢，常常吃不下飯，晚上也睡不好。」

劉禹錫擔心地說：「那有否請大夫瞧過？」

小篆說：「瞧是瞧過的，沒用。哦，公子快請進屋。進了屋再細說。」

小篆喊來一個蒼頭，把劉禹錫的馬牽走，劉禹錫就隨小篆進去。院子比一年前蕭索了許多，花草稀稀拉拉的，掛在樹上的那一串紅燈籠其實已經褪色，向陽的部分差不多成了灰白色了。

他們一面往裏走，小篆一面告訴劉禹錫說：「公子，自從公子離開以後，前前後後有好幾位王公大臣來邀小姐，請小姐搬去他們的別墅住，都讓小姐婉言謝絕了。知道為什麼麼？」

劉禹錫明知故問，說：「為什麼？」

小篆望一眼劉禹錫，不無怨尤地說：「小姐她一心一意等的是公子您啊！公子，公子，你離開長安怎麼可以不言一聲？害得我家小姐那個牽腸掛肚啊，直到打聽到公子的確鑿消息才放心。」

劉禹錫說：「我離開長安是很匆忙的，因為家父病了，病得很重。」

小篆說：「我們過後才知道。如今老太爺可大好了？」

劉禹錫說：「他已經去世了。按說我還在丁憂期內呢。」

小篆說：「那您怎麼又來京師了呢？」

劉禹錫耍了滑頭，說：「不是想你家小姐了麼。」

小篆不信地一撇嘴說：「是想陸小姐了吧？」

劉禹錫笑了，說：「陸小姐也想，你家小姐也想。可事實上我更想的是你家小姐。」

小篆說：「你騙人。」

劉禹錫說：「我沒騙你。我的確沒去見陸小姐，卻跑來見你家小姐。」

小篆說：「那為什麼？」

劉禹錫歎口氣說：「我自己也說不清為什麼。」

就這麼說著，走走停停來到廳上。媽媽從內院出來，她早已不認識劉禹錫了，他上下打量一陣說：「啊呀客官，不湊巧了。」

劉禹錫說：「媽媽，此話怎講？」

小篆說：「媽媽，他是劉夢得劉公子。」

媽媽真的已不記得什麼劉夢得劉公子了，但她裝作記起的樣子說：「哦，是劉公子！不過還是很抱歉，請公子改天再來。」

小篆急了，說：「媽媽，你不可以跟劉公子這麼說話的。小心小姐知道了生氣！」

劉禹錫問小篆是怎麼回事，小篆說：「裴延齡裴大人來了，正在小姐房中喝酒聽曲呢。」

劉禹錫一聽裴延齡在，就慌亂起來，他一刻也待不下去了，這才記起剛才進院時，見到那棵焦樹下拴著的一匹雕鞍棗紅馬。他說：「既如此，我改天再來吧。」

劉禹錫說著放下茶碗抬身就往外走，卻叫小篆一把拽住。小篆說：「公子別走。我家小姐這一年裏天天都在等公子，盼公子，望眼欲穿啊！——媽媽，你帶公子先上東院坐一會兒，我去告訴小姐，討小姐的示下。」

媽媽見小篆這樣，知道不好怠慢，就趕緊謝罪說：「劉公子，

實在對不住，只好委屈您先去東院了。公子請！」

東院很小，收拾的很乾淨；牆邊栽著一叢墨菊，有細細的清香如同聲音一樣波漾到鼻端。

媽媽把劉禹錫領進小廳，給他擺上果子，點了一盞香茶，說：「劉公子，您請坐。一會，我給您送晚飯來。」

劉禹錫說：「媽媽請便。」

媽媽出去了，劉禹錫這才安下心來，同時，他的肚子開始咕咕地叫喚起來。他望望桌上四個小碟精細的茶果子，伸手拈了一個骰子大小的梅花小酥放入口內，沒來得及品味就沒了。他又拈了一個，又沒了；再拈一個，還是沒了。他不敢再吃了。中午在郭家店宴請陸贄，他只顧說話飲酒，菜吃得很少，飯也只扒拉幾口。這會兒他真餓了。幾個小酥餅下肚雖沒解決根本問題，但已經好了許多。他忽然想起上一回他來這裏，也是餓得不亦樂乎，就苦笑一笑，說：「這父女倆啊！」

他走出小廳，來到院子裏，一邊賞菊，一邊想著自己今後的行止。可是想了半天想不出個結果，他只好放棄了，且把花來消遣眼下這段時光。於是他隨口吟道：

> 暑服宜秋著，
> 清琴入夜彈。
> 人情皆向菊，
> 風意欲摧蘭。
> 歲稔貧心泰，
> 天涼病體安……

正吟哦間，只聽院門邊傳來擊掌的聲音。劉禹錫一回頭，見徐楚楚粉面含笑進院來了。

一年多不見了的徐楚楚小姐，粗一看，風姿依然，沒什麼變

化；但只要稍稍深入一些，你就會發現，她其實變了很多：眼神少了爛漫，多了憂鬱；動作少了輕佻，多了穩重。

徐小姐走到跟前說：「『清琴入夜彈』人人可以說得，『暑服宜秋著』何處想來？」

劉禹錫說：「我只是見這墨菊可愛，偶發詞章，見笑了。」

徐小姐說：「公子何必太謙！還有結句未完呢。」

劉禹錫說：「可一時又續不上了。」

徐小姐意味深長地說：「一時續不上無妨；即如你我，這一年就沒續上，一年後的今天不又續上了？」

劉禹錫聽了，心內一陣搖盪，說：「楚楚，我……」

徐小姐撲哧一笑說：「公子請上我屋裏吧。」

劉禹錫不提裴延齡，徐小姐也不提。劉禹錫不提是怕提，徐小姐不提是平常事，不值得提。

徐小姐額為「景清」的閨房，佈置一如一年前的舊觀。劉禹錫坐下之後在想：剛才小篆是如何告訴徐楚楚，徐楚楚又是如何打發走裴延齡的呢？

這麼想著時，只聽徐小姐說：「公子，你真是個忍人呀！」

聲音冷冷的，神情也是冷冷的，與剛才熱情歡快的徐小姐已判若兩人。這也是楚楚小姐改變的地方；若在從前，她斷斷不會這樣的。

劉禹錫不免有些慌亂，他說：「小姐，對不起，我走的很匆忙，連柳子厚也不及告辭哩。」

小篆說：「小姐，剛才我已經埋怨過他了。他說他走得匆忙是因為他爹病了。」

徐小姐立刻丟開怨恨，很關切地說：「令尊大人他怎麼樣？已經康復了吧？」

劉禹錫說：「先父過世快一年了。這一年我幾乎與長安失去了聯繫。」

徐小姐慢慢低下了頭，半晌，說：「對不起，公子。對不起！」

劉禹錫說：「小姐別這麼說。我知道，小姐怪罪夢得，那是小姐心中有夢得。其實夢得心中又何嘗不惦記小姐呢？」

徐小姐猛一下抬起頭，一把抓住劉禹錫的手，兩個眼中蓄滿淚水說：「是麼？是這樣的麼？」

劉禹錫點頭吟道：

> 三山不見海沉沉，
> 豈有仙蹤更可尋？
> 青鳥去時雲路斷，
> 姮娥歸處月宮深。
> 紗窗遙想春相憶，
> 書幌誰憐夜獨吟？
> 料得夜來天上鏡，
> 只應偏照兩人心。

徐小姐聽了笑了，淚水卻汩汩地流下來。由於淚水的映照，她的笑容格外的慘烈。

劉禹錫一把抓住徐小姐的手說：「楚楚，這是我在揚州更深人靜思念你時寫下的，瘦西湖的殘月可以作證。」

徐小姐一下撲入劉禹錫的懷裏，哽哽噎噎地也吟出一首詩：

> 舊曾行處遍尋看，
> 無端生離死一般。
> 買笑樹邊花將老，
> 畫眉窗下月猶殘。
> 雲藏巫峽音容斷，
> 路隔秦嶺過往難。
> 莫怪詩成無淚滴，

盡傾東海也須乾。

　　兩人的心緊緊地系在了一起；他們摟得更緊了。呆立在一邊的
丫頭小篆望著他倆，高興得眼淚嘩嘩地直流。

<h1 style="text-align:center">11</h1>

　　劉禹錫在徐楚楚家中一連住了七天，日夜詩酒繾綣。第八天
早上不得不要走了，他卻只管賴在床上緊緊地摟住徐小姐。徐小姐
雖捨不得他走，卻不敢攔他，怕耽誤了他的前程。她親著他的臉頰
說：「能不能再待上一天？」

　　劉禹錫說：「我恨不能待上一年，一世。」說著又熱烈地吻起
她來。

　　徐小姐輕輕推開劉禹錫說：「我何嘗不想？只是不能啊。」

　　劉禹錫說：「那又何必再待一天？」

　　徐小姐說：「我是想讓你認識一個人。」

　　劉禹錫說：「認識一個人？誰？」

　　徐小姐說：「王叔文。你願意麼？」

　　劉禹錫當然願意；非但願意，而且可以說是他企望已久的。
他重又摟住徐小姐熱吻起來。一邊吻，一邊想：要是陸憶菱小姐有
徐楚楚一半的虛心隨意，那該多好啊！想到陸小姐，思緒又反彈回
來：徐楚楚比起陸小姐來，到底有無法彌補的缺憾。這缺憾是什麼
呢？大概是高貴吧。這麼想時，情緒就一下低落了，摟緊的兩個手
臂也鬆弛了下來。

　　徐小姐沒有察覺到劉禹錫的情緒變化，見他沒有回答自己，就
撒嬌地說：「你說麼，願不願意？」

　　劉禹錫從又摟住她，說：「願意，當然願意。」

王叔文是申牌時分到來的；跟他一起來的還有王伾。當二王進院時，堆積在西天的灰白色雲層突然裂開一道口子，一束血一樣紅的斜陽打在他倆的身上，使得這兩人身穿的淺緋色官服染成為紫色。可是雲層也就裂開那麼一小會兒，當他們穿過院子一半地坪時，它們又驟然閉合了。由於光線切換得太迅速，他倆的官服反成了青黑色。

　　官服色彩的變幻只是感官上的問題，它的象徵意義要到十年以後才由劉禹錫的回憶給予確認。現在二位太子侍讀興致勃勃地走上臺階，早在階前迎候的徐楚楚小姐一蹲身福了下去，王叔文連忙一把將她扶住，說：「徐小姐不必拘禮。——小姐呼喚，不知有何事見教？」

　　徐小姐一笑說：「我先不說，二位大人猜猜。」

　　王伾說：「敢是有什麼好酒要請我等品嘗？」

　　這王伾說話鼻音重濁，官話也不地道，詞頭詞尾還夾進些越州土腔。

　　徐小姐搖搖頭說：「二位大人還有什麼美酒沒有嘗過？」

　　王伾說：「再不然又有了新鮮時樣曲子？」

　　徐小姐說：「新鮮曲子倒是有幾個的。不過請二位來，不單單為的這個。」

　　王叔文到底精明，他聽到屋內有些動靜，就說：「楚楚，恐怕你是要我們來見一個人吧？」

　　徐小姐拍手叫道：「王大人真聰明！楚楚勞動二位大人來，是要讓二位結識一位青年才俊，未來的國之棟樑。一會你們認識了，我給唱一支新曲。這曲子就是這位才俊寫的。——二位大人請！」

　　王叔文邊往廳屋走邊問：「他是誰呢？」

　　這時劉禹錫就迎了出來，他施禮道：「久聞二位大人清名，今日得以拜會，實是劉夢得三生有幸啊！」

　　王叔文一把拉住劉禹錫說：「哎喲，先生就是劉禹錫？早聽說有個無官之官的士子劉禹錫，有個作了太子校書的大才子劉禹錫，

莫非足下就是這個劉禹錫麼？」

王叔文這麼說話，劉禹錫覺得初見的距離一下子沒了，就說：「不敢，在下就是劉禹錫。」

王叔文說：「你看你看，都在一個屋頂呆著，我都不認得你！——老弟不是丁憂回鄉了麼？」

劉禹錫說：「是的，是的。」

王叔文說：「那怎麼……」

徐小姐說：「淮南節度使杜公一定讓劉先生幫忙。所以，劉先生這陣子在揚州。」

王叔文哦了一聲，說：「那好啊，好啊。」

劉禹錫說：「二位大人請！」

於是一同進廳。

在廳上坐定之後，劉禹錫就有工夫打量起了這二位王侍讀。

王叔文約有四十來歲年紀，長得身材魁偉，方臉疏須，皮色棕白，有南方人那種細淨，眉眼嘴角間流露出極攻心計又極富辯才的樣子。王伾坐在王叔文身邊簡直就是個陪襯。他長得黑瘦矮矬，不生髭須卻是滿口歪歪斜斜的黃牙，簇新的官服穿在他身上，領子不是領子袖不是袖，哪兒看哪兒不舒服，也不知問題出在哪兒。

喝著茶，彼此先說些仰慕的話，然後很快，談話就切入了正題。劉禹錫是個直率性急的人，王叔文雖然老謀深算，卻一直很欣賞富有朝氣的青年朝臣，所以兩人可說是一拍即合。當劉禹錫說起朝廷的某些政令，並對因此而產生的一些弊端，諸如宦官專權，官吏腐敗，百姓困苦等等表示憂慮時，王叔文說：「是啊，這個國家是讓人擔心著哪！」

劉禹錫說：「那聖上他難道不知道這樣下去有多危險麼？」

王叔文說：「皇上縱然聖明，終是敵不過那一邦佞臣。這不，把一個大功臣、大忠臣、大賢臣、大智臣、大諍臣陸贄放逐到了忠州。可悲可歎啊！我預測，用不了多久，宮市將愈演愈烈，貪官墨

吏將愈剝愈狠，稅債將愈積愈重，百姓將愈來愈窮。」

徐小姐著急地說：「那怎麼辦呢？」

王叔文說：「得改革。得有人挑頭出來改革啊！」

劉禹錫擔心地說：「能行麼？聖上他能採納麼？」

王叔文把最後一點遮掩扯去了，他深深地歎口氣說：「看來當今皇上是指望不上了。」

劉禹錫說：「大人是說，得仰仗太子殿下？」

王叔文望著劉禹錫點點頭說：「不錯，只有依靠太子殿下。」

劉禹錫說：「可我聽說，太子與眾侍讀論政，說到宮市之弊，他要向聖上進言，眾侍讀都很贊同，唯有王大人您反對，這是為什麼？」

王叔文笑笑說：「我講個故事你就明白了。貞元三年，皇上對當時的宰相李泌李大人說，以往每年各地的進奉共值錢五十萬緡，今年只三十萬緡，宮中用度不夠，如何是好！李相勸他不要求私財，說國庫每年供給宮中一百萬緡呢，請從此不受進奉並停止『宣索』。皇上口頭上答應了，可是暗中仍派宦官四處去索要，還敕令地方官不許讓宰相知道。有一次，某軍缺糧要嘩變，恰好江淮運到大米三萬石，皇上很高興，到東宮對太子說，米運到了，我父子得於活命了。江淮運米，連運費每斗值錢三百五十文，京師市上米價，每斗不過數十文，他寧願兵變，也不願拿出私財來糴米。你說，這樣的人主能說得動他麼？」

劉禹錫說：「那王大人的意思是……」

王伾說：「等待太子親政。」

劉禹錫說：「那要等到什麼時候？」

王叔文說：「各種途徑我們都合計過，都走不通；唯一可行的就是太子親政。現在需要我們努力的就是促使太子親政的早日到來。」

劉禹錫點點頭說：「我明白了。」

談話之後，徐小姐在別院設宴款待二王，還演唱了劉禹錫的一

首新詩，直到更交二鼓，二位王侍讀才扶醉而歸。

　　那一夜劉禹錫與徐小姐更是身心相洽，直到曉色浸透窗紙方才相擁著睡下。

　　第二天午飯後，劉禹錫與徐小姐依依惜別，回到大通坊柳宗元家。第三天上，他又與柳宗元告別，雇一條小船回揚州去了。

12

　　陸贄消失以後的長安城，太陽依然燦爛，宮殿依然巍峨，城市街道依然繁華喧囂；朝廷當然也依然威嚴繁忙，一道一道的政令照常從大明宮發往全國各地。

　　勝業坊陸府的生活，形式上一如既往，可是陸憶菱小姐的感觀出了一些問題，似乎看什麼都走了樣。比如太陽。太陽應該是圓的，陸小姐看到的卻是方的，還長滿了七長八短、歪歪扭扭的刺兒。再比如花木。園中的花木是姹紫嫣紅，陸小姐認為全是紫黑的，不讓插瓶。她吃飯不香，睡覺不穩，書看不進，針拿不動，成天昏昏懨懨，如在雲裏霧裏。她母親羅氏夫人日夜懸心，卻是束手無策。

　　有一天，南郊村崔護的妻子喜姐來了。陸小姐從前很少與王公官宦家的小姐結交，現在是幾乎斷絕了往來；喜姐差不多是她唯一的閨中膩友了。喜姐的到來，給陸小姐寂寞冰冷的生活注入了一絲絲鮮活。

　　喜姐進入陸府卻是另一番感受：陸府沒有了從前的森嚴，變得隨俗了；不用通報，不受盤問，進就進，出就出，十分的自由便捷。但自由便捷通向了冷落淒涼。

　　陸小姐坐在鶯澤樓窗前，兩眼呆滯地望著成了紫黑一片的園中景色。鸝兒上樓來通稟。她小心地走到小姐身邊，說：「小姐，南郊村的喜姐來了，在樓下等著。是小姐下去見她呢，還是請她上樓來？」

　　陸小姐開始沒有反應，聲音似乎比它正常傳送的速度慢了許

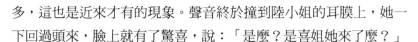

多，這也是近來才有的現象。聲音終於撞到陸小姐的耳膜上，她一下回過頭來，臉上就有了驚喜，說：「是麼？是喜姐她來了麼？」

鵑兒使勁點了點頭說：「是啊是啊，是喜姐她來了啊。──小姐，是您下去見她，還是請她上樓呢？」

停一會，聲音到了，陸小姐說：「快，快，快請她上來！」

喜姐上樓來了。陸小姐奔過去一把抱住她就哭了。喜姐不由得也流下淚來，她拍拍陸小姐的背心說：「菱妹，菱妹，今天我是接你來的。」

陸小姐說：「接我去鄉下？」

喜姐抹乾眼淚，笑笑說：「是啊。菱妹有日子不去我家了。知道今兒是什麼日子麼？」

陸小姐想了想，卻想不起是什麼日子，就搖了搖頭。

喜姐說：「今天是重陽節呀！外頭可熱鬧了，聽說皇帝和妃子都遊曲江池呢。」

聽到「重陽節」三字，陸小姐沒有絲毫的興奮，皇帝妃子遊曲江只是徒增她的厭惡，而她的思緒卻直接指向了劉禹錫。──去年重陽，就在南郊村，她最後一次放棄了劉禹錫，或者說劉禹錫放棄了她。於是她說：「唉，整整一年了啊！」

喜姐撲哧一笑說：「重陽節一年一度，可不是整整一年麼？」

陸小姐的話只有鵑兒懂得，但她不敢說破。她說：「小姐，咱們不能拂逆了喜小姐的一片美意，今兒天氣又這麼好，咱就去一趟郊外吧。」

陸小姐望望喜姐，又望望鵑兒。她知道她們倆，一個糊塗，一個揣著明白裝糊塗。不管明白還是糊塗，到這份上了，她都不願意傷她們的心，於是她佯作輕鬆地說：「好吧，咱就去南郊村。」

還是那一輛漂亮的桃花馬青油小犢車，還是那一個年輕的馭車人，一路上還是引來那麼多豔羨的目光。一切似乎和去年的今日一

模一樣；只有陸小姐的身份、心情大大的不一樣了。去年的今天，她是堂堂宰相的女兒；出城的時候，她懷的是十分的喜悅，一腔的憧憬。今年的今日，她什麼都沒有了，身子彷彿是一具空殼。在熱鬧喧囂的街上走著，喧囂卻離她很遠很遠。

出啟夏門了。揚棄市聲以後，桃花馬脖子上的銀鈴空前地清脆起來。鄉野的風透過車窗簾子，送進來一股又一股的清爽。

來到一處河灣，陸小姐叫停車。車停了，馬鈴聲還在悠揚。鸝兒、喜姐一邊一個攙扶陸小姐下車。陸小姐站在土路的秋光裏，望望近處閃亮的溪流，瑟瑟抖動的紅葉，又望望遠處藍盈盈的終南山，心裏想：心情這種東西實在可怕，這麼好的景色心情卻能讓它變質；當然，反過來，它也能使平庸的景致增光添彩。她想，今天我能不能嘗試把心情剔除，拿自然的本來去貼近自然，使自己變成一隻從天邊飛來的小鳥呢？這麼想時，陸小姐真的輕鬆了許多，於是她說：「上車！」

可是陸小姐還是失敗了。當馬車離南郊村越來越近時，陸小姐的輕鬆也在慢慢流失；小犢車終於停在了崔家院外，陸小姐的心情不但恢復了舊觀，甚至比輕鬆前更沉重了幾分，像垂著鉛一樣了。

鸝兒、喜姐先下車。她們在車前等候半天也不見陸小姐動靜，鸝兒就說：「小姐，到了。」

小犢車彩色的門簾靜靜地垂掛著，彷彿車內已沒有了人。

鸝兒、喜姐對視了一下，喜姐說：「菱妹，下車吧。」

還是沒有動靜。鸝兒遲疑一下，就試探著去揭簾子。簾子被掀開一角，只見陸小姐木然坐著，眼淚如湧泉一般滾滾落下，把一件鵝黃色越羅花襦的衣襟濕了一大片。

鸝兒、喜姐見了大吃一驚，說：「小姐／菱妹，剛才還好好的，這，這是怎麼了？」

陸小姐帶著哭腔說道：「劉夢得，你走，你走！劉夢得，我不要再見到你。我不要。我不要！」

在通往長安那條蜿蜒的黃土路上，陸小姐淚眼模糊地見到了去年的劉禹錫，那個騎著炭火馬頭也不回、決絕而去的青年朝官劉禹錫。

她哇的一聲撲倒在車軾上，經久不息的慟哭聲驚飛了附近棗樹林子的幾隻鳥兒。

13

裴昌禹在他堂叔家越來越待不下去了。這並非是裴延齡夫婦日久生了厭心，相反，自從裴昌禹中了第十七名進士後，他更受堂嬸的疼愛，也更讓堂叔器重了。他們勉勵他繼續用功，爭取參加吏部的取士考試。裴延齡說，只要吏部考試一合格，選官他就好說話了。其實裴昌禹並不想做什麼官，他是為了能待在長安才去應進士試的，居然瞎貓抓了死耗子。他清楚自己，再要參加吏部考試，無論如何沒有那個才力了，事實上他也不願意再考。但他放心不下陸小姐；為了陸小姐，他得留在長安；要留在長安，他得裝模作樣每天在書房裏讀文章。這是很痛苦的，但裴昌禹願意受這份痛苦。那天他去送陸贄，事後裴延齡也知道了，倒沒怎麼責怪他，只是說，貶官之人身上多少有些晦氣，讓他用皂角好好洗洗就完了。

連著讀過幾天文章，裴昌禹就有理由出門去透透風。說透風，其實是拐著彎兒上陸府。他上陸府，目的是想見陸小姐，但基本上見的是羅氏夫人；許多時候甚至連羅氏夫人也見不著，只能問問他家僕人，夫人、小姐的飲食起居，問問府中有無需要幫忙的事情，喝一碗茶，有時甚至茶也不喝，坐上片刻就離開了。

但是今天，他忽然有一股衝動非得要見到陸小姐。他放棄騎馬，而是選擇了一頭花點子瘦驢。他莫名其妙地認為騎驢子比騎馬容易實現願望。他牽了驢子從廄棚出來，剛要繞過棗樹轉上甬道，就見昆侖奴匆匆向他跑來。

跑到跟前，昆侖奴說：「少爺，老爺，請，你，去，花—廳。」

　　昆侖奴的中國話顯然進步多了，咬字也較為清楚，就是逗點太多。

　　裴昌禹說：「知道什麼事麼？」

　　昆侖奴說：「來了，客，人。」

　　裴昌禹說：「老爺讓我陪客？」

　　昆侖奴肩一聳，手一攤，說：「不，清，楚。」

　　裴昌禹自言自語地說：「這客人來的真不是時候。他會是誰呢？」

　　昆侖奴說：「是，個，太，監。」

　　這下裴昌禹覺得奇怪了，心想來個太監，還要我陪，這是幹什麼呢？

　　他把驢子交給昆侖奴，就去花廳。走進花廳，見當廳一桌豐盛的酒宴，堂叔正陪著一位大太監一邊喝酒一邊說話呢。

　　這位太監不像一般太監，精神萎靡，臉色蒼白，說話尖聲尖氣；除了不長鬍子，和堂堂男子沒什麼兩樣。見裴昌禹進去，裴延齡說：「昌兒，來來來，拜見劉公公。」

　　一聽「劉公公」三字，裴昌禹才知道這太監就是大名鼎鼎的劉貞亮，最近他時常在堂叔嘴裏聽到這個名字。劉貞亮本姓俱，名文珍，因拜在一位劉姓宦官名下當乾兒子，就改名換姓叫劉貞亮。劉貞亮在當時的宦官中算是比較得寵、比較最有權力的一位，被任命為右衛大將軍，監宣武軍，他親自掌握的兵丁就有千餘人。

　　裴昌禹坐下後，有些不大情願地敬了劉貞亮一杯酒。

　　裴延齡說：「昌兒，劉公公與叔父我可是交情非淺哪。公公說了，只要你一中吏部的科目，愛當什麼官兒，那是一句話的事兒。」

　　裴昌禹聽了有些生氣，可表面上他得裝作高興。他說：「謝謝劉公公。」

　　劉貞亮笑笑說：「沒事，沒事。咱們家的孩子，那可都是當官的種子，放哪兒不發芽呀！」

這劉貞亮說話倒還挺幽默的，就沖這，裴昌禹倒有些喜歡起他來。可是接下來的話就不幽默了，還著實叫裴昌禹吃了一驚。

劉貞亮歎口氣說：「可他娘的這官也不好當啊，弄不好，什麼時候腦袋瓜就變成狗屎盆了。」

裴昌禹心有所感，來不及思考就脫口說道：「劉公公說的是，那陸贄陸大人就是個例子。」

聽裴昌禹提起陸贄，劉貞亮和裴延齡相視了一下，劉貞亮說：「不錯，他的確是一個例子。簡直是太可憐也太冤枉了！不過，誰又保得定日後不會落得像他這樣的下場，甚至比他更慘的下場呢？」

劉貞亮這麼說話，不免又叫裴昌禹吃一大驚。因為據他所知，叔父和這位大太監一直以來就是陸贄的對頭。他這麼說，算是什麼意思呢？於是裴昌禹有些迷惘地說：「那你們又所為何來呢？」

劉貞亮聽了朗聲笑了起來，說：「這你得問問老天爺，它生咱們幹麼來了！」

裴昌禹覺得劉貞亮的話很深，深得他一時解不過彎來。再看看他那種刀不刃血的樣子，不由得背上直冒冷氣。

劉貞亮說：「賢侄啊，咱到這世上來，怎麼不是活著！可咱總得挑好的活啊。挑好的活也不容易，大多時候容不得咱挑。你看我，我本來可以過正常人的生活，偏偏娘死了，爹送我來當太監；淨了身，就喪失了做男人的資格。可我又偏偏不服氣，這不，在太監裏頭我又熬出來了。」

這娓娓道來的一席話，使得裴昌禹對劉貞亮生出了許多敬畏。

裴延齡說：「所以劉將軍，這滿朝文武裏頭最讓我佩服的就是您劉將軍了。」

劉貞亮說：「陸贄一直以為自己很聰明，其實最蠢。他一味賣忠，那是沽名釣譽。皇上那可是萬世之尊，天之驕子啊，他能容你一天到晚無休無止刮他臉皮麼？不過話說回來，陸贄是有過大功勞

的，這樣的下場的確讓人同情。物傷其類麼！」

裴延齡也有些感慨，他歎口氣說：「是啊是啊，是讓人同情啊。所以，我暗中通過別人時常給他家一些照顧。昌兒，我知道因為同鄉之誼，你常去陸府，此前我不便說，今兒既蒙劉將軍這麼開朗，叔父我也把話說開了。你明白了吧，這官場是官場，人情是人情。」

裴昌禹似乎明白了，但立刻又糊塗了，就像魚兒浮上水面唼喋一下又沉入了水底。這種把官場人情區分很開的做法，在他有些不可思議。他感到不能再坐下去了，因趁勢說：「既這麼說，叔父，我去一趟陸府吧？」

裴延齡心裏有些不快，但他望望侄子，笑笑說：「去吧，去吧。我聽說陸憶菱小姐不但貌美，詩作的也好，還很有政才，陸贄的一些策論文稿不少是經她修改潤色的呢。」

劉貞亮聽了眼睛一亮，說：「是麼！那倒是聞所未聞啊。」

裴昌禹這回上陸府又帶上了昆侖奴，因為陸府現在只剩下幾個老弱的男丁，他怕府上也許會有一些力氣活兒要幹的。他一心惦記著陸小姐，恨不能一步奔到勝業坊，又一步登上鶯澤樓。當然，他明白這是不可能的，他得先去見羅氏夫人，然後設法再去見陸小姐。不料一進陸家大門，就遠遠望見夫人、小姐都在廳上坐著呢。這讓裴昌禹好不高興。心想，多虧劉貞亮來絆了些時候，現在不早不晚正趕上她母女同在一處。

陸府母女在聽一個僕人彙報一件事情，她們邊聽邊皺起了眉頭，裴昌禹就趔趄著不敢進去。羅氏夫人見了，連忙讓僕人停止彙報，招呼裴昌禹進廳。裴昌禹進廳後向夫人請了安，又問了陸小姐好，還朝伺候在小姐身邊的鸝兒點頭打了招呼，這才在對面的一張椅子上坐下。於是僕人繼續彙報。漸漸地，裴昌禹聽出眉目來了，原來他們在為修一條船犯愁。僕人彙報完了，羅氏夫人說：「怎麼，幾家大船廠都說不行？」

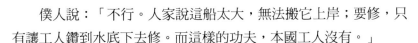

　　僕人說：「不行。人家說這船太大，無法搬它上岸；要修，只有讓工人鑽到水底下去修。而這樣的功夫，本國工人沒有。」

　　羅氏夫人說：「照他們說起來，莫非還得去外國請人來修麼？」

　　僕人不敢吱聲。

　　陸小姐說：「娘，算了，咱不用這船了；咱隨便租一條船吧。」

　　羅氏夫人說：「不行，我不能委屈了你。」她對那個僕人說：「去，再跑幾家船廠試試，也許小一點的船廠倒會修呢？」

　　那僕人答應一聲要走，卻叫裴昌禹攔住了。他對羅氏夫人說：「伯母要修的是鷁首畫艫吧？」

　　羅氏夫人說：「可不是！早知道修理這麼困難，當初就不該買這條外國人造的船。」

　　裴昌禹笑了，說：「伯母不用犯愁，現有人會修這船。」

　　羅夫人說：「誰啊？誰會修啊？」

　　裴昌禹指指站在廳外的昆侖奴說：「我帶來的這個奴才會修。」

　　羅氏夫人眉頭一展說：「是麼？」

　　裴昌禹說：「是的，伯母。」

　　陸小姐望望那個黑鐵一樣的昆侖奴，忽然記起前年在南郊村崔家撈玉佩的事，不免有些愧悔，就低下了頭。

　　鵑兒把這看在眼裏，就說：「夫人，裴公子說行，一定行的。」說著，她丟了個友善的眼風給裴昌禹。

　　裴昌禹就有些受寵若驚，他說：「伯母，這奴才原本就是海船上的，潛水修船那是他的看家本領。——伯母，怎麼，修了船預備去郊遊麼？」

　　羅氏夫人搖了搖頭，沒有回答，鬆開的眉頭又攢緊了。

　　裴昌禹正不知何故，鵑兒對他說：「我家小姐昨夜做了個夢。夢見一個很大的湖泊，滿湖泊的菱角；許多姑娘劃了菱桶採菱，一邊還唱起了《採菱曲》。」

裴昌禹說：「那湖泊該不是鴛鴦湖吧？」

陸小姐吟道：「江南稚女珠腕繩，金翠搖首紅顏興。桂棹容與歌採菱……」

裴昌禹說：「這是梁武帝的《江南弄》。世妹是想著江南老家了吧？」

陸小姐說：「長安待不下去了，不如歸去。」

羅氏夫人對裴昌禹說：「最近一段時間有人莫名其妙地給咱們家送錢送物，又見不到人，收不敢收，退沒法退，叫人害怕極了。」

裴昌禹心裏明白，卻不敢說破，就說：「伯母，您管他呢。他既送來，您就收下。」

羅氏夫人說：「那怎麼行？天底下只有白送的蘿蔔，沒有白送的人情。我怕萬一是個圈套呢？上回竇參家的一個小丫頭上清已經夠咱們受的了。」

裴昌禹知道一時無法說清，也不便說清，就說：「伯母、世妹既然決定回南，那就回吧。」

羅氏夫人流淚說道：「想從前，老爺接我們母女來長安，一路上各地官員多有照應；如今老爺遠貶忠州，家中少有撐持，這千里迢迢的好叫人擔憂啊！」

裴昌禹說：「伯母放心。小侄也正思離京返家呢，不如我們一同啟程。不知伯母願不願意？」

羅氏聽了又驚又喜，說：「這是真的麼？」

裴昌禹說：「小侄從不打誑。」

陸小姐說：「娘，這不妥當。裴公子已然中了進士，只待吏部考試一通過，就可以放官。咱們怎能耽誤了他的前程呢？」

裴昌禹明白陸小姐是故意這麼說的；這故意背後隱藏的是願意，甚至希望。裴昌禹高興地說：「世妹，你還不知道昌禹的心思！昌禹原本就無意於功名的。今日不怕世妹惱我，我照直說出來吧，我之所以上京師，趕考只是個藉口，主要是想見見世妹。」

裴昌禹說到這裏，心裏不免有些發毛。他擔心地瞧瞧陸小姐，又瞧瞧羅氏夫人，還順眼梢瞄了一下鵑兒。可她們都出奇的平靜，彷彿早就知道了似的。裴昌禹於是受到鼓勵似的繼續說道：「我雖然中了進士，但我早已不把它放在心上了。我本來早就想回家的，還是因為放不下世妹；現在伯母、世妹要回南，那就再好沒有了。我是個實肚腸的人，不會巧言令色；我說的全是真情話，只求你們不怪罪我的唐突就好。」

打從貞元八年在朱買臣墓初見裴昌禹，到前些天送別父親，這一路斷斷續續的接觸，裴昌禹為人的真誠已給陸小姐留下很深的印象。現在見他如此坦誠，她沒有絲毫的惱怒；非但不惱怒，還非常感動。但她無法表達這種感動，唯有低頭垂淚而已。

羅氏夫人真是被感動了，她說：「難為賢侄對我家如此多情。如果真的不耽誤賢侄，那我這兒先謝謝了。」

裴昌禹說：「伯母快別如此說，這是小侄應當做，也樂意做的。——要不，先命昆侖奴瞧瞧那船去？」

羅氏夫人說：「全仗賢侄了。」

裴昌禹就出去呼喚昆侖奴。這裏，陸氏母女望著他的背影好一陣搖頭歎息。

14

唐貞元十一年隆冬的一個傍晚，長安城外廣通渠水驛碼頭，並排停泊著一大一小兩隻即將啟碇的船隻。大船鷁首，已非昔日風光，好幾處圖飾已經剝落；小船名叫飛舲，那是隻新船，通體漆成暗紫，在夕照裏閃著熠熠的紅光。

羅氏夫人和幾個婢僕都已在船上，只有陸憶菱小姐還站在水埠高處，向西茫然佇立著。冷颼颼的晚風從河岸的柳絲上刮來，不時掀動陸小姐的衣袂，她腰間的玉佩因而發出輕微的丁當之聲。

　　裴昌禹站在飛艎小船的船頭，用一種擔心、愛憐的目光眺望著陸小姐。陸小姐則在眺望即將離去的長安城，那座她住了整整二十年的大唐都城。平流十頃，高柳數章，夕陽銜堞，水影涵林，帝京的壯麗，此時變得重要起來，讓陸小姐生出無限的眷戀。裴昌禹與陸小姐近在咫尺，而以眺望來描述他的目光，可見此時此刻他意識到陸小姐與自己的心理距離會有多遠。昆侖奴緊隨在裴昌禹的身後，他也在緊張地注視著陸小姐。這種緊張反映出他在為他的主子與這位貴族少女間的關係而憂心忡忡。

　　自從得知陸氏母女準備回南之後，裴昌禹一直在尋找機會告訴堂叔堂嬸自己不願為官，而寧願回家鄉去過庸常的百姓生活，但他一直找不著機會。眼看陸家起程的日子越來越近，他決定直言不諱，實話實說了。

　　那天晚飯後，他見堂叔堂嬸心情很好，就突然說：「叔，嬸，我不想在長安待下去了。我想我還是回江南吧。」

　　堂叔堂嬸一聽，果然吃了一驚。

　　堂叔說：「好好的，這是為什麼呢？」

　　堂嬸說：「難道有什麼不順心的事麼？是不是下人有伺候不到的地方？」

　　裴昌禹說：「叔、嬸別多心。您二老待我勝似親生，下人服侍也很周到。」

　　裴延齡說：「那你為什麼要回去？南邊你已沒有親人，些許產業也不足掛齒。在京師可是前途無量啊！」

　　裴昌禹說：「叔，嬸，陸小姐母女要回江南去。她們家現在已沒有可撐持的男人，侄兒我想幫幫她們。」

　　堂嬸說：「那咱們派幾個得力家丁護送也就是了。」

　　裴昌禹說：「這恐怕不行。嬸，我已經答應她們了。要不然，我送她們回去之後，再來京師吧。」

　　堂嬸還想說什麼，卻叫堂叔阻止了。堂叔說：「昌兒，你的心

思我早看出來了。你要親自送她回去，我也不攔阻你。只是前途、命運你要想清楚了！」

裴延齡的眼睛是很毒的，他提醒的實在非常及時，可是裴昌禹執迷不悟，根本就聽不進去。他說：「侄兒明白。侄兒謝謝叔叔、嬸嬸。」

裴延齡說：「這樣吧，家裏剛剛打造了一隻飛舲小舟，正好供你使用；昆侖奴伺候你這兩年也順手了，他身強力壯又頗識水性，此去水路，也許用得著，你就帶走吧。」

裴昌禹就趴到地上一連磕了幾個響頭，說：「叔、嬸的恩德，侄兒沒齒不忘。容侄兒來日再盡孝吧。」

夕陽漸漸淡了，裴昌禹的憂慮漸漸濃了起來。他不敢上岸去勸說陸小姐，他不敢；他只好耐起性子默默地等待。他知道，此刻的陸小姐把什麼都忘了，忘了天色向晚，忘了兩個船的人都在等著她拔篙起程；只見她兩眼迷離，遙望變成紫藍色輪廓的長安城。裴昌禹明白，她實際上是在等誰。裴昌禹不願意告訴她，劉禹錫已不在長安，劉禹錫已返回揚州。他不願意。

裴昌禹猜測得一點不錯，陸小姐正是在等劉禹錫。她本來對劉已經絕望，可是昨天傍晚信使送來了父親的第一封家書。是這封家書，使得陸小姐重又燃起對劉禹錫的熱情和希望。

昨天傍晚，她吃完晚飯剛要上樓，僕人跑來交給她一封書信。那信土黃色的信皮，紙質極其粗糙，但一看上面熟悉的筆跡，陸小姐的心就怦怦地跳起來。她捧著書信彷彿捧著一件寶貝，問僕人信是什麼時候到的？僕人回答說是驛站剛剛快馬送來。陸小姐一看封緘上的寄信日期，卻是已過了一個多月了。

這只是一封報平安的家信。陸贄在信中報告了他初到忠州的一些情況，總之是一切均好，毋須掛念。其中特別提起的有兩件事：一是陸贄一上路就擔心的一件事，是他去的忠州，刺史是李吉甫。

這李吉甫原是駕部員外郎，陸贄秉政時被貶為明州長史。後來量移來忠州，為忠州刺史。這次陸贄來忠州，李吉甫成了他的頂頭上司，你想他的擔心是不是多餘的呢？就連他的許多門人學生也替他捏著一把汗。陸贄來忠州後，一直杜門謝客，不見任何人。可這李吉甫肚量真夠大的，他不計前愆，竟備了厚禮親自上門，以宰相禮拜見陸贄。此後對他又十二分的照顧，令陸贄非常感動，兩人差一點成為莫逆。二是關於劉禹錫。陸贄在記述劉禹錫郭家店餞行一事之後寫道：

> 夢得少年精敏，無不通達。一試進士及第，嶄然見頭角。嗣又連捷博學宏詞及吏部取士科，尤屬難能可貴。俊傑廉悍，議論證據古今，出入經史百子，踔屬風發，率常屈其座人。其文學詞章，雄奇峭拔，骨幹氣魄，橫絕一時。至若科舉之學，驅一世於利祿之中，而成一番人材世道，其敝彰彰，生為士子，誰其能免？兒若不以此為難，則劉生為婿當無大憾矣⋯⋯

陸小姐覽書至此，一顆芳心就有些把握不住，一時生出許多後悔和內疚，她差一點想取消回南的計畫，立刻跑去見劉禹錫。可是她清楚，這是絕對做不到的。

所以，此刻她人已踏上了歸途，而心卻留在了長安。她根本不知道劉禹錫早在一個多月前回了揚州，還異想天開地希望他會突然跑到水驛碼頭來為她送行。

從長安方向不斷刮過來的陣陣寒風，使得水驛酒樓上懸掛的酒旗獵獵作響，也使得穿上貂皮袍子的陸小姐冷得一陣陣戰慄。這時，使女鵑兒第三次來請她上船了。

使女鵑兒懂得陸小姐的心思，她一針見血地說：「小姐，別癡心妄想了，他是不會來的了。久久地站在風地裏，是會要著涼的。

咱們還是走吧！」

　　陸小姐終於慢慢轉過身子，她最後望一眼漸漸虛無起來的長安城，扶著鵑兒的肩頭一步一步地上跳登舟。

　　陸小姐走進船艙，就像走進裴昌禹的心裏，他如釋重負地吐了口氣，對身後的昆侖奴說：「準備啟碇。──哦，開船！」

　　於是飛舲小舟緊隨鷁首畫艫，就像牛犢跟隨母牛慢慢沒入由淡淡夕陽和青白河水融合成的淒美畫圖之中。

　　就在這時，一隻名叫艖艒的短而深的小舟從汊港裏駛出，悄悄地尾隨了上去。

15

　　午後的汴州城南水埠碼頭一片繁忙。這裏石砌的很寬的埠頭不止一個，而是有三四個，一字兒排開在汴水邊。每個埠頭都停滿了各種重載的貨船，在岸與船之間鋪著十幾條寬闊的跳板，就有許許多多挑伕在上上下下地搬運貨物。這些貨物主要是江淮漕運來的大米和小麥；此外還有板栗、藥材、食鹽和瓷器。

　　沒有風，十二月的陽光和暖地灑在波光粼粼的汴水上，也灑在肩挑背扛的挑伕們身上。挑伕們有的敞著衣衫，有的甚至光了膀子，一邊搬運，一邊喊著號子。這裏的號子與別處不同，調子起落很大，變化多端，像歌唱一般好聽。

　　汴水東邊遠遠地過來一條蘇式小船。快近水埠時，小船停了槳，船就慢慢滑行。船家在選擇停靠的地點；起先他嫌邊上空著的一處石埠太偏，放棄了；船繼續向西滑行，結果滑過所有埠頭，全被船隻擠擠挨挨占滿了，根本無法停靠，只好撥轉船頭重新回到最東邊那一處石埠。船停妥後，就見艙中走出一位身穿淺青色官服的高高瘦瘦的年輕人。他的身後緊跟著一個十五、六歲的僮僕。

　　年輕官員提了袍角上岸，一邊對跟上來的僮仆說：「劉粟，我

先帶你去遊相國寺，看吳道子的畫，楊惠之塑的佛像，再帶你去登吹台，你說好不好？」

劉粟高興得連蹦帶跳，說：「好！好！」

不用我說，諸位已經知道，這青年官員就是詩人劉禹錫。

自從兩個月前劉禹錫離開長安回到揚州，心神一直很不安寧。有兩個女人的影子老是走馬燈似的在他眼前晃來晃去。兩個女人比較起來，陸憶菱小姐的身影更強烈些，也更清晰些。劉禹錫從沒有像現在這樣擔心過陸小姐；他不知道陸憶菱小姐在失去父親庇佑後的長安城中，生活會是一番什麼樣子。他埋怨自己不該太過自負；就是從呵護陸小姐考慮，他也應當先去俯就她的呀！這麼翻來覆去想了近兩個月，他在揚州待不下去了。恰在此時，一封書信促成了他的長安之行。

信是裴延齡寫來的。裴延齡在信中說，他已向吏部舉薦劉禹錫，吏部也已同意重新考慮劉禹錫的任職，但目下只能先去京兆府渭南縣屈就主簿，等以後有機會再設法安排更合適的位子。裴延齡最後說，主簿的位子實在太委屈劉禹錫了，要是劉禹錫不願去渭南也沒關係。然而劉禹錫決定去渭南。主簿雖是個無足輕重的小小屬官，但渭南畢竟離長安很近，他可以隨時去看望陸小姐，也可以去徐楚楚小姐那兒吟詩聽曲。他對他在揚州的生活已感到十分乏味了！

劉禹錫委婉地向杜公提出辭呈，杜公雖有些捨不得他離開，但還是很爽快地答應了。劉禹錫就收拾起一個簡單的行囊，備了一些揚州土產：一面精製的銅鏡，兩支精雕細刻的牽牛花飾的黃楊木簪子，幾樣小巧的狗、羊、兔、猴的青釉白釉擺設，以及筆墨紙硯，銅的筆架、筆帽；此外，便是海鮮瓜果類的吃食。他將這些東西分裝幾個竹篋箱簍，預備送人（當然主要是送陸、徐二位小姐）。他又將從弟劉三復遣回嘉興——家中自打父親去世之後，只託付幾個老仆，雖無多大產業，終須有主人親自打理才好。於是擇定黃道吉日，兄弟倆辭別杜公一南一北離開了揚州城。

這一次去渭南赴任，因為官升一級，又可以回長安與陸、徐二位小姐重聚，劉禹錫的心情非常愉快，所以途經汴州時，他打算在這座歷史名城盤桓半天，遊玩幾處名勝。

　　相國寺離汴水不遠，左不過二三百步路，因此一上河岸，便能望見寺院巍峨的殿閣。殿閣屋頂高底錯落的黃色琉璃瓦，在陽光的照射下，飛出一片又一片耀眼的金星，使人不能久久凝視。

　　站在相國寺典雅氣派的門樓前，劉禹錫被它復雜精巧的結構傾倒了；尤其是它的捲簷，簡直不知道怎麼製作成的。一百多年後，北宋初年有一位著名的建築大師喻浩，在面對這座門樓時，同樣發出了聲聲讚歎，他說：別的建築技術他全會，唯獨沒法子解開這卷簷在建築學上的謎底！

　　相國寺是規模相當宏大的一處寺院，占地約有五百四十畝。全寺分為大小六十四個院落，即使走馬觀花地走一圈，沒一整天時間是根本不行的。劉禹錫在讚歎完門樓後，只瞻仰了天王殿、大雄寶殿和八角琉璃殿三處。他一邊觀賞一邊給劉粟講解，講得特別仔細的是大畫家吳道子畫的《文殊維摩畫像》和大雕塑家楊惠之塑在八角琉璃殿中的《千手千眼觀世音塑像》。他明知劉粟根本聽不懂這些，但他還是興奮不已地講著。其實他是講給自己聽的，只不過把劉粟權當了另一個自己。他用詩的語言說：「吳畫與楊塑，在昔稱絕倫。深殿留陳跡，鮮逢真賞人。一見如宿遇，舉袂自拂塵啊……」

　　劉粟不知道他在講什麼，瞪大兩個眼睛莫名其妙。劉禹錫一笑，講起了吳道子與楊惠之的故事。這回劉粟能聽懂了，並且聽得津津有味。劉禹錫說：「吳道子和楊惠之原是一對學畫的好朋友，他們都師法南朝大畫家張僧繇。後來吳道子的畫技越來越精湛，聲譽也越來越高。楊惠之覺得在繪畫上自己已很難達到吳道子的成就，就苦苦思索了三天三夜，最後把筆硯全部扔進河裏，改弦易轍，拿起雕刀專攻雕塑。經過十數個寒暑的刻苦努力，楊惠之最終

在雕塑上取得了極大的成功，成就不在吳道子之下。」

劉粟聽得津津有味，但他的興趣不在這故事上；他忽然驚喜於他自己的發現之中。他一把抓住劉禹錫的衣袖說：「相公，你瞧，這觀世音很像一個人哩！」

經劉粟特別一點，劉禹錫的眼睛也陡地亮了起來。

劉粟說：「這不就是活脫脫的一個陸小姐麼？」

劉禹錫興奮得眼裏溢滿了淚花，他說：「小姐，小姐，你要真是南海觀世音菩薩，你就度了劉夢得吧！」

就在劉禹錫帶劉粟遊相國寺的同一時候，陸小姐的鷁首畫舫和裴昌禹的飛舲小舟相跟著來到汴州城南水埠碼頭。陸小姐傳命停船，她要進汴州城游一遊相國寺和師曠吹台。她說這一回南，千里迢迢的，知道以後還來不來長安！從前父親去東都辦事，幾次要帶她順道遊玩汴州，她都提不起興致，以為往後有的是日子，什麼時候不好來呢？所以一直沒來。如今怕是要永遠離去了，她得抓住這最後一次機會，補上這一課。這麼說著時，那淚珠兒就不由自主地落了下來。使女鷴兒知道小姐此刻的心情，也不敢深勸，怕越勸越惹她傷心，就只好用別的事情來打岔。

鷴兒說：「小姐，我聽人說，相國寺裏的千手觀音跟活人一樣，是一位非常美貌的小姐呢。」

陸小姐抹著眼淚說：「那是開元時的大雕塑家楊惠之的作品。那裏還有一幀非常有名的《文殊維摩畫像》，那是楊惠之的好朋友、大畫家吳道子的作品。」

這一打岔，陸小姐的情緒果然穩定了許多。可是船無法靠岸，因為幾個青石水埠都停滿了槽運的貨船。最後總算在最東邊的那個石埠邊找到了不很寬敞的停靠位置，兩條船勉勉強強擠了進去；畫舫的那一邊挨著一條蘇式小船。

羅氏夫人體力不支不上岸了；昆侖奴要看船，也不進城。陸小

姐就由裴昌禹和鶡兒陪著去遊相國寺。站在相國寺大門前時，陸小姐眯起兩眼說：「這捲簷這麼繁復精美，虧他怎麼造來的！」

在隨喜佛殿時，陸小姐也講了吳道子和楊惠之的故事。鶡兒聽著聽著，忽然打斷陸小姐，手一指說：「小姐，你瞧，那觀音長相、神態好像你呵！」

陸小姐和裴昌禹瞧著也愣住了。

鶡兒說：「八成那塑手是照著小姐的模樣塑出來的吧？」

陸小姐臉一紅說：「鶡兒，你盡胡說。那楊惠之是六、七十年前的人，他怎麼可能見過我。我……」

劉禹錫帶了僮兒劉粟一路問訊來到汴州城東南的師曠吹台。到那裏一看，不由得大失所望。什麼吹台，只不過一個石頭壘起的高臺，臺上蒿草叢裏一幢東倒西歪長滿灰紅色瓦草的樓房，房前一個破破爛爛的亭子，如此而已。

這吹台相傳是春秋時的盲樂師師曠吹樂的地方，後來漢梁孝王也曾按歌吹樂於此，於是聲名大振。劉禹錫覺得也沒什麼勝景；忽然想起杜甫的《遣懷》詩，不免生出些許感慨。杜甫說：「憶與高李輩，論交入酒壚。兩公壯藻思，得我色敷腴。氣酣登吹台，懷古視平蕪。芒碭雲一去，雁鶩空相呼。」如若將「高李」換成「柳白」，這詩就好像是為他劉禹錫寫的。

陸小姐他們上吹台時，太陽已經快要落進西邊的山谷了。手拍著漆色斑駁的涼亭欄杆，眼望黃茫的平野，陸小姐也想起了杜甫的《遣懷》詩。可她口裏吟出的卻是他的另一首《寄薛三郎中》：「人生無賢愚，飄搖若埃塵。……雖為尚書郎，不及村野人。憶昔村野人，其樂難具陳。藹藹桑麻交，公侯為等倫。」

陸小姐心裏說：劉夢得，劉夢得，這麼一個淺顯的道理，你怎麼就想不明白呢？

　　劉禹錫從吹台下來，紅紅的夕陽像雞蛋黃一樣濃稠，他身上那件淺青色的官服被染成了茄花色。他領著劉粟走進一家藏在薜荔藤蘿中的酒寮，要了一盤熟肉，一盤生菜，四個饅頭，一壺熱酒，狼吞虎嚥地吃起來。他的肚子已餓了好一陣子了。

　　陸小姐他們從吹台下來，夕陽已如水一樣稀薄。路過那家酒寮時，裴昌禹說：「世妹，走了這半日你也累了，肚中想來也空索索的了，要不就在這村野小店歇歇腳，喝口水，點點饑？」
　　陸小姐想了想說：「也好。我還真有點累，有點餓了。」
　　於是他們踏上去那酒寮的小小岔道。可是半道上陸小姐又改變了主意，她說：「算了吧，天也好早晚的了，我娘還在船上等著呢。」
　　裴昌禹只好放棄一次獻殷勤的機會。他們原路返回，上了雇定的驢車徑直回到汴水碼頭。

　　劉禹錫酒醉飯飽之後，歪歪斜斜地騎著驛站提供的一匹騧馬往回走。待到城南水驛碼頭時，天已大黑了。他由劉粟扶著上了小船。剛要進艙，只見艙裏出來一個人。那人矮矮敦敦像一段圓木，一開口牙齒白得像雪，他說：「你，們，是─誰？」
　　劉禹錫說：「你──是誰？怎麼在我的船上？」
　　矮個子說：「你，的，船？──我，的，船！」
　　這麼對著話時，艙內又出來一個人。那人見了，驚愕地說：「劉兄，怎麼是你？」
　　劉禹錫一聽口音就知道是誰，他也驚訝地說：「裴兄，這麼巧！你怎麼會在此地啊？」
　　裴昌禹望望一邊緊挨著的鷁首畫艫，趕忙拉劉禹錫進艙。進了船艙，裴昌禹命昆侖奴點來兩盞茶。劉粟向裴爺請了安，由昆侖奴領去後艙。

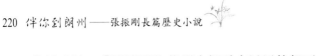

裴昌禹說：「那邊那隻蘇州小船看來是兄的船了。」

劉禹錫說：「不好意思，我竟上錯了船。」

裴昌禹說：「虧得兄錯上了船，否則，你我弟兄失之交臂了。劉兄，你這是從揚州來吧？要去長安？」

劉禹錫遂將他應召回長安途經此地遊覽相國寺和吹台的事大略說了一遍。一番話說得裴昌禹止不住的心驚肉跳，以致劉禹錫回問他怎麼也在這裏，他都沒有聽見。

劉禹錫推推他說：「裴兄，裴兄，問你話呢。你這是要去哪裡啊？」

裴昌禹猛然清醒，脫口說：「陸小姐……」

說出「陸小姐」三字，他本能地覺得不妥，可一時又拐不過彎來，只好支支吾吾像突然害了牙疼。

劉禹錫見他這樣，以為陸小姐發生了什麼意外，很著急地問：「憶菱她怎麼樣了？」

裴昌禹明白自己差一點犯下關鍵性的錯誤。這個老實人在關鍵時刻，因為私心，要了一個小小的手腕。他說：「陸小姐我也好久沒見到了，不知她現在怎麼樣。」

劉禹錫狐疑地望望裴昌禹說：「你是從長安來的吧？」

裴昌禹心跳著說：「是的。我回老家去。我在長安待夠了。」

劉禹錫說：「你不參加吏部的考試了？」

裴昌禹躲避著劉禹錫的目光說：「不參加了。我想回家了。」

劉禹錫吐口氣說：「那好，裴兄，我回自己船上了。我要早點兒歇下，明兒一早回長安。裴兄，我告訴你，我要去見憶菱；我不放心她。這幾個月我簡直度日如年啊！我得去見她，我去見她，去見她，見她，她……」

劉禹錫不停地喃喃著，彷彿酒勁又上來了，連走路都跌跌撞撞的。裴昌禹趕緊喊來劉粟，與劉粟一邊一個，扶了劉禹錫繞過鷁首畫艫，上了那條蘇式小船。

第二天天剛濛濛亮，劉禹錫就命船家拔篙起程。

劉禹錫的小船搖走之後，鷁首畫舫艙內突然明亮了許多，那是因為空出的水面飛起來大片的水光。水光刺激了陸憶菱小姐的眼皮，她醒了，慢慢睜開了眼睛。這時，她聽見清晨的幽靜裏，有一片欸乃的槳聲像飛鳥一般漸漸地遠去。

16

從汴州繼續南下，半個多月後到達揚州，那已是新年的正月初八了。船到揚州臨近中午，他們就在水驛碼頭停船打尖，這時天下起雪來。雪是乾爽的春雪，雪片很小，當屬細雪，但非常密匝，而且看樣子一時半刻停不下來。裴昌禹的意思是滯留揚州，等雪停後再去瓜洲，然後渡長江去潤州。陸小姐則是回鄉心切，因為近二十天的單調水路已使她十分厭煩，巴不得能早一天到家，就說，這麼大的雪待在揚州也沒意思；不如艤舟瓜洲，一旦雪霽，即剪江潤州。裴昌禹覺得陸小姐說的也有道理，於是吃過午飯，就命船工拔篙繼續上路。這樣，一大一小兩隻船在紛紛揚揚的細雪裏向瓜洲駛去。

打從汴州起，鷁首畫舫與飛舲小舟調整了航行次序，由原來的前大後小改為前小後大，而且兩船的距離也控制在十五步路光景。這是頗有水上航行經驗的昆侖奴的建議。至於為什麼要這樣，由於語言的障礙，昆侖奴無法把它說清楚，他只是強調說：「這，樣，安—全。」

到達瓜洲渡口時已是傍晚，雪也停了。他們將船駛進港灣，這時港灣裏已三三兩兩停了一些船隻了。這些船都在打火做飯，一縷縷的青煙把個寂靜的水港裝點出些許生氣。他們在離開這些船隻稍遠一點的地方拋了錨，那裏岸邊正好有兩棵很粗的柳樹可以用來繫纜。船停泊穩妥之後，船娘開始預備晚餐，裴昌禹就帶了昆侖奴上

岸去走走。這也是昆侖奴的建議，每到一處夜宿，他們都這麼做，主要是觀察環境；如果一旦發現環境有問題，他們會立即遷移一個地方停泊。今天自然也不例外。

瓜洲雖是南北交通的樞紐，但唐貞元十二年時尚不及後來宋元時的發達，只是個二、三十戶居民的小村鎮。一到夜晚，商店早早關門，整個村鎮就非常冷清。尤其是這樣的雪夜，就更加沉寂；小小一條麻石街，只偶爾有一兩條狗在走來走去。

裴昌禹和昆侖奴在鎮上轉了一圈，沒發現有什麼異常的地方，就回到船上。吃過晚飯，裴昌禹走去大船，直等羅氏夫人和陸小姐她們都睡下了，又叮囑打坐值夜的僕人幾句，才回自己船上歇下。這也是一路下來他天天必做的功課。

半夜裏，有一條小船從東邊一片葦草中鑽出來，慢慢地向鷁首畫艫靠過去。小船伸出的兩支槳，入水出水幾乎不發出一點點聲音。小船挨近畫艫後，就從艙內躍出兩個穿黑色密扣緊身夜行衣、戴著面罩的人。他們爬上畫艫，從靴統內拔出匕首，輕輕剔開艙門，鑽了進去。

由於雪光，艙內非常明亮。兩人見一個僕人在艙板地上睡著，疙疙瘩瘩的鼾聲似乎找不到出路，在艙壁上到處亂撞。這是前艙，不大，卻堆放著好幾口木箱；其中一口木箱上坐著一個僕人。看來這兩人是輪班值夜的，坐著的那位正當值；可是他也睡著了，身子趴在另一口箱子上。兩人用匕首撬開一口木箱，箱內裝的是瓷器。又撬開一箱，是銅器。再撬開一箱，是鐵器。再一箱是紙。再一箱還是紙。再一箱是書。再一箱又是書。兩賊人知道，這艙裏不會有他們要盜取的金銀財寶了，就摸向通往中艙的門。仍用匕首去剔門閂，那門閂卻是十字閂，很難剔開。他們只得退出前艙，沿船舷摸到中艙，企圖破窗而入。不料中艙的窗子是加固了鐵扣的，根本無法撬開。他們只好重新回到前艙，去對付那個十字門閂。由於十字門的後半部分是剖開活動的，只要想法把這半片活動門頂落，門閂

就能剔開。兩賊人在門邊研究了好一會，總算想出了辦法。他們估摸著在門的後半部上方劃開一道口子，然後用刀尖向下頂落分閂，再橫向一劃拉，門就打開了。兩賊人就進入了中艙。

中艙比較前艙大多了。靠艙壁是一張榻床，床上掛一頂繡花羅帳；透過帳子可以隱約見到母女聯床而睡。榻床前一張茶几，几旁地下呈田字形疊放著四口朱漆官箱，每口箱上都掛著一把黃橙橙的大銅鎖。兩賊人判定，這四口箱內裝的一定是金銀財寶了。一賊人從貼身皮袋裏掏出一把鑰匙，用不了多少工夫就打開了上面一口箱子。這一箱裝的是成匹的絹和綢，成束的綿和絲。他們打開第二箱；這一箱是書畫軸子，賊人不感興趣。把上面這兩口箱子掇開後，他們同時打開了下面兩口箱子。這兩口箱子使兩賊人的眼睛亮了一下，但同時又頗感失望，因為這兩箱雖然一箱是金銀首飾、古玩玉器，一箱是銅錢銀兩，是他們千里跟蹤的目的，但是數量實在是太少了，跟他們預計的距離太大。

兩賊人有些不甘心，又在艙內搜索一圈，試圖有新的發現；但是沒有。這時遠處隱隱傳來一聲雞鳴，他們不敢再耽擱了，便從皮袋裏取出兩個布袱，鋪在地上，一個取細軟古玩，一個取銀兩銅錢。不想取銀兩銅錢的賊人手指帶起一串銅錢的繩頭，這繩頭偏偏又是黴爛了的；只聽豁啷一聲，那貫銅錢撒到地上，又丁丁當當一陣亂響。這響聲就驚醒了陸小姐和羅氏夫人。母女倆同時豎起身子，驚愕地喊道：「誰？是誰？——有賊！有賊！」

賊人放下手裏的活計，撲過來對付這母女倆。這時睡在艙角地下的鵑兒早已驚醒，她尖叫著立刻奔出艙去呼救。

前艙後艙的僕人都被鵑兒的尖叫驚醒，並且都明白發生了什麼事情。大家顧不上穿衣，紛紛抄起家什撲向中艙來抓賊人。可這些僕人哪是賊人的對手，一個個被打得鼻青臉腫，趴在地上半天也起不來。

賊人見這船上就這點能耐，倒不著急了。他們大大方方地繼續起他們的工作；一邊裝財物，一邊還講究怎樣疊放經濟、合理，

不會碰壞古玩首飾。之後，他們從從容容將包袱紮好捆到肩上。離開前，其中一名賊人向羅氏夫人和陸小姐行個禮說：「夫人、小姐，對不住了，我們這也是窮極了沒法子。如今陸相呢，也不是宰相了，我們來此行竊，些許銀兩，料想官府也必不肯興師動眾地緝拿。好了，沒事了，請夫人、小姐繼續安睡。我等拜辭了。」

說完，兩賊人相互笑笑，就搖搖擺擺出艙去了。他們穿過前艙，上踏步，準備回自己的小船。前面那個賊人一隻腳剛剛踏上艙面，只見斜刺裏猛地伸出一隻長滿黃毛的黑手。這黑手往上一抄，一下抓住了賊人褲襠裏的東西，只一緊，那賊人就沒命地喊起爹媽來。緊接著地上升起一座鐵塔。鐵塔一顛，只聽撲通一聲，那賊人就翻到江裏去了。後面的賊人知道同夥遇到了麻煩，就不敢上來。他正要另想別法脫身時，聽得岸上有人在喊：「昆侖奴，快下水去抓賊，別讓他跑了！」

鐵塔躍入江中去抓落水之賊，艙內的賊人抓住這個機會趕緊逃離。可他來到艙面一看，他們的小船不見了。顧不得多想，他一個騰步跳到岸上，腳剛著地，就叫隱藏在柳樹背後的裴昌禹一個掃蕩腿撂了個狗吃屎。裴昌禹本是習過武的，要不了幾個回合，就將那毛賊制伏。與此同時，昆侖奴也抓著水中毛賊的衣領將他提上岸來了。

第二天天亮時，就有揚州節度府的一位參軍帶了四名兵丁把那兩個毛賊帶走。那參軍當著陸小姐和羅氏夫人對兩毛賊說：「鬼東西，你們以為陸相不是宰相了，就可以對他的家眷為非作歹了？」

參軍的話是對賊人的嚴正警告，但恰恰道出了一個事實。這讓陸小姐非常的震驚。

押走賊人以後，那參軍給羅氏夫人和陸小姐重新施禮，說：「我們大人讓小人多多拜上夫人、小姐，請夫人、小姐去節度府暫住幾天，我們大人要親自給夫人、小姐壓驚。」

陸小姐婉言謝絕了那參軍，命船工即時過江。

發生這一起跟蹤偷盜案，最感到痛心疾首的應該是裴昌禹了。

他對羅氏夫人和陸小姐說：「我有負陸相的重托，沒能照顧好伯母、世妹。我該死！我該死啊！」

羅氏夫人說：「賢侄，別這麼自責。這怎麼能怪你呢？總是老爺被貶，才有此一劫的呀！」

陸小姐望著裴昌禹，淚珠兒撲簌簌地滾落下來，說：「裴……兄，多虧你啊！要不是你，我們……」

陸小姐自出娘胎破天荒第一次號啕大哭起來。

「裴兄」二字彷彿天外飄來的一聲綸音佛語，使得裴昌禹忽略了陸小姐的悲傷，他忘情地抓住陸小姐的一隻手，莫名其妙地連連說道：「謝謝世妹，謝謝世妹，謝謝，謝謝……」

17

劉禹錫重回長安是在與裴昌禹汴州分手後的第三天傍晚。他把行李暫時寄放在驛站，只背個小包，騎著一匹由驛站提供的白底灰點子騮馬，走向熟悉親切的京城。這時，一輪大如鼉匾的夕陽正掛在春明門城樓翹起的飛簷上。忽然，那夕陽變成一面銅鏡，鏡中就浮現出一張美麗少女的臉龐。劉禹錫忘情地喊道：「憶菱，小姐，我，我回來了！」

兩個守門的軍士見了，以為這位穿淺青色官服的青年腦子出了問題，因而連路條也忘了跟他要了。

進城之後，那匹騮馬放慢了腳步；它四蹄輕鬆，顛蕩起落，彷彿在跳一支波斯舞；興慶宮長長的宮牆上就非常清晰地印上它的一系列動作。劉禹錫扔掉手裏的韁繩，任由騮馬信步而行，而那馬居然會懂得主人的心思，在走完興慶宮宮牆後，很自然地轉入朱雀四街。不久，又拐進一條巷子，停在了一處高大的宅院前。

一條迎面走來的黃狗提醒劉禹錫，騮馬已經站住。他抬起頭，只見那宅院的門楣上有四個磚雕本色隸書：嘉興陸氏。

跟從前不同的是，這兒已沒有了森嚴之氣；大門緊閉，東角門開著，沒有一個看門的人。剛才那條狗走了回來，走到東角門邊，懶洋洋地臥了下來。劉禹錫將馬拴在一棵大槐樹下，提了青布小包向東角門走去。那只黃狗望望劉禹錫，不哼不叫。劉禹錫彎下身子撸撸它油亮的皮毛，進了角門。劉禹錫雖只來過一次，但熟門熟路。他來到大廳，見廳上乾乾淨淨，非常寂靜。這似乎告訴劉禹錫，陸府的生活十分平靜。他站了一會兒，不見有人來答應，就反身出廳，順大廳牆腳去後院上房。

上房同樣收拾得很乾淨，當然也一樣的寂靜。劉禹錫隱隱約約感到有些不對勁了，他向內問道：「請問屋裏有人麼？」

沒人回答。

劉禹錫又提高嗓門問道：「請問屋裏有人麼？」

回答他的只有空落落的回聲。

劉禹錫從上房退出來，心裏開始疑竇叢生。他沿甬道進入西花園。西花園花木青蔥，池水清冽映著巍巍一幢鶯澤樓。劉禹錫來到樓下，仰面喊道：「陸小姐！陸小姐！夢得來了。」

喊了半天不見人影，正不知如何是好，一個執了把掃帚的僕人從花牆那頭走過來，說：「公子，您找誰？」

劉禹錫忙說：「我找夫人、小姐。她們在家麼？」

僕人說：「夫人和小姐回南邊了。」

劉禹錫好似當頭遭了一瓢冷水，愣了一下說：「去了老家？」

僕人說：「是的，回老家了。」

劉禹錫說：「幾時動的身？」

僕人想了想說：「十月初九。」

劉禹錫說：「才五、六天啊！——那都有誰護送夫人、小姐呢？」

僕人說：「是一位姓裴的公子。」

劉禹錫說：「裴昌禹？」

　　僕人搖搖頭說：「不知道。奴才從不敢打聽主子的事情。」

　　劉禹錫掐指一算，心裏明白過來。他恨恨地說：「裴昌禹呀裴昌禹，你也學會耍奸滑了！」

　　劉禹錫離開陸府時，天快擦黑了。初冬的長安城，夜晚已經非常寒冷。颼颼的夜風從巷子口刮來，揚起帶著枯葉的沙土，把劉禹錫的眼睛弄迷糊了。他騎著那匹騸馬，毫無目的地在大街小巷之間穿梭。那馬彷彿也失了靈性，走起道來七扭八拐的。這時街鼓咚咚，一下一下地響起，就有巡邏的騎兵從街角轉過來。劉禹錫意識到不能再這樣轉悠下去了，他幾乎連想也不想就牽轉馬頭向升平坊樂遊園走去。

18

　　由於受到那一場驚嚇，又外感了風寒，陸小姐一回到老家就病倒了；高燒，驚厥，不斷說著胡話。請來本地幾位名醫診治都不見效，羅氏夫人和陸贊夫婦急得坐立不安；最後倒是天後坊丘為老先生從楊柳灣請得的一位無名的烏花郎中把她的病給控制住了。直到年關將近的時候，陸小姐總算慢慢好了起來，可以下地行走了。

　　這天下午，天氣非常晴暖，陸小姐命使女鸝兒搬一張躺椅到露臺上，她就半靠在椅子上曬太陽，一邊吃著鴛鴦湖圓角菱磨成的菱粉糊。菱粉糊薄糯，很合陸小姐的口胃。身體的逐步康復，陸小姐的心情也跟著慢慢好起來。她有一口沒一口地吃著粉糊，眼望著樓下映著日影的清清亮亮的池水，身子忽然虛無起來，彷彿坐在長安家中，又彷彿坐在三年前的這裏。只有一宗是真實的，那就是：她熱烈追求的人離她而去了；而她排斥的人卻在一步步地靠近。她覺得這世界真是稀奇古怪，不可思議。這樣想著，不由笑了笑，擱下粉糊碗躺下了。

　　一個小丫頭上樓來了，他的手裏捧了一個竹篾食盒。小丫頭說：「小姐，這是干戈坊裴公子親自送來的燴野兔。夫人說，小姐午飯沒吃好，讓拿來給小姐嚐嚐。」

陸小姐想說什麼，卻沒吭聲。

鵑兒說：「裴公子人呢？他說什麼了沒有？」

小丫頭說：「裴公子詳細詢問了小姐的飲食起居，坐了一會就回府了。老爺、夫人讓他來見小姐，他說小姐病剛剛好，怕絮煩，改日吧。這裴公子真會疼顧人的。」

陸小姐聽了，輕輕歎了口氣。

小丫頭走後，鵑兒說：「要說這個裴昌禹也真是一片丹心了。小姐，你心裏究竟怎麼想的？」

陸小姐沒有回答，半晌，她說：「打開食盒，看看他的燴兔肉。」

鵑兒望望陸小姐，揭開了盒蓋。盒內放著一個青瓷雙層齒沿蓋罐。陸小姐一看就知道，這蓋罐是著名的前朝（隋）河南安陽窯，先不說罐內的食物，就這個罐子已令陸小姐心曠神怡了。心想：這個裴昌禹在我身上算得上是費盡心機了。

鵑兒又打開有荷葉蓮蓬圖案裝飾紐的罐蓋，立即有一股蒸氣沖上來。她吸吸鼻子說：「好香啊！」

罐中是切成四塊、用黃芪燜煮成的清味野兔。鵑兒用一個細白瓷小盞子盛了一塊兔肉，送到陸小姐跟前，說：「小姐，你嚐嚐。」

陸小姐說：「肉太硬，我喝一點湯吧。」

陸小姐用一根小銀匙舀了一匙湯送進嘴裏，品了品說：「好喝。」又連喝幾口說：「不錯。鵑兒，你也喝一點。」

鵑兒也不推辭，就著盞兒喝了一口，舔嘴咂舌地說：「鮮，真鮮！」

陸小姐笑著說：「你吃吃這兔肉，看是不是很硬。」

鵑兒果真搛起一塊咬了一小口，嚼著說：「香！這肉看上去方方正正，其實已燜爛了。小姐，你嚐嚐。」

陸小姐就咬了一口，說：「果然很爛了。」

鵑兒說：「小姐，我怕這兔肉不是白吃的吧？」

陸小姐說：「管它呢，送來咱就吃。」

鵑兒忽然恨聲說：「這個劉夢得，實在忒混賬了。」

陸小姐聽鵑兒提起劉禹錫，將手裏的兔肉放回碗裏說：「唉！看來這世上最抗不過的就是人的命了。」

鵑兒說：「這麼說，小姐對裴公子……」

陸小姐一笑，說：「我不知道。」

鵑兒說：「小姐，你說會不會是咱的想法不對頭？這歷朝歷代的讀書人，好像很少有不願為官的。」

陸小姐說：「可是宦海沉浮，變幻莫測，又有多少人起起落落，最終把官丟了，甚至還搭上命的？」

鵑兒說：「我家老爺也算得很受萬歲爺恩寵了，結果……難道老爺這樣的聰明人還想不透徹？」

陸小姐說：「這不是想透徹想不透徹的問題。所以，裴昌禹也算是難能可貴的了。」

轉了一圈又回到了原地。鵑兒好像放了心，又好像很擔心，說：「這麼說，小姐對裴公子確實有了感覺？」

陸小姐笑笑說：「這跟感覺什麼的是兩碼事。」

鵑兒真的擔起心來，說：「可人家當的是一碼事啊！」

陸小姐說：「好了，這事放過一邊。鵑兒，你剛才說，今兒早上，那個嘉興縣令侯蔦來找過叔父了？」

鵑兒說：「是的。好像為一宗額外的租稅，叫什麼方啊圓的。二老爺還跟他粗脖子紅臉了呢。」

陸小姐說：「莫不是『稅外方圓』吧。怎麼了？」

鵑兒說：「侯縣令說，蘇州府衙派下來多少多少穀米，多少多少銀兩，多少多少絲綢，甚至多少多少粟豆馬料，他只得按各家田地產業來分派。他說咱家在嘉興一縣算不得首富，也算得是二富，三富，按份例攤派了一個不小的數額。二老爺一聽就跳了起來，說官宦人家不是按例可以免徵或少徵麼？侯縣令說，這官家指的是京

官。說前幾年他何曾來府上征過？一則今年下來的徵稅實在太重，二則陸贄大人不是已不當京官了麼？二老爺說，這世態就這麼炎涼麼？侯縣令點點頭說，有什麼辦法，這世態就這麼炎涼。說著，他還提到了小姐您。」

陸小姐說：「他怎麼就提到我了？」

鸝兒說：「他是舉您的例子說的。他說，早過去一年，他侯某就是派捐再多也決不來麻煩府上；非但不來麻煩，他還得想法在所收的捐稅內開支一部分來孝敬您陸二老爺。他說，二老爺，您總還記得貞元八年春天，你家大小姐祭完祖回京時，我送的禮吧？那可是整整五百兩銀子的公款呢！幸好你家小姐沒收，省了我許多騰挪。現在大小姐不是又來了麼，要是她再回長安，我可就沒閒錢送禮了。非但送不起禮，二老爺，今年的『稅外方圓』款您還得照章納夠哩。您不是說世態炎涼麼？唉，它就是世態炎涼，任誰也沒法子的啊！」

陸小姐聽完冷笑一聲說：「這個混賬知縣，他倒是實話實說。」

19

劉禹錫在升平坊樂遊園徐楚楚宅中一住就是十年。這十年中，他從渭南縣主簿調回長安，一直擔任監察禦史。貞元二十一年正月初四，裴延齡中風而歿，眾臣稱慶，唯德宗哀悼不已。不久，德宗也病倒了，病勢不輕。他忽然想念起陸贄來，覺得自己對他實在有些太過份。這時李吉甫調任京官，由薛延代李為忠州刺史。朝辭那天，德宗令薛延宣慰安撫陸贄；宰相韋皋也上表，懇請德宗下詔召陸贄回京師，自己寧願把宰相之職重歸陸贄，德宗卻只是流淚而已。正月二十三日，德宗駕崩，順宗即位。這順宗在東宮時就很信任王叔文，登基後即任命他為翰林學士，不久又改任度支鹽鐵轉運史、戶部侍郎等職。王叔文早有革新朝政的素志，這時就與王伓網

羅一批青年京官。劉禹錫因為徐楚楚的關係，也就成了較早進入王叔文政治集團的人員之一。與他同時進入的還有他的好友柳宗元。柳宗元是貞元十四年考中博學鴻詞科的。他先後被任命為集賢殿正字，藍田縣尉，監察禦史裏行等職。不久，劉禹錫被任命為屯田員外郎，判度支鹽鐵案，柳宗元也升任禮部員外郎。此時，劉禹錫當然有了自己的府邸，他就從升平坊徐楚楚小姐那裏搬了出來。

臨走的頭天晚上，徐小姐治了一桌極豐盛的酒宴在臥室外的小客廳裏。十年，在一般夫妻，也是個不短的歷程；徐小姐以妓女的身份領略到了夫妻生離死別的悲傷和依戀。

她一杯一杯地為劉禹錫勸酒，自己卻一口不喝。她臉上漾著笑，說：「公子！」

徐小姐與劉禹錫過了十年事實上的夫妻生活，可是「公子」二字不曾離口，「夢得」二字不曾上口。這會兒她說了「公子」二字，卻哽噎住了，眼中的淚水就止不住掛落下來。淚水不斷地流淌，可她臉上的笑容依然十分燦爛。她說：「公子，我真為你高興。真的！我真高興。」

劉禹錫喝乾一杯酒說：「楚楚，你不要這樣。我會常回來看你的。」

徐小姐搖搖頭說：「你不會的。我知道你心裏有我，想回來看我，可是你不會回來的。我知道，你不會。」

劉禹錫又喝乾一杯酒，說：「楚楚，難道你就這麼看我？我告訴你，我會回來的。一定會回來的！」

徐小姐還是搖著頭，說：「你不會回來的。我知道，你不會了。」

劉禹錫一把攥起徐小姐的手，把它貼到自己的臉上，說：「楚楚，請你一定要相信我，我會回來看你的。我會的！」

徐小姐哭出聲來了；她抽回自己的手說：「其實，我應當知足了。我這一生能與自己喜歡的男人有十年的夫妻緣份，我還有什麼

可抱怨的呢？只是……唉，只是我的肚子太不爭氣，不能為你生個一男半女。這是我此生最最遺憾的了！」

劉禹錫連喝了兩杯酒說：「楚楚，我記住你這十年帶給我的溫馨和快樂。孩子又算得了什麼！」

徐小姐淚流不斷，她說：「公子，你安頓好後應當儘快去找陸小姐。我深知道，只有陸小姐才是你的真愛。這幾年鳩占鵲巢，我一直心懷不安。現在好了，終於到了完璧歸趙的一天了！」

這回輪到劉禹錫大搖其頭了，他說：「晚了！我一次次地給與她傷害，她的心早該冷了，死了。十年了，也許她早嫁人了。」

徐小姐抹乾眼淚說：「她沒有；她還在等你。」

劉禹錫圓睜起一雙豆莢眼說：「是麼？是這樣的麼？你怎麼會知道？」

徐小姐再次淚眼婆娑了，她說：「是的。我知道，我知道的。」

劉禹錫見她不願說透，不便相強，就說：「好吧，我聽你的就是。」

徐小姐點點頭，笑了一下，起身端起面前那杯酒說：「公子，楚楚敬你最後這一杯酒！」說著，一仰脖子把酒乾了。

劉禹錫聽她如此說，不免有些後悔和傷感。他說：「楚楚，你別這麼說。我不會忘——」

劉禹錫話沒說完，發覺徐小姐有什麼不對勁了。只見她臉色灰白，額上冒出豆大的汗珠，人晃了兩晃，一頭栽倒在椅子裏。

劉禹錫丟掉酒杯，奔過去攙扶她，一邊大聲說：「楚楚！楚楚！你怎麼了？你怎麼了啊！」

聞聲趕來的小篆和媽媽就哭開了。媽媽是經過世事的，她明白徐小姐服了毒，就哭著說：「女兒，女兒，你這是幹什麼？你怎麼這麼傻呀！」

徐小姐的呼吸急促起來；她只管癡癡地望著劉禹錫，眼中的淚水像溪流一樣汩汩地流個不停。她說：「公子，你要記住你的諾——

言！」

劉禹錫此刻真所謂是心如刀割；他痛不欲生地說：「楚楚，你為什麼要這樣？你為什麼要這樣！是我害了你呀，楚楚，是我害了你！」

徐小姐說：「夢得——請允許我最後這麼叫—你。夢得，這與你一無關，我自己要—這麼做的。我覺得—有你親手—將我—送到—另一個世界，我這一生就—很—圓—滿了。」

說完這些話，徐小姐的臉扭曲起來，氣也更加急促了。劉禹錫和小篆，還有媽媽又是一陣哭喊。

徐小姐非常促疾了，她拼著最後的力氣，對劉禹錫說：「還有一件事，我想—拜託—你。」

劉禹錫流著淚說：「你說你說，我一定去辦。」

徐小姐說：「我—有個—妹—妹……」

劉禹錫從沒聽說徐小姐有什麼妹妹，他說：「你妹妹？她是誰？她在哪裡？」

徐小姐說：「她—就—是—鵑兒。她——」

話到這裏中斷了。徐小姐頭一歪，嘴角滲出一縷血絲。那血絲看起來好像是一抹化錯了妝的胭脂。

深夜裏，長安城升平坊的寧靜被一片淒厲的悲慟刺破了。

天快亮的時候，劉禹錫最終走出悲哀，來到了院子裏。他異常孤獨地在院子裏走來走去，並且抬起頭看天。天色幽藍，沒有想像的漆黑；星光粉塵一樣落下來，落到肩上便有了分量。劉禹錫彷彿承擔不起這分量，他一屁股坐到冰冷潮濕的泥地上，嘶啞著嗓子說：「楚楚，我的——妻呀！」

20

貞元二十一年二月，以王叔文、王伾為首的後來被史家稱之

為「永貞革新」（又稱「二王八司馬事件」）的一幫青年京官，實行了一系列改革，舉其大者有：廢除宮市；免除民間歷年積欠的租稅；停止地方官進奉和鹽鐵使的月進錢；減江淮海鹽價，從每斗三百七十錢降為二百五十錢，減北方池鹽價為每斗三百錢；釋放宮女、樂伎九百餘人回家；懲辦貪官、墨吏（最突出的例子是，查實了京兆尹李實的貪污罪，貶其為通州長史）；召回賢相陸贄和著名諫臣陽城、鄭餘慶等回長安。他們還計畫接管被宦官把持的中央禁衛軍，嚴禁藩鎮任意侵佔土地擴張勢力等等。所有這些善政，不管是對李唐王朝，還是對中小地主乃至廣大百姓，帶來的好處是顯而易見的。

那一段日子，劉禹錫、柳宗元他們可以說是到了廢寢忘食的地步；一道道政令，一張張文告，都要從他們筆下出去。他們差不多每天只睡一兩個時辰，眼也熬紅了，嘴角也生出了熱口瘡，但他們很興奮。他們覺得他們終於實現了經天緯地的政治抱負。尤其是起草召還陸贄等的詔書，劉禹錫激動得幾番把不住手中的羊毫，以致一連數張稿箋都被他摁成團團濃墨。寫完詔書，他又寫了一封給陸小姐的書信，派人晝夜兼程送往江南。他在信中除報告喜訊外，還訴說了自己這十年的苦苦相思，希望陸小姐接書後立即啟程來長安，一則準備隆重迎接老父還朝，二則與自己續修舊好，重圓鴛夢。

送走書信後，劉禹錫就天天扳著手指盼陸小姐。太陽從東邊升起，他就恨不能將它推到西天；太陽西沉了，他又恨不能將它從東邊拽出來。

嘉興城南甜水井陸府，十年的變化非常之大。由於陸贄不喜也不善經營，加上連年苛捐雜稅，陸氏的產業已大大萎縮。當然比起許多破產的中小地主和更為廣大的貧困百姓，陸家還不至於有衣食之憂。

一天，陸贄坐在大廳上，正為一筆積年舊欠犯愁，只見干戈坊的劉三復領了一位差官笑眯眯地進來。陸贄開頭見公差進門，以為又是縣衙來催交捐稅了，心裏不免打鼓；後來見劉三復陪著，又覺

得不像；再見那差官風塵僕僕，不像本地衙役，心想不知又有什麼倒楣的事情要臨門了。來不及細想，他趕緊起身迎了上去。

坐定獻茶之後，差官說：「陸二爺，小人奉劉禹錫劉大人鈞旨，送書信與你家小姐。」

差官說著從皮袋內取出書信，雙手遞給陸贄。因書信是給姪女的，陸贄不便拆看，心裏卻有些著急，就說：「這是……」

差官笑了，說：「恭喜二老爺，賀喜二老爺，陸相已為朝廷重新起用，這會兒恐怕詔書已到忠州了。」

陸贄簡直不相信自己的耳朵了。他問劉三復說：「劉二弟，這是真的麼？」

劉三復說：「二老爺，是真的。千真萬確！」

差官說：「劉大人要小人送書，並與劉二爺一起護送夫人、小姐回長安迎接陸相呢。」

陸贄一聽，真是喜從天降，一面命使女將書信快快送與陸小姐，一面吩咐預備酒宴，好好款待上差。

差官說：「劉大人尚有公函給嘉興縣衙，待小人送書後再來領宴。」

陸贄送走劉三復和公差，就急忙走去上房，報告羅氏夫人和妻子李氏這一喜訊，並一同到鴛澤樓去見陸小姐。

他們喜孜孜來到鴛澤樓時，陸小姐正捧著那封書信發愣。

羅氏夫人說：「菱兒，這可是天大的喜事啊。你父這一回京師呀，咱們又可以重振家業了！」

陸贄說：「是啊是啊，我們陸家從此又可揚眉吐氣了。我看他狗日的誰還敢到我們頭上拉屎撒尿！」

陸小姐聽母親、叔父如此說，汪著的淚水唰一下流了下來。

李氏說：「姪女，你這是怎麼了？——唉，也難怪，十年，整整十年的委屈啊！」

陸小姐乾脆撲到桌子上號啕大哭起來。

陸贊、二位夫人能理解陸小姐此刻復雜的心態，但他們只理解他們認為的那些方面。鵑兒對小姐的理解顯然比三位主子深了一層，但也只拓展到有關劉禹錫的部分。事實上陸小姐的傷痛範圍要大得多，也深得多，而且各種傷痛九轉迴環，相互滲透又相互扭結；當父親召還的喜訊送上樓來時，喜訊變成為一把尖刀，為此，陸小姐的那顆心突然千瘡百孔了。

陸小姐的悲傷終於漸趨平緩，這時裴昌禹進府來了。

近十年中，由於陸、裴兩家的景況漸漸接近，關係也更加親近，親近到裴昌禹不用通報可以直接上鴛澤樓的程度。裴昌禹認為，他與陸小姐的關係也只剩下最後一層窗戶紙了。

裴昌禹的到來，像是為陸小姐的悲傷作了另一番注解，又像是在彌合的傷口上重新切了一刀，陸小姐哇地一聲又哭了起來，而且變本加厲地哭得喉乾氣噎，幾乎要暈絕過去。

21

陸小姐和她母親羅氏夫人的這一次重回長安，是她做夢也不曾想到的。她就明白，像她這樣的人其實離不開政治的；即便厭惡政治，也必須握住政治；只有握住了政治，人性化的生活才會有現實的保證。陸小姐來不及細想這些道理，一個非常直接的念頭像一把匕首插到她的心頭：離別十年後，長安會是什麼樣子了呢？

啟程的頭天下午，嘉興縣令侯蔦來了。這回他來的湊巧，陸府一家正在大廳上商議明天回長安的事呢。侯蔦進廳，一副謙卑的樣子，全當沒有上回催辦稅款那檔子事。他笑容滿面，連連拱手說：「陸夫人，陸小姐，二老爺，二夫人，嘉興縣給你們道喜來了。得知陸相官復原職，這實實是萬民之福啊！卑職高興得一連幾個晚上都睡不著覺，心想，這真是吉人天相，皇恩浩蕩，國家有望啊！」

陸小姐冷冷地望著侯蔦；她想像不出此前就是這個侯蔦來府上催逼稅款會是怎樣一副嘴臉。

陸贊一副生氣的樣子，把臉扭開，不予理睬。倒是陸夫人羅氏還顧及面子，她說：「侯大人，您不以貶官為意，又來寒舍，請坐吧。」

侯蔦當然聽得懂羅氏夫人的話，但他只當沒聽懂，含糊其詞地說：「是是是，卑職謝夫人，告坐了。」

侯蔦剛坐下又站起，說：「聞知夫人、小姐明日啟程回京師，卑職略備些許薄禮，請夫人、小姐笑納。」

侯蔦說著走到廳前向外一招手，就有一隊衙役挑了禮擔從戟門穿天井進廳。禮擔一擔一擔很整齊地擺放在當廳，占了差不多有半個廳堂的面積。衙役退出以後，侯蔦從懷裏取出一個大紅摺子，雙手捧給羅氏夫人。羅氏夫人望著禮單一時有些百感交集，不知如何是好；陸小姐卻一伸手把摺子接了過去。

侯蔦心中一塊石頭落地，連說：「謝謝，謝謝。請小姐過目。」

陸小姐打開禮單，只見上面寫著：

> 上用宮綢二十四，上用緞被二十條；黃狼皮二十張，山羊皮二十張；臘野兔二十個，糟白鵝二十個；碧粳米二十石，赤糯米二十石；陳年黃酒二十罈，三白米酒二十罈；青炭二十簍，各色乾菜二十袋。
>
> 另：紫硯一方，淨墨一盒，湖筆一套，宣紙一箱，蘇繡一掛，玉鐲一對（專為孝敬小姐的）。

陸小姐看畢一笑，說：「這怕就是十多年前那個摺子吧？」

侯蔦聽了窘了一下，支吾地說：「哪能啊，陸小姐說笑了。這是下官剛剛採辦的，不成敬意，請夫人、小姐笑納。」

羅氏夫人聽不懂他們的話，她說：「這恐怕不妥吧。」

侯蔦說：「些許薄禮，是下官的一點心意。」

陸小姐冷笑一聲說：「侯大人，這可是整整五百兩銀子的禮呵，不薄啊。不過，既是大人如此誠懇，我們怎好拂逆您呢？我替家母作主，收下吧。」

侯蔦當然聽得出陸小姐話中的意思，但這是他早有思想準備的。見陸小姐收下禮物，他不免喜出望外，說：「小姐能原諒卑職，卑職實在感激不盡。小姐不愧宰相之女，有肚量，能容人。下官懇請小姐在陸相跟前代為美言美言。」

陸小姐說：「放心吧，我一定告訴家父，就說侯大人一直很關照咱們的。」

陸小姐這麼說，侯蔦心裏又打起鼓來，又不好明白分辯，只好說：「卑職該死！卑職該死！」

這次陸小姐和她母親回長安，比十年前她一人回去那一次更加氣派：船多，送行的人更多。船一共有五條：修葺一新的鷁首畫舫，坐的是陸氏母女；干戈坊劉府一條；裴府一條；嘉興縣衙兩條：一條裝了糧食和鹽巴，一條是護送的差官和衙役。五條船五種思想，唯有裴府那一條心情最為復雜。裴昌禹去長安，表面理由是去看望寡居十年的遠房堂嬸，順道護送陸家母女。可陸小姐和劉三復都明白，他去長安的真實目的是什麼。

生活裏，表層理由和深層理由常常互不相關，甚至矛盾、對立，但它們能奇妙地結合在一起。在多數情況下，人們只能壓抑住深層理由，而只按表層理由行事；在極個別情況下，深層理由也能在表層理由的遮掩下，得以偷偷實現或接近實現。這次裴昌禹的北上，就非常慶幸地成為了後者。當他們晝夜兼程，將近一個月後在京師廣通渠水驛碼頭分手時，陸小姐第一次也是最後一次拉住了裴昌禹的手。

陸小姐十分誠摯地說：「裴兄，對不起。真的，我非常抱歉！」

裴昌禹欲哭無淚；他認命了。他無奈地笑笑，把陸小姐的手攢緊了，說：「菱妹，沒關係的，只要你能幸福，就好。請多保重！」

陸小姐一衝動，竟撲入裴昌禹懷裏哭起來。

裴昌禹周身的血液停止了流動，懷裏這個散發著青春香氣的女體使他的肌肉繃緊了。他說：「菱妹，菱妹，我的——好妹妹。我會常去看你的。你願意我去看你麼？」

陸小姐抬起淚眼說：「裴兄，看來此生我是無以為報了。來世吧，來世一定！」

裴昌禹什麼都明白了，他不信任地搖搖頭說：「好吧，我就等這來世。」

22

陸小姐母女回到勝業坊家中，好像把從前的時光也帶了回來。雖然闊府上下依然非常安靜，但這種安靜已不是冷落，而是回復到以前的高貴。官員以及官員們的眷屬開始頻頻光臨陸府，車馬、肩輿比從前更熱鬧了許多。陸府門上當然也重新設了看守，客人進門又須通稟了。

劉禹錫沒來陸府，不知是因為忙，還是別的什麼原因。劉三復卻是三天兩頭跑來，陸府中一些事情也虧他幫著張羅料理，才處理得妥妥貼貼。十數天後，家書、邸報一齊報告了陸贄回京師的消息和日期，陸府上上下下頓時忙碌起來。

四月底邊正是百花盛開，氣候宜人的季節。這一天天氣特別的好，瓦藍的天空飄著幾朵白雲，長安城西南廂的清明渠驛站候滿了迎接陸贄的官員。他們中有禮部員外郎柳宗元，嶺南節度使崔護，左拾遺白居易，禮部郎中柳公倬，司門員外郎白行簡。那一棵披滿綠絲的歪脖子柳樹下，歇著各色車輛和馬匹。官員們一邊談論，一

邊呵呵笑著。羅氏夫人和陸小姐在驛站小客廳裏喝茶，歡天喜地又焦灼不安地等候從四川歸來的親人。

快近午牌時分，遠遠的西南方向起了煙塵，就有執事的官員進廳來報告，相爺的車馬馬上到了。

羅氏夫人坐不住了，攜了陸小姐走出驛站，來到路邊的長亭中。陸小姐一邊走，一邊用目光在眾官員中搜尋，卻沒有發現那個人，心裏不免有些惆悵。

亭內早鋪設好桌椅，夫人小姐坐下後，就有戶部的一位官員進來答應。這位官員告訴陸氏母女，說劉禹錫劉大人親去郭家店驛站相迎陸相，現在先行的馬蹄聲已經聽見了。

果然，沒過多久，四匹快馬已到跟前。四位將士滾鞍下馬，在亭外跪稟「相爺儀仗已過郭家店」，然後退了下去。

又過了大約一頓飯的工夫，大隊的車馬出現了。慢慢地車馬越走越大，越走越多。令人覺得奇怪的是，沒有鼓樂；而按一般慣例，此時應當鼓樂齊鳴的。正在疑惑，長亭這邊迎候的鼓樂倒適時地吹打了起來。

隊伍越來越近，到離長亭還有百十來步路時突然停下了。走在隊伍最前面的劉禹錫翻身下馬，一步一步朝長亭走來。這時一位牙將搶先跑到柳樹邊，粗暴地制止了樂隊的吹奏。

劉禹錫來到長亭邊，遲疑一下，低著頭邁上三步石級，來到亭子內。這時，那種氣氛已讓陸氏母女感覺到有什麼意外發生了，但她們內心卻在竭力排斥著；她們用一臉的驚愕面對劉禹錫，不敢吱出一聲，彷彿誰發出聲音，不幸就會從天而降似的。

就這樣僵持了好久，劉禹錫一屈膝，咚的一聲跪在了陸氏母女跟前，說：「陸相回京師了。」

劉禹錫說完，再也抑止不住心頭的酸痛，哭聲就像驚雷一樣爆發出來。

羅氏夫人顫抖著雙手去扶劉禹錫，一邊焦急地問道：「賢侄，

賢侄，我家老爺他，他他他在哪兒？他在哪兒啊！」

劉禹錫只管伏地痛哭；而陸小姐已什麼都明白了。就在劉禹錫進長亭時，車隊重新前行，現在在亭前的空地上歇下了。陸小姐就推開攙扶她的使女鵑兒，衝出長亭，飛奔著撲向那一輛特別長大的紫黑色馬車。

羅氏夫人也立刻知道天塌下了，禁不住在長亭內大放起了悲聲。

崔氏夫人由陸小姐攙扶著進亭來了。崔氏白衣白裙，人非常之憔悴蒼老。進入亭內，姐妹不及相見，早已摟抱在一起呼天搶地地痛哭起來。

柳樹下的眾官員也都扼腕唏噓，深感惋惜。

陸贄的靈車掛起了白布，羅氏夫人不免伏棺痛哭，至於昏厥。早有眾侍婢丫鬟過來，七手八腳地攙扶夫人進了驛站小廳。不一會兒，有忠州刺史薛延提了一個青布小包來見夫人、小姐。薛刺史向夫人、小姐報告了陸贄得病、醫治到去世的經過。末了，薛刺史說：「陸相早就重病在身，他一直不願意告訴你們，也不允許我們向你們報告。他纏綿病榻，卻一直北望長安；當聖上詔書終於來到床頭時，陸相忽然仰天一嘯，即時就氣絕了。」

兩位夫人和陸小姐聽了，又哭成一團。

薛刺史又把青布小包捧給羅氏夫人，說：「夫人，這是五十卷《陸氏集驗方》，陸相在忠州十年搜求抄纂的方書，它已為醫治忠州百姓的癘疫起過相當大的作用。唉，不能為良相，也能為良醫啊！」

三天以後，勝業坊陸府舉行了隆重的喪事活動，戶部侍郎王叔文，尚書左丞、同平章事韋執誼，屯田員外郎劉禹錫，禮部侍郎柳宗元等前來弔唁。王叔文還代表順宗向陸贄致哀並慰問家眷。韋執誼奉讀聖旨：贈陸贄為兵部尚書，諡曰宣。

喪事結束，差不多已是午夜時分了。空落落的大廳上只有兩個

人相對而坐。這樣近的距離由於橫亙著十年的磋跎，兩個人的心尖上就有荒涼的風吹過。

劉禹錫說：「菱妹，夜已深了，連日的舉喪你也很累了，快回房歇息去吧。」

陸小姐沒有動窩，她的眼淚又下來了。熒熒的燭光輝映著她的淚臉，那張臉就越加的青春蕩漾。也許「青春蕩漾」在這時候使用不很恰當，但是我找不到比這四個字更準確的詞語來形容陸小姐此時的萬種風情。青春、女性、眼淚、柔媚、殷紅的臉頰、幽幽的體香，諸般因數綜合出來的一種意態，我認為最是別具一格的綽約風姿。比起無憂無慮、天真爛漫，它更能惹引人心旌搖盪。於是劉禹錫激情陡興，他說：「菱妹我……」

陸小姐沒有激情，她早就沒有激情了。她站起身，說：「你也累了，你也該歇息了。」

劉禹錫短暫的熱情消退，也就站起身來。他望了望陸小姐，轉身朝書房走去。剛到門邊，陸小姐把他叫住了。

陸小姐說：「夢得！」

劉禹錫回過身說：「菱妹，還有事麼？」

陸小姐呆了呆，搖搖頭說：「哦，沒，沒有了。你歇息吧。」

23

順宗即位後，身體一直不好，直到這年的八月才遲遲改年號為永貞。沒過多久，宦官劉貞亮（即俱文珍）等一批反對革新的朝臣聯合起來，向順宗發難，脅迫他禪位給了太子李純，是為憲宗。憲宗一上臺，王叔文就被貶為渝州司戶，次年又被誅；王伾被貶為開州司馬，旋又被賜死；柳宗元被貶為邵州刺史，復又改貶為永州司馬；劉禹錫則被貶為連州刺史，復又改貶為朗州司馬；其餘，韋執誼、韓泰、陳諫、韓曄、凌准、程異等均被貶為司馬；且下令所有

被貶人員一律「逢恩不原」。這樣，一場轟轟烈烈的政治革新運動只存在一百四十六天，便宣告失敗了。

劉禹錫到這時才真正體察到什麼叫仕途險惡，什麼叫宦海沉浮；他的心徹底冰涼了。涼透的心裏同時注滿了一個溫馨柔軟的名字：陸憶菱。陸憶菱，陸憶菱，陸憶菱……

劉禹錫脫下那一領緋色的官服，在這一年十一月巳卯日午後，來到崇業坊一座道觀——玄都觀。玄都觀是劉禹錫得了功名之後曾經居住過的一個地方。它的後花園有一處黃土壘成的香塚，那是妓女徐楚楚芳魂的棲息之所；是半年前劉禹錫親自為她選定、親自為她送葬的。

現在劉禹錫坐在了楚楚小姐的墳前。墳邊有數株芙蓉樹，樹葉早已落盡，瘦細的枝條在西風裏痙攣一樣抖動著。

劉禹錫對著尖尖的墳包說：「楚楚，記得當年在故鄉蘇小小墓前你曾對我說過，如果有一天你入了土，能得到我來誄你，你就此生無憾了。其實你是太看重我了；我不值得你如此待我的。一篇誄文又怎麼回報得了你對我的情份呢？楚楚，如今我要回江南了，可我又放心不下你一個人留在此地，你叫我怎麼辦呢？」

說到這裏，他的眼淚就管不住流了下來。沉默片刻，他帶著哭腔高聲吟唱道：

　　　三山不見海沉沉，

　　　豈有仙蹤更可尋？

　　　青鳥去時雲路斷，

　　　姮娥歸處月宮深。

　　　紗窗遙想春相憶，

　　　書幌誰憐夜獨吟？

　　　料得夜來天上鏡，

　　　只應偏照兩人心。

吟畢，正待起身，只聽一個悲聲從樹叢間飛起：

> 悲莫悲分長別離，
> 登山臨水送將歸。
> 長安無限新栽柳，
> 不見楊花撲面飛。
> 惆悵人間前事違，
> 兩人同去一人歸。
> 生憎嘉禾門前水，
> 忍照鴛鴦相背飛。

劉禹錫聽了大吃一驚，即高聲嚷道：「楚楚！楚楚！是你的靈魂在歌唱麼？楚楚，楚楚，我的……妻啊！」

可是回答劉禹錫的只有風吹枯枝發出的尖叫。劉禹錫覺得奇怪，就呆呆地坐在墳前不想離去了。

日腳平西的時候，遠遠地傳來馬車的銀鈴聲。鈴聲越來越近，最後在他身後不遠處凝固了。劉禹錫慢慢回過頭去，只見一輛桃花馬青油小犢車停在了花園門邊。接著車簾子一挑，一個丫鬟從車上扶下來一位美麗的小姐。劉禹錫見了又是一驚，說：「憶菱，是——你？」

陸小姐笑笑說：「我也來望望楚楚小姐。」

使女鵑兒點燃一炷香送到陸小姐手裏，陸小姐恭恭敬敬地對著墳碑拜了三拜，把香插上，之後，她對劉禹錫說：「夢得，怎麼樣，該回了吧？」

劉禹錫一怔，說：「回了？」

陸小姐說：「是啊，你不見天色向晚了呢。」

劉禹錫忽然悟到什麼，他笑了笑說：「是該回去了啊。」

他歎了一口氣，脫口吟道：

> 心如止水鑒常明，
> 見盡人間萬物情。
> 時來未覺權為祟，
> 貴了方知退為榮。

吟罷，他從隨身皮袋裏掏出一葉紙片，那是十多年前陸小姐寫給他的王昌齡詩《閨怨》的末兩句。

陸小姐接過詩葉把它撕了，遂也吟道：

> 耽酒須微祿，
> 狂歌託聖朝。
> 故山歸興盡，
> 回首向風飆。

這是杜甫《定官後戲贈》的後半部分。原詩是杜甫在免去河南尉改任右衛率府參軍後的自嘲，頗有些哭笑不得的意思，陸小姐用它的後半，就只剩下窮途末路的無奈況味了。它既是對進退唯谷的劉禹錫的安慰和鼓勵，也是陸小姐在歷經磨難以後對於官場人生一種新的理解和通達。

劉禹錫被感動了，他說：「憶菱你……」

陸小姐說：「夢得，讓我陪你去朗州吧。」

陸小姐說的很平靜，劉禹錫不啻是聽到了一聲天外的驚雷。他結結巴巴地說：「憶憶，憶菱，這這這，這是真，真的麼？」

陸小姐點點頭，認真地說：「是的。」

劉禹錫說：「為什麼？」

陸小姐說：「咱回家吧。回了家，我跟你細說。」

劉禹錫望望陸小姐，坐著沒動窩。鸝兒走過來要攙扶他，他一把抓住她的手，說：「鸝兒，楚楚她——」

　　他想告訴鸝兒，楚楚是她一母同胞的親姐姐，但說了半句，卻叫鸝兒打斷了，鸝兒說：「姑爺，別說了，咱們還是回家吧。」

　　劉禹錫聽鸝兒這麼說，不由一震，說：「姑爺？你沒說錯吧？你叫我姑爺？」

　　鸝兒笑笑說：「是的，姑爺，我沒說錯。」

　　劉禹錫又折過臉去問陸小姐：「姑爺？」

　　陸小姐臉一紅說：「夢得，咱回家吧。」

　　劉禹錫忽然仰天大笑，高聲說道：「回家！回家！咱們這就回家了！」

　　劉禹錫兩手撐地要起身回家，可是坐得久了，兩條腿已經麻木得不聽使喚，任憑鸝兒怎麼幫他也起不來，陸小姐只好也過來幫忙了。兩個女子一邊一個，努力了半天，總算把劉禹錫架了起來。

　　劉禹錫由兩個女子攙扶著，一蹺一拐地向那輛青油小犢車走去。十月的傍晚，水一樣淡淡的夕陽把三個人的影子浸泡在一起，成了一團模模糊糊的陰雲。

尾聲

1

東都洛陽的東北隅，有一處花香鶯囀的所在，名叫銅駝陌。銅駝原是漢代宮門前立於道旁的銅鑄的駱駝，一共有四隻，如今宮殿早已傾圮消失，銅駝也不知去向，唯有銅駝陌成了這裏的地名。銅駝陌西傍瀍河，風景秀麗，堪與金穀園媲美，是東都一部分達官顯貴的別墅區。秘書監分司加檢校禮部尚書兼太子賓客、詩人劉禹錫就居住在這裏。

會昌二年暮春時節，接連半個月的綿綿陰雨總算止住了。這一天天氣晴朗，天空格外的湛藍，雲朵格外的綿白，陽光格外的燦爛。劉禹錫寫完總結他一生成敗得失的《子劉子自傳》，拄了根拐杖從屋裏出來。如今的劉禹錫風流不再，他滿頭白髮，儼然已是一位風燭殘年的老翁了。

連日的陰雨，他的左腳踝又犯病了。他的足疾是十年朗州生活留給他的紀念，如今只要天將陰雨，這足就會又痠又疼，嚴重時簡直無法下地行走。

劉禹錫憑藉那根堅硬的棗木拐杖佇立於廊下。他眯起眼向院子眺望，院子裏幾叢牡丹花開的正旺。這時使女鵑兒捧了一摞書從廊下經過，見了劉禹錫，她趕緊將書往坐欄上一放，進屋搬來一張椅子，扶他坐下，有些埋怨地說：「姑爺，怎麼也不喊一聲？你的腿可是不能久立的呀。」

劉禹錫笑笑說：「去，去請你家小姐。你瞧，今年的牡丹，合歡嬌呀，煙絨紫呀，粉香奴呀，還有雪夫人呀，多精神！」

鵑兒難得見劉禹錫這般高興，也就高興地說：「那，今兒不編書了？」

劉禹錫說：「不編了，不編了，今兒咱全家好好樂一樂。別把這大好春光給辜負了。」

鵑兒笑著說：「那好吧，我這就請小姐去。」

鵑兒捧起書去上房請陸小姐，劉禹錫就將他的左腿搬起來擱到椅子的扶手上，再用手輕輕地揉著腳踝。腳踝並不紅腫，只是痠痛。揉著痠痛的腳踝，他這一生的經歷，尤其永貞以來三十七年的風風雨雨就在眼前演繹一過：

永貞元年冬十一月，他由屯田員外郎貶官朗州，當時他真是灰心到極點了。一路賴有陸小姐主婢的安慰、照顧，那顆悽惶冰冷的心才稍稍有了著落。朗州為蠻貊之地，瘴癘不毛，劉禹錫來到的第二年便患上了足疾，全靠陸小姐和鵑兒悉心照料，才使他得於度過那一段漫長的艱難歲月。這是他一生都非常感激的。

朗州十年，淒然如焦桐孤竹，胸中之氣，伊鬱蜿蜒，不免泄為章句。於是有了《砥石賦》、《楚望賦》、《聚蚊謠》等詩賦和《華佗論》等論著。

元和九年末，他承召與柳宗元、陳諫、韓曄、韓泰等同時回京師長安。奉詔之初，劉禹錫並不見得高興，反而含著眼淚恨恨地嘮叨說：「逢恩不原，逢恩不原，逢恩不原啊！」

陸小姐也不說什麼，她只是默默地準備行裝。

他們是在那年的歲底離開朗州的，直到第二年三月才抵達長安。到的時候天色已晚，且春雨瀟瀟，無法進城，臨時借宿都亭，劉禹錫不由感慨萬端，遂寫下一首七絕：

雷雨江湖起臥龍，

武陵樵客躡仙蹤。
十年楚水楓林下，
今夜初聞長樂鍾。

　　第二天他們進城，可是舊宅早已幾易其主，只好暫住勝業坊陸
氏舊宅。稍稍安頓之後，劉禹錫便去遊玄都觀。說是遊玩散心，其
實是去徐楚楚小姐墳上。陸小姐知道他的心思，不肯說穿，就推說
身子不爽，沒有陪去。劉禹錫只帶了老僕劉粟。

　　那天天正好放晴，空氣冷冽清新，有一股細細的甜味。劉禹錫
一進玄都觀，發覺氣氛不同，從前冷冷清清的道觀如今竟然遊人如
織。原來劉禹錫離開長安時，此觀尚沒有多少花木，據說後來有一
年來了一位道士，種下了許許多多桃樹，從此每年三月這道觀內桃
花盛開如一片雲霞，就引來滿長安城的賞花之人。劉禹錫見了不免
感慨繫之，即口占一絕道：

紫陌紅塵拂面來，
無人不道看花回。
玄都觀裏桃千樹，
儘是劉郎去後栽。

　　吟畢，也無心久留，只在楚楚小姐墳前默默佇立片刻便回來了。
　　不想他的詩長了翅膀，飛得滿長安到處都是；自然也飛進了宮
去。於是當路者不喜，認為他這詩「語涉譏忿」，不久又將他出為
播州刺史。由於中丞裴度為他說情，才改刺比較近一點的連州。他
在連州一住又是五年。
　　長慶二年正月二十二日徙夔州。長慶四年八月，由夔州轉和
州，抵達和州已是這年的冬天。在和州住了兩年；寶曆二年九月終
於奉詔征還，授尚書省主客郎中，分司東都。兩年後，由於宰相裴

度的薦拔，於大和二年三月召回長安，任尚書省主客郎中兼集賢殿學士。劉禹錫秉性不改，他又去了玄都觀。這次離上次遊觀又間隔了十四年，玄都觀改變很大，非但那一大片桃花不見了，連後花園的樹木和徐楚楚小姐的墳墓也一同消失了，放眼所見是兔葵燕麥搖動於春風之中。劉禹錫的心墜上了鉛塊，於是積習在悲哀中抬頭，他哭著吟道：

> 百畝中庭半是苔，
> 桃花淨盡菜花開。
> 種桃道士歸何處？
> 前度劉郎今又來。

　　和十四年前一樣，這二十八個字照樣長了翅膀，當路照樣不喜，卻沒有立刻給他顏色瞧。第二年，即大和三年轉禮部郎中，仍兼集賢殿學士。他在集賢院一共待了四年，親手選進的新書有二千餘卷。大和五年，由於裴度為李宗閔排擠出京師，劉禹錫也於這年的十月出為蘇州刺史。蘇州為江南富庶之地，雖是貶謫，劉禹錫也不以為意，官似乎做得很努力。第二年，朝廷因他「政最」，賜予了紫金魚袋，劉禹錫也不特別激動。

　　大和八年七月量移汝州；大和九年十二月轉同州。第二年，也就是開元元年，春天，他的足疾發作，無法行走，他就上表辭官；獲准後，於這年的秋天奉詔回到長安，又以太子賓客分司東都洛陽。開成五年改秘書監分司。一年後，已是會昌元年，又加檢校禮部尚書兼太子賓客。

　　將近四十年的官，做到這份上算是做出滋味來了，就像一壺好茶，喝到最後，淡了，也醇了；覺了，也到盡頭了。於是大小疾病也跟著來了。先是眼睛幾乎失明；多虧老友白居易，推薦了一位婆羅門僧人上門診治了幾個月，才勉強保持現在這樣微弱的視

力。為此，他還寫了一首《贈眼醫婆羅門僧》的詩，其中有這樣的句子：「三秋傷遠望，終日泣途窮。」「看朱漸成碧，羞日不禁風。」接著是足疾頻頻復發，卻未有懷「金篦術」的良醫為他根除這一頑症。

反正也就那樣了。現在他養花蒔草，詩酒度日；無憂無慮的優裕生活，也算對得起自己一生的艱辛，對得起患難與共、相濡以沫的陸憶菱小姐了。劉禹錫這麼想著，又將他那條病腿從椅子扶手上搬下來，放回到原地。這時，陸小姐扶著鵬兒的肩膀由上房過來了。

陸小姐這個稱呼其實已非常不恰當了，因為她已與劉禹錫做了三十七年的夫妻，而且雖然頭髮不白，依舊黑黑的，頂髮卻已漸見稀少，臉也皺紋疊起，明明白白是一位老嫗了。但我們仍然稱她為陸憶菱小姐或陸小姐，因為這樣的稱呼不僅從本書貫一考慮，讀者也已習慣了。

陸小姐低著頭慢慢走來，走到跟前，她說：「夢得，今兒不編稿子了？」

劉禹錫說：「不編了，不編了。這麼好的天氣，這麼好的陽光，這麼美的花兒。——憶菱，咱倆不是最喜歡牡丹花麼？」

劉禹錫後面這句話其實大有深意的。他的意思是，五十年前他倆就是因了夢中一首牡丹詩而成就了這一世的姻緣。今日夫妻賞花，在他，是要重溫那一段鴛鴦舊夢啊。

陸小姐瞅瞅劉禹錫，說：「那好，咱今兒不編書；咱今兒就賞花。」

這麼說著時，鵬兒、劉粟已指揮僕人在院子裏設下桌椅，安排下酒餚蔬果，然後攙扶劉禹錫過去。他們夫妻對坐，一邊喝酒，一邊賞花。

劉禹錫說：「今年這花開得特別滋潤。你瞧，這煙絨紫紫得像一盆火，雪夫人白得像一捧雪。憶菱，知道為什麼麼？」

陸小姐笑笑說：「不知道。」

劉禹錫說：「去年冬天老花工給每叢花都用上了一付豬肚腸。」

陸小姐聽他這麼說，不免有些失望，說：「是麼？」

劉禹錫說：「是啊。百樣花草，唯有這牡丹愛吃葷腥。」

陸小姐心不在焉，好像在想什麼心思。

劉禹錫說：「吃了葷腥，它就長這麼好的花兒。」

陸小姐望著酒杯出神。

劉禹錫說：「這牡丹——憶菱，憶菱！」

陸小姐回過神來，說：「你說吧，我聽著呢。——哦，這牡丹花會不會因為象徵富貴，才喜歡葷腥的呢？」

劉禹錫笑笑說：「問的有意思，有意思。這，我倒還未成想過。」

事實上這樣的談話味同嚼蠟，一點詩意也沒有。但從打眨謫生活結束，在洛陽定居以後，他們之間常常會進行類似這樣的談話。要不，就無話可說；尤其是陸小姐，她越來越沉默了。起初，劉禹錫以為是顛沛生活造成的，後來發覺不是，或不全是。究竟是什麼呢？劉禹錫旁敲側擊地問過，但她不說。劉禹錫就不明白，艱難的日子幾十年都過來了，臨到老了，生活也安定了，夫妻之間倒難於溝通了！

這麼想著，劉禹錫的興致冷了下來，他就一杯一杯地灌酒。

陸小姐感覺到什麼了，她將劉禹錫的手一按，笑了笑說：「牛飲啊。」

一句「牛飲啊」，立刻詩意盎然，劉禹錫的心暖和過來了，他解嘲地說：「我這一輩子不就是一頭牛麼？」

夫妻倆就這麼有些磕碰地喝著酒賞著花，時間倒也不知不覺地過去了。看看日影將直，正要撤席回屋，只見劉粟興沖沖進來稟報，說：「老爺，門上有一位遠道來的客人求見。」

劉禹錫已撐起身子，說：「遠道來的？誰呀？」

劉粟雖也上了年紀，玩皮勁不減當年，他說：「老爺猜猜。」

劉禹錫想了想說：「吳興韓七，不可能。華陰張苔，也不可能。那會是誰呢？不會是裴昌禹吧？」

劉粟哈哈一笑，說：「正是裴相公呢！」

劉禹錫有些不信，說：「是麼？」

劉粟說：「是啊！」

一時，劉禹錫的心情有些複雜，他說：「好，說我有請。」

劉粟去請裴昌禹，陸小姐起身說：「我回房去了。」

劉禹錫探身一把拉住她說：「別走別走，老朋友多年不見，聚一聚麼。——鵑兒，吩咐下去，搞一個豐豐盛盛的席面來。」

鵑兒說：「安排在哪裡？荷花廳？」

劉禹錫想了想說：「如寄廳吧。」

鵑兒說：「是，姑爺。」

2

如寄廳的「如寄」二字取自《古詩十九首》：「人生忽如寄，壽無金石固。」又兼及曹丕《善哉行》的「人生如寄，多憂何為。」是劉禹錫府中最為豪華的一處花廳。廳的南邊臨一個藕池；廳為凸字形，凸字的頭就枕在池水上，所以這廳極其敞亮，視野也很開闊。

裴昌禹是從江南水鄉嘉興老家來的。他應該和劉、陸二人同庚，可他的形貌看起來比他倆蒼老得多；他的頭髮差不多已經掉光，牙齒也沒了，穿一件灰綢夾袍，樣子非常的頹唐。進廳之後，他東張西望，有些心神不寧。

劉禹錫明白他這是為了什麼，就說：「裴兄，咱們先慢慢喝著；憶菱稍稍有些不適，一會兒她會來的。裴兄請！」

被劉禹錫點穿心事，裴昌禹並不感到彆扭；聽說陸小姐身子不適，他就擔心起來，有些著急地說：「菱妹她哪兒不舒服？多久了？要不要緊？」

劉禹錫望望裴昌禹，歎口氣，答非所問地說：「她不應當跟著我吃這一輩子苦的啊！」

裴昌禹彷彿沒聽見劉禹錫的話，依然著急地問：「菱妹她到底得的什麼病？請大夫瞧過了沒有？」

劉禹錫說：「也不是什麼大病，胃寒吧。隔三差五的請大夫呢，總也不見大效。那是朗州十年種下的病根。我對不起她呀！」

裴昌禹說：「記得那一年我去連州看你們，她正犯這病。多少年了，怎麼還不好呢？」

劉禹錫說：「大夫說了，這是慢性病，得慢慢治。——裴兄，請入席。入了席咱慢慢說。請！」

陸小姐的胃區的確有些不舒服，隱隱的有些疼痛；但老毛病了，她抗得住。她之所以不和劉禹錫一起待在如寄廳，是因為不想見裴昌禹；真的不想。此刻，她半躺在書房的一張搖椅上，微微閉起兩眼，想著自己這一生走過的道路。按說到了「隨心所欲不逾矩」的年齡了，可對自己的一生她仍然想不明白。一個中心問題是：她怎麼就死死地選定了劉禹錫？在漫長的五十年中，他們之間究竟有多少情分呢？情分應該是肯定的；多少，卻無法量化。陸小姐認為，這人世間的情分主要由三部分構成，即愛情、親情和友情。如果用兩情相悅來定義愛情，那麼它的核心應當是男女間萌動的春情。因此，鴛鴦湖那一晚是開頭，相伴朗州就是結尾。此後漫長的婚姻生活，愛情基本已轉化為親情。為此，她付出了五十年艱辛的歲月。整整五十年啊！值麼？

這世間就是奇怪：你喜歡一個人，卻不喜歡他的生活態度，可還得跟定他。她不能想像，如果此生不跟劉禹錫，她會是什麼樣子？如果劉禹錫遷就自己，不入仕途，他們又會是什麼樣子？照一般推理，不入仕途，就不會有宦海沉浮，不會有將近四十年的顛沛

流離，當然也就不會有現在的顯赫地位，優裕的生活。如今的劉賓客府，不僅門第高貴，所謂「談笑皆鴻儒，往來無白丁。」連當今聖上都另眼相看。這麼說，她是值了？

想到這裏，他忽地睜開眼睛，就瞧見桌上堆著的一摞一摞的書稿。這些是劉禹錫和她，當然主要是劉禹錫，一生寫下的全部文字。其中有元和十三年劉禹錫四十七歲時自己刻印的《劉禹錫集》四十通和選取四分之一簡編而成的《集略》，有後來陸續刻印的《彭陽唱和集》三卷，《吳蜀集》一卷，《汝洛集》一卷，《劉白唱和集》三卷，以及他在連州搜集編寫的各種單方、驗方《傳信方》一卷；還有陸憶菱的《相伴集》三卷。此外，尚有大量散稿。如果編成《全集》，估計不下五十卷。這樣豐碩的成果，要不是這麼一種人生經歷，會有麼？

由這些文稿，她的思緒一轉，又想到了遠道而來的裴昌禹。她想，這真是個好人，癡人，蠢人啊。裴君，裴君，你這一生為了我，不值。不值呀！

陸小姐搖著頭，頻頻歎息著站起了身子。伺候在一邊的鸝兒陪著小心說：「小姐，去見見裴相公吧。」

陸小姐點點頭說：「去見見，去見見。」

鸝兒給陸小姐取來大紅彩金的誥名夫人裝，叫陸小姐否定了。她自己挑了一件藕香色家常的蜀錦腰襦，略施脂粉，就扶著鸝兒去到了如寄廳。進廳時，見那兩個人搖搖晃晃的都有了醉意。他們將一桌殘席撤在一邊，正對著牆上縮著的幾張詩葉吟吟哦哦。

兩人裏最先發現陸小姐進去的是裴昌禹。他驟然停止吟誦，眼睛突地一亮，說：「菱妹！你怎麼樣，身體好些了麼？」

陸小姐說：「多謝記掛。迎候來遲，望勿見怪是幸。」

裴昌禹說：「哪裡哪裡。菱妹快請！」

陸小姐坐下之後，裴昌禹就斟了一杯酒，雙手捧上說：「菱妹，愚兄敬你一杯。」

鵑兒趕忙過來擋住，說：「裴相公，對不起，小姐不能飲酒的。」

裴昌禹呆了一下，說：「那我替菱妹喝吧。」

劉禹錫從裴昌禹手中接過那杯酒說：「我替憶菱喝。」

陸小姐又把酒拿了回去，說：「還是我喝吧，一杯酒沒關係的。」

陸小姐說著一仰脖子，乾了。

裴昌禹就激動起來，說：「謝謝菱妹。謝謝！」

陸小姐說：「作什麼詩哪？」

裴昌禹說：「哦，是我向夢得兄索要的詩。真是好詩啊！」

裴昌禹邊說邊把詩稿從牆上取下，送到陸小姐手裏。陸小姐見是一首十五韻七言古風，寫的是劉、裴二人的友誼。這詩總體看平平，但其中幾句勾起了陸小姐的回憶：「往年訪我到連州，無窮絕境終日遊。登山雨中試蠟屐，入洞夏裏披貂裘。」陸小姐淡淡一笑，把詩稿擱到桌上。

劉禹錫領會錯了陸小姐的意思，說：「這詩寫的不好，不要了吧。」說著拿起來要撕，卻叫裴昌禹攔下了。

裴昌禹說：「別別別，非但不能撕，我還要求菱妹把它寫成字幅呢。就不知菱妹能否滿足我的請求？」

陸小姐望望裴昌禹，又望望劉禹錫，又讀一遍詩，說：「既如此，我就遵命吧。只是恕我不寫全詩，選寫其中四韻可使得？」

裴昌禹連說：「使得，使得，怎麼使不得？哪怕只寫一韻也使得！」

於是僮兒過來侍候，陸小姐拈毫展紙書寫了那詩的後四韻：

憶得童年識君處，

嘉禾驛後聯牆住。

垂鈎鬥得王餘魚，

踏芳共登蘇小墓。

此事今同夢想間，

相看一笑且開顏。

老大希逢舊鄰裏，

為君扶病到方山。

　　寫畢，裴昌禹不由擊節讚歎，說：「風度凝遠，道韻翩躚，真真絕了！菱妹……」

　　陸小姐不等裴昌禹說完，就站起身說：「裴兄，恕我失禮；我累了，要回房歇息去了。你，你就在這兒多住幾日，和夢得好好敘敘。」

　　裴昌禹也站起身說：「不了，不了，這次能見到你們，又得了墨寶，於願已足。哦，我還要去長安探視我的寡嬸，不打擾了。」

　　陸小姐說：「既如此，那麼裴兄，再會了。」

　　裴昌禹說：「再會，再會。菱妹，你要多多保重呵！」

　　裴昌禹這麼說著時，神情非常的沮喪，淚水關不住，就溢出了眼眶。

　　陸小姐的身影在花廳門口消失後，裴昌禹還站著怔了半天。

　　劉禹錫的心境非常平和，他說：「裴兄，裴兄！」

　　裴昌禹抹抹眼淚，念了李白的兩句詩：「相看兩不厭，只有敬亭山。」

3

　　就是裴昌禹來訪的這一年秋天，詩人劉禹錫在東都洛陽銅駝陌府邸一病不起。臨終前，他對陸小姐說：「憶菱，我這輩子最對不起一個人，那就是你。五十年了，我知道你生活得並不舒心。可是憶菱，我要對你說，我的內心深處是非常愛你的。真的，非常非常

愛。也許你會說，那麼徐楚楚呢？對於徐小姐，我當然也有感情，但怎麼能與對你的愛相提並論？憶菱，詩曰：『死生契闊，與子成說。執子之手，與子偕老。』在我這一面是做到了，也滿足了。我遺憾的是你；你為我付出了一生，卻得不到相應的回報。這是我此生最無法原諒自己的！」

陸小姐握住劉禹錫冰涼的手說：「夢得，別這麼責備自己。這幾天我也想明白了，這世上男人和女人總是有太大的區別：男人除了愛情，還需要權力和財富；可女人除了愛情，還是愛情。」

劉禹錫懊悔地說：「其實我還是應當勻出一點時間來澆灌愛情的。」

陸小姐說：「你不會的。我也不應該過於奢望。」

劉禹錫說：「不，我會的，只是我沒來得及去做。唉，現在說什麼都晚了，無法彌補了，閻王爺不給機會了！」

陸小姐說：「你不會的。要是閻王爺給你時間你也不會的。剛才我說了，我已經想明白了。其實，五十年的相濡以沫，說到底，那也是愛，是遮蔽在家庭生活河流下的愛；或者說是凝聚了親情友情之後的愛，合金一般的愛。除此而外，我還奢求其他什麼愛呢？」

劉禹錫乾枯的眼裏湧出一小股活泉，他說：「是麼？憶菱，你真是這麼認的麼？你不是在寬慰我吧？」

陸小姐說：「夢得，你應該知道，我這一輩子從不打過誑。如今咱們都快走到生命盡頭了，還用得著互相欺騙麼？」

劉禹錫聽了，亂草一樣的灰白鬍子抖動起來，他說：「謝謝你，憶菱。謝謝謝謝謝謝謝……」

說完一個奇數「謝」字，劉禹錫的生命之燈噗的一聲，滅了。這一年他七十一歲。

十五年後，也就是大中十年，三月十五日（請讀者留意這個日子），一個風和日麗的傍晚，陸憶菱小姐坐著她那隻棠木老舫來到嘉

興南郊鴛鴦湖的西南湖上。西南湖跟六十六年前一樣荒涼；湖的四周翁翁郁郁的梅樹林子，湖裏到處是色彩斑斕相依相偎的對對鴛鴦。

陸小姐面無表情，淡然地望著夕陽下湖上的風景。使女鵑兒懂得小姐此刻的心情，她說：「小姐，你心裏想著姑爺哩。」

陸小姐沒有答話，鵑兒又說：「小姐是想說，我一輩子就這十年活得舒心；可惜姑爺不在了。」

陸小姐聽了，淡淡一笑，鵑兒說：「小姐的意思是，人的一輩子不能求全的。舒心不舒心，愛或者不愛，都包容在裏面了。」

陸小姐聽了，大笑起來，笑到最後，一口氣沒上來，就此輕輕鬆鬆上了路。

鵑兒扶住陸小姐還說：「小姐，我知道你還是感激姑爺的，也對得起姑爺。你親手編定的《劉夢得集》五十卷，其中五卷《相伴集》是小姐您的。我知道，五卷裏三卷是會昌元年以前的文字，兩卷是這十五年的累積。小姐，小姐啊……」

使女鵑兒嘮嘮叨叨地說著。說著說著，口齒纏綿起來，只有出的氣，沒了進的氣，到後來就像睡著一樣，摟住陸小姐坐化了。

我們猜想，使女鵑兒的一生不會有什麼遺憾吧？應該沒有。如果硬要說有的話，就是到死她都不知道徐楚楚小姐是自己一母同胞的親姐姐。但是既然不知道，就沒法子遺憾，也就不是遺憾了。

使女鵑兒終年八十一歲，比陸小姐少了五歲。

裴昌禹自從會昌元年在東都洛陽拜會過劉禹錫夫婦之後，就去向不明。也許他去了長安，也許他回了故鄉嘉興，也許他先去長安後又回了嘉興。如果他回了嘉興（那幾乎可以肯定的），會不會與陸憶菱小姐有過交往？如果有交往（那幾乎又是可以肯定的），是以何種方式交往的？交往的程度有多深？時間有多久？再，他是因為何種原因結束生命的？什麼時候結束的？是在陸小姐終結之前呢？之後呢？抑或同一時候呢？若是之前，陸小姐會怎樣？之後，

裴昌禹面對陸小姐的終結又會怎樣？若是同一時候，就可能另有催人淚下的故事了。這一切，就在下的閱讀視野，尚未見有史料記載，在下也不敢妄加穿鑿，姑且存疑。總之，不管情形如何，我認為裴昌禹的一生有點冤：他白忙活了。當然裴昌禹自己也許不會這麼認為。他不這麼認為，我就放心了。

……寫完最後一句話，抬起頭，見窗外一片漆黑，烏藍的夜空鬼眼一樣的星星閃閃爍爍。有悲風隔著一千兩百年從鴛鴦湖上吹來，心禁不住一陣戰慄；電腦顯示器忽然炒豆一樣爆裂，片刻，從一模糊的唐代墓葬推出來一首詩：

> 君生我未生，
> 我生君已老。
> 君恨我生遲，
> 我恨君生早。

語言文學類　PG0464

伴你到朗州
——張振剛長篇歷史小說

作　　者 / 張振剛
主　　編 / 蔡登山
責任編輯 / 林千惠
圖文排版 / 陳湘陵
封面設計 / 陳佩蓉

發 行 人 / 宋政坤
法律顧問 / 毛國樑　律師
印製出版 / 秀威資訊科技股份有限公司
　　　　　114台北市內湖區瑞光路76巷65號1樓
　　　　　電話：+886-2-2796-3638　傳真：+886-2-2796-1377
　　　　　http://www.showwe.com.tw
劃撥帳號 / 19563868　戶名：秀威資訊科技股份有限公司
　　　　　讀者服務信箱：service@showwe.com.tw
展 售 門 市 / 國家書店（松江門市）
　　　　　104台北市中山區松江路209號1樓
　　　　　電話：+886-2-2518-0207　傳真：+886-2-2518-0778
網路訂購 / 秀威網路書店：http://www.bodbooks.tw
　　　　　國家網路書店：http://www.govbooks.com.tw
圖書經銷 / 紅螞蟻圖書有限公司
　　　　　114台北市內湖區舊宗路二段121巷28、32號4樓
　　　　　電話：+886-2-2795-3656　傳真：+886-2-2795-4100

2011年1月BOD一版
定價：310元
版權所有　翻印必究
本書如有缺頁、破損或裝訂錯誤，請寄回更換

國家圖書館出版品預行編目

伴你到朗州──張振剛長篇歷史小說 / 張振剛
　　作.-- 一版. -- 臺北市 : 秀威資訊科技, 2011.01
　　面 ；　公分. -- (語言文學類 ; PG0464)
　　BOD版
　　ISBN 978-986-221-631-6(平裝)

857.7　　　　　　　　　　　　99019382

讀 者 回 函 卡

感謝您購買本書,為提升服務品質,請填妥以下資料,將讀者回函卡直接寄回或傳真本公司,收到您的寶貴意見後,我們會收藏記錄及檢討,謝謝!
如您需要了解本公司最新出版書目、購書優惠或企劃活動,歡迎您上網查詢或下載相關資料:http:// www.showwe.com.tw

您購買的書名:＿＿＿＿＿＿＿＿＿＿＿＿＿＿＿＿＿＿＿＿＿＿＿＿＿＿

出生日期:＿＿＿＿＿年＿＿＿＿＿月＿＿＿＿＿日

學歷:□高中 (含) 以下 □大專 □研究所 (含) 以上

職業:□製造業 □金融業 □資訊業 □軍警 □傳播業 □自由業
　　　□服務業 □公務員 □教職 □學生 □家管 □其它＿＿＿

購書地點:□網路書店 □實體書店 □書展 □郵購 □贈閱 □其他

您從何得知本書的消息?

　　□網路書店 □實體書店 □網路搜尋 □電子報 □書訊 □雜誌
　　□傳播媒體 □親友推薦 □網站推薦 □部落格 □其他＿＿＿＿＿

您對本書的評價:(請填代號 1.非常滿意 2.滿意 3.尚可 4.再改進)

　　封面設計＿＿ 版面編排＿＿ 內容＿＿ 文／譯筆＿＿ 價格＿＿

讀完書後您覺得:

　　□很有收穫 □有收穫 □收穫不多 □沒收穫

對我們的建議:＿＿＿＿＿＿＿＿＿＿＿＿＿＿＿＿＿＿＿＿＿＿＿＿

＿＿＿＿＿＿＿＿＿＿＿＿＿＿＿＿＿＿＿＿＿＿＿＿＿＿＿＿＿＿＿＿

＿＿＿＿＿＿＿＿＿＿＿＿＿＿＿＿＿＿＿＿＿＿＿＿＿＿＿＿＿＿＿＿

＿＿＿＿＿＿＿＿＿＿＿＿＿＿＿＿＿＿＿＿＿＿＿＿＿＿＿＿＿＿＿＿

11466
台北市內湖區瑞光路 76 巷 65 號 1 樓
秀威資訊科技股份有限公司　　　收
BOD 數位出版事業部

....

（請沿線對折寄回，謝謝！）

姓　　名：＿＿＿＿＿＿＿＿　年齡：＿＿＿＿　性別：□女　□男

郵遞區號：□□□□□

地　　址：＿＿＿＿＿＿＿＿＿＿＿＿＿＿＿＿＿＿

聯絡電話：(日) ＿＿＿＿＿＿＿＿　(夜) ＿＿＿＿＿＿＿＿

E-mail：＿＿＿＿＿＿＿＿＿＿＿＿＿＿＿＿＿＿